一座塔

刘建东◎著

中国言实出版社

图书在版编目(CIP)数据

一座塔 / 刘建东著 . -- 北京：中国言实出版社，
2021.3
ISBN 978-7-5171-3816-7

Ⅰ. ①一⋯ Ⅱ. ①刘⋯ Ⅲ. ①长篇小说 – 中国 – 当代
Ⅳ. ① I247.5

中国版本图书馆 CIP 数据核字（2021）第 033287 号

出 版 人　王昕朋
责任编辑　宫媛媛
责任校对　张国旗

出版发行　中国言实出版社

　　　地　　址：北京市朝阳区北苑路 180 号加利大厦 5 号楼 105 室
　　　邮　　编：100101
　　　编辑部：北京市海淀区花园路 6 号院 B 座 6 层
　　　邮　　编：100088
　　　电　　话：64924853（总编室）　64924716（发行部）
　　　网　　址：www.zgyscbs.cn
　　　E-mail：zgyscbs@263.net

经　　销　新华书店
印　　刷　北京中科印刷有限公司
版　　次　2021 年 3 月第 1 版　　2021 年 3 月第 1 次印刷
规　　格　710 毫米 ×1000 毫米　1/16　12.75 印张
字　　数　208 千字
定　　价　68.00 元　　ISBN 978-7-5171-3816-7

刘建东，中国作协全委会委员，河北省作协副主
席。1989 年毕业于兰州大学中文系。鲁迅文学院第
十四期高研班学员。1995 年起在《人民文学》《收获》

等发表小说。著有长篇小说《全家福》《女人嗅》《一座塔》，小说集《情感的刀锋》《午夜狂奔》《我们的爱》《射击》《羞耻之乡》《黑眼睛》《丹麦奶糖》等。曾获人民文学奖、十月文学奖、《小说月报》百花奖、首届曹雪芹华语文学大奖、孙犁文学奖、河北省文艺振兴奖等。作品多次入选中国小说学会年度小说排行榜。

目录

引 子

1987 年的夏天，我在新华书店里买到了一本书，译文出版社出版的《平原勇士》。书的作者碧昂斯是个美国人，曾经做过美联社的记者，20 世纪 40 年代在中国待过短暂的几年。这本书的内容就取材于当时中国华北平原上的两个人，一些故事。这本书在美国出版的时间是 1950 年的 4 月，而当它与中国的读者见面时，已经过去了 37 年。

书中讲述了我舅舅们的故事，而且提到了我的母亲，它立即吸引了我的注意。那本书的主角不是我的母亲，而是我那些个性张扬的舅舅们，我母亲的名字被舅舅们的故事挤在某个角落，不留心是无法找到的。关于我母亲，书中这样写道：

张如清，她游荡在张武厉与张武备的生活之外，也许，在那个特殊的时代，她的影子都是虚幻而不真实的，如草芥，尘埃。我见过这个匆匆地走进走出 A 城张家大院的年轻女人，她的脸上，仿佛永远有着一种烙印，那烙印直到现在我还能够想起来，无助而有些愤慨，她的面孔在我的记忆中是灰色的，没有任何的血色。

一个没有血色的面孔，当我想在这个异乡人的文字中去拼凑出我母亲年轻时的模样时，我徒劳无功。在我的记忆中，母亲好像一直是那副苍老的样子，花白的头发，皱纹爬满面庞，郁悒的目光。

红色岁月　红色历程　红色史诗　红色经典

　　当我把书拿给年迈的母亲看时，我发现，母亲贪婪地捧着那本书，花了三天三夜阅读，那本书薄薄的，书皮是暗红色的，在黄昏或者清晨，那种颜色在光线之中，竟然有一种奇妙的令人感动的温暖透出来。她的阅读不时地被悠长的回忆所打断，回忆在她的眼角化作泪水，缓慢地由湿变枯。那三天三夜，我的母亲，重新回到了20世纪40年代。她苍老的心，已经无法承受记忆的纷至沓来。万籁俱寂的夜晚，母亲的屋中仍然亮着灯，我数次走进去，走近母亲，想让她停止阅读。我几乎听不到她的呼吸，但是她的目光却牢牢地凝固在书上。

　　第二年，我怀揣着那本书，也怀揣着我母亲的记忆，回到了A城，我母亲的城市。陌生的城市隐匿在阴雨和灰暗的绿树之中，时光流转，40多年，城市已经天翻地覆，但相对于母亲，它始终保持着一个模样，时间永远停留在40多年前，A城也永远散发着腐朽的味道，像是一面耻辱的镜子，悬挂在母亲的面前，仿佛镜子里的那个人，赤裸着身体，在向世人炫耀着自己的舞蹈。我的母亲，张如清，在那个多雨的年份里，终于走完了她悠长而痛苦的一生，在她68岁生日那天，打破了那面镜子，把自己躲藏在了繁华而喧闹的城市之下。从那以后，她再也看不到镜子中的自己，再也不用理会赤裸身体舞蹈的那个人是不是自己，再也不用小心翼翼地探听自己虚弱的呼吸来自何处。

　　43年以来，我的母亲，始终被虚妄的病痛折磨着，头痛病反复发作，脆弱的神经屡屡踏上记忆的坦途。在疼痛的陪伴下，脑子中顽固地闪现着一个村庄和一座城市的零星画面——树木、房屋、田地、男人、女人、枪炮、血腥、仇恨、风化，还有高高的塔……她努力地用尽自己全部生命的力气，去拼凑出一个完整的村庄，一个完整的城市。生命的最后43年，是垂死和弥留的43年。我的母亲，用漫长而痛苦的时间才完成了她最后的一口深呼吸。43年，对于饱经沧桑的母亲来说，就像是一年，或者一天，它漫长而短暂。漫长只能使母亲感受到时间带给她的身体的变化，皮肤松弛，视力下降，行动迟缓……而相对于她的心灵与精神而言，却是短暂的，这使母亲痛苦不堪，她迟迟地无法从那个村庄，那座城市的阴影中走出来。最后的43年，母亲的思维始终停留在某个特定的时间段里，她的回忆，她的言谈，她的呼吸，都充满着一些混乱和不安。在生命的最后时日里，我的母亲，经常能看到自己游荡在这两地之间，那是她虚缈的身体与灵魂。甚至，在回到从前的虚幻之中，我的母亲，都无法分清自己的身份，有时候她是一个女人；有时候则是一个男人；在某个早晨，她成了

一个老人；到了黄昏，她可能变成了一个孩子；或悲怆如一个战士，或沉静如
一个婴儿……

　　这就是母亲，耗尽 43 年的时间，用她脆弱的心灵，带给我们那座令人羞辱
的城市，那个悲伤的村庄……

第一章

1. 两个老人

A 城与东清湾，我母亲的城市与故乡。

两位白发老人，张洪儒与张洪庭，在 1940 年风雨飘摇的春天，同时被某个事件重重地击打着，在日益温暖的季节里，他们对此事件的反应就如同他们各自的生活一样，无法统一，无法雷同，就像是乡村的庄稼与 A 城的树木。实际上，早在若干年前，他们就对某些事情有了迥异的看法。那不是时间所能决定的，国家、祖先的荣耀、毁灭、绝望……

他们隔着广袤而伤心的土地，郁郁葱葱的平原，战火中的硝烟，在互相地审视着对方，两个兄弟，在垂垂暮年，思想与行动上的分道扬镳仿佛是早就安排好的一样。他们看到的彼此，其实已经不是形象化的某个人，弟弟或者兄长，不是他们开始花白的胡子和头发，也不是爬满脸颊的皱纹，而是抽象的符号，如同荒芜土地上凋零的稻草人，渐渐地在各自的头脑中形成。张洪庭、张洪儒，两个兄弟，开始通过想象去揣测彼此的变化，而那些捕风捉影的变化也像是风中的沙砾渐渐地阻隔了他们的距离。

"难以想象，他是一个愚钝的人，一个落伍的老头儿，一个逆时代而动的人。他还没有老成那个样子吧。"张洪庭这样评价他的弟弟，在他的眼中，弟弟张洪儒正在如同烟尘一样被历史所抛弃。张洪庭，一个养尊处优的老人，他喜欢站在自己家高大、阔绰的院落最高处去俯视整个城市。A 城，在他的眼睛里就像他的孩子般那么听话、驯服，它安静地迎接着日出日落。每一条街道，每一座建筑，每一个胡同，每一棵茂盛的树，他都了然于心。但是最近，恐惧像是夏天的藤蔓一样爬上了他的心头，不知道是因为那些突然长大的树木，远处显眼的日军的医院，还是那个更加高大的圆筒式的日军炮楼。仿佛不经意间，A城突然从他的手里溜走了。或者因为年龄的原因，他感觉到了A城在他的视线中渐渐地朦胧起来，他下意识地抓住了身边年轻的女人冀晓欢葱一般的手臂，气喘吁吁地说："我要站得更高，看得更远。"建造一个全城最高建筑的想法就是从那一刻在他的头脑中酝酿形成的。那个被他描绘成一座高大威严的瞭望塔的东西一秒一秒地在他头脑里逼真地闪现，我的姥爷，仿佛已经站在了凉风习习的塔尖，禁不住地捋了捋他花白的胡子。他的身体，也因为站到高处而产生了一丝的摇晃，他身旁的冀晓欢急忙扶住了他，尖声说："洪叔，A城都在你的手上呢！"

张洪庭满意地摸了一下冀晓欢的脸蛋，他的气息仍然无法喘匀，说："走吧，这个城市让我颤抖。"冀晓欢说："你让女人们在床上颤抖呀。"我的姥爷，喜欢年轻女人们对他身体强壮的夸赞，他朗朗的笑声仿佛一下子能飞到他想象中的塔的顶端。

而故乡，仍然在远方，在我的姥爷眼里，能够登高眺望的塔还无法让他的目光穿越时空，看到东清湾发生的一切，在他的心里，故乡发生的一切偶尔会闪现，如同黎明前短暂的黑暗一样，忧虑停留在他对祖先深深的担心之中。他不希望他的祖先如今是一些孤魂野鬼，无所依托地飘荡在故乡广袤的土地上。

"塔，必须拥有居高临下的姿态，俯视，瞭望，远眺，安宁，镇定，"张洪庭这样叮嘱他的大儿子张武通，"当然，坚固，有着和土地相连的基础，这是最重要的。还要有充分的角度，南北西东，上下左右，能够顾盼自由。"在姥爷的心里，已经开始想象自己站在高高的塔楼之上，俯瞰整个A城的情景。但是远眺，他依旧不能有充足的把握，东清湾，似乎早就不在他的掌控之中，以前那个平静、平原腹地的清秀乡村，已经物是人非。我姥爷的思想被A城与东清湾分成两部分，那是互相矛盾的两部分，它们在自信与犹疑，自得与惆怅之间徘徊。

"老爷子，"张武通在背后这样称呼自己的父亲，"他的决定会毁了我们多年经营起来的家庭大厦，那座塔就像是一枚炸弹，随时都会爆炸。嘭，我们只能听到一声响，所有的一切都会坍塌。"

"这是我们家族荣耀的继续,"张武厉对哥哥的忧虑不屑一顾,"你会听到嘭嘭嘭的声音,不是一声,而是很多声,你数都数不过来。这种声音会发生在 A 城的任何地方,华北,或者整个中国,但不会是在这里。"张武厉一身戎装,黑亮的长筒皮靴狠狠地跺了跺脚下。

"你能看到那座空中的塔吗?"

张武厉看了看空中,他看不到,能看到仍然处于想象中的塔的是他顽固的父亲:"不,我只对存在的东西感兴趣。如果明天开始,有了塔基上的第一块砖。我会看到那块砖的。"

兄弟俩在某些观点上总是南辕北辙,按往常的习惯,他们会停止争吵,各干各的。

高高的塔楼,给了张洪庭青春的动力。这个六旬老人焕发了从未有过的激情,夜晚给了他施展才华的舞台,散发着久远气息的楠木大床,床头的摇铃,以及那个叫冀晓欢的女人,都是那个舞台上最好的参与者。冀晓欢,凑在张洪庭的耳边说:"你像是个 20 岁的小伙子。"张洪庭爽声大笑:"20 岁,20 岁,我能干的事情还有很多,很多……"

张家的塔楼要建在张家大院显赫的位置,更是耸立在 A 城显耀的位置,破败、战争的阴霾、恐惧,都没有阻挡它悄悄地从无到有,从有到无,数十年之后,A 城的人们还记得那个有典型的中国传统特色的塔楼,那座八角形的砖木结构的塔,有着青色的外表,它从绿树掩映的张家大院里挺拔而出,以一种君临天下的姿态俯视着芸芸众生。在 A 城的人们看来,它本应是从寺庙里脱胎而来,有着一种与生俱来的超凡脱俗,但是事实并非如此,留在人们印象和记忆中的更多的是血腥、伪善、耻辱、恐惧与毁灭……

在姥爷大张旗鼓地准备建造他的塔楼之时,百里之外的东清湾,那个被姥爷称作愚钝的另外一位老人,却陷入了极度的自闭之中。东清湾,突然被一股强劲的阴霾所代替,阳光在一个老人的眼睛里突然地消失了。张洪儒,开始在黑暗中寻找自己的尊贵和威严。

张洪儒把自己封闭在密不透风的石屋中之前,村里人似乎看到过一个沮丧、意志薄弱、神情恍惚的老人,但是在随后很长的时间内,那个头发蓬乱、目光涣散的老人无论如何也无法被村里人所认可,怀疑一直缠绕着他们,噬咬着他们脆弱的神经,他们在不断地否定之中度过了一个个无眠的夜晚。可是在那个傍晚，毕竟事实从他们的记忆中清晰地滑过，并且留下了抹不去的痕迹。

他从未落成的日军监狱里走出来。在村西北，东清湾风水最好的地方，如今已经是一个热火朝天的建设工地，一些被看守着的中国人，正在垒起越来越高的墙头，好把里面大片的土地和张家的祠堂与东清湾隔开。那是这个东清湾的命运主宰者留下的最后的形象，孤独、失落，神情落寞而局促不安。开始村里人以为他们看到的那个弓腰驼背的老人是另外一个人，还是他的大女儿张彩妮从那个微微弓着的身影上第一个认出了父亲。残阳的照射下，那个身影斜长而浓重，她尖声叫道："是他，我爹。"整个东清湾都会对这样的一个身影感到陌生，这不能怪他们，几十年来，张洪儒就是他们视野中那个最伟岸的人，他是东清湾的灵魂，无论他瘦弱的身影出现在哪里，无论他是生病还是沮丧，他在东清湾的形象从来没有改变过，自信和坚毅是东清湾赋予他的唯一的品性。张洪儒，像旗帜一样飘扬的一个人物突然间垮掉了，没有人会承认这个无情的现实。张洪儒离开人群走向那些说着异邦语言的军人时，他信心满满的表情使东清湾人还没有意识到问题的严重性，他们也没有意识到，正在村畔飞速地围挡起来的土地已经不再属于他们，他们祖先安息的祠堂会成为噩梦的天堂，他们祖先的灵魂会孤苦无依地飘荡于无边的空中，失去、无依无靠的感觉，第一次致命地降临到他们的命运之中。如同他的村民，张洪儒也对自己前去与东洋人的谈判充满信心，是的，他自认为那应该是一次对等的谈判，他对他的同乡们说："己所不欲，勿施于人。"他更对他的同乡说道："这是我们的土地。"以后的若干岁月里，躲藏在石屋中的张洪儒，已经完全放弃了思索，他似乎已经忘记了他和那些异邦人的不平等的对话，忘记了乡亲们极度绝望的眼神，他完全地沉浸在自己黑暗中的世界，一个虚拟的乌托邦。在那里，他似乎与张家的列祖列宗更接近，他仍然能接受到他们亲切的目光。就是在列祖列宗的目光抚慰下，他的世界已经冲破了狭小的石屋，冲破了严密的黑暗，越来越大。

谈判之前，他站在村中央的土堆之上，挺拔的杨树开始发芽，春天透露着希望的生机，放眼望去，曾经的张家祠堂，如今已经看不到了，它被高高砌起的红色砖墙与世隔绝了，还有冲着村子的枪炮，他觉得那些枪炮洞开的黑乎乎的口子从来没有那么丑陋过，他看到同乡脸上的愤怒和不满。人们在窃窃私语，他们在揣测着被夺去的祠堂和土地，异邦人要干什么？他对乡亲们说："我们会要回我们自己的土地。这是我们正当的理由。枪炮、野蛮，都不能阻止我们。"

而当他所希望的谈判结束，张洪儒已经失去了讲话的兴趣，语言一下子变得那么多余而无趣，他低着头，只含混地说了两个字。那两个字并不是所有的人都听到了，有人说是"禽兽"，有人说是"失败"，甚至还有人听到的是"散了"。莫衷一是的张洪儒的最后表白其实在以后的岁月里变得并不重要，重要的是一个标志性人物的突然倒塌，也让整个东清湾陷入了集体的无意识之中，集体的混乱之中，集体的失语状态中。

传言就是从张洪儒谈判归来的那个傍晚开始的，它像风一样缩短了空间的距离，传到了我姥爷张洪庭的耳朵里。张洪儒，他的弟弟，在那个傍晚吩咐家里人把自己钉在石屋子里，他扬言不会从屋子里走出半步。正是传言让我的姥爷对于自己的弟弟产生了蔑视。传言无须证实，这是我的大舅，张武通的判断。他说："现在这个时代，任何事情都有可能，更何况发生在那么渺小的人物那么渺小的乡村之中。"张武厉则说："不然，叔叔可能是感到了自己的渺小。他感到了自己的无能为力。他无法接受自己的威望在一刻之间就土崩瓦解了。他是在躲避。"在所有的发言者中，我的母亲张如清是一个缺席者。我的母亲，在她临死前的若干年里，还在向我诉说着那个家庭的味道，腐败，像是被漫长的雨季泡烂了一样。干燥，似乎离那个北方的城市非常遥远。这就是那个 A 城的张家给她的无法改变的印象。

无须怀疑的传言中，张洪儒成了一只缩头乌龟，他把自己严严实实地包裹在石头屋里，任凭大风大浪也不再从屋子里走出来。

我的二姥爷，张洪儒在躲进石屋之前表现出了少有的紧张和不安，像是一个犯了错误的孩子。他甚至失去了以前的镇定自若，随身携带的一本《论语》也不小心掉到了门外，他的二女儿张彩芸急忙喊了一句："爹，你的书。"张洪儒匆匆抓过那本书，他慌不择路似的跳进石屋的情景仿佛是一场令人心碎的梦境，让他的三个女儿和一个儿子感到了从未有过的忧虑，还有空旷，内心无比的空旷。他在黑暗中如何读书？他们目睹了父亲的逃离，如同目睹了一场惨剧的发生。张武备是东清湾张家后代中唯一的男丁，此时的张武备孱弱而缺乏自信，他羸弱的身体和胆怯的个性一直备受强大父亲的诟病，如今，当他看着父亲像是逃难似的从他的眼前消失时，张武备像是走在荒漠中的兔子一样突然失去了方向而号啕大哭。就在此时，他听不到了父亲以前常有的斥责声，看不到了他严厉的目光，他甚至觉得，从此以后，他内心对于父亲的崇敬与恐惧也会消失。

张武备的哭声像细细的蜂针刺进了他姐妹们的心里，也迅速地扩大至了东清湾，所有人都听到了他的哭声，哭泣可以传染，它让整个村子都沉浸在无尽的伤悲之中。年轻的张武备敏感的神经已经触摸到了伤心的河流，他的血液都是潮湿的。但是这一切，躲进石屋中的父亲已经听不到了。屋子里安静得像那个寂静的夜晚。父亲，第一次让他听到了倒塌的声音，那声音剧烈而庞杂，把他的哭声都抑制住了。张武备伸出手去，他看到了手上的血，在黑暗全部遮蔽住东清湾之前，他看到从他的鼻子里流出的血是黑色的，黏黏的。

那个不眠的夜晚，张武备，我应该叫作小舅的那个年轻而瘦弱的男子从人们的视线中消失了，就像他的父亲。他没有跟随父亲的脚步躲进密封的石屋中，他的消失是一个谜，会在以后更加血腥的日子里被人们一一地解开。那个时候，他的鼻子已经不再经常出血，他的鼻子，也对血腥的味道不再那么敏感。他的名字像风一样开始在平原上吹过。好了，我们暂且忘掉这个多愁善感的年轻人，忘掉他年轻的胆怯，把目光转回到石屋外面的世界，转回到东清湾，转回到被张洪儒抛弃的村庄。

混乱之前的东清湾，显得有些异乎寻常的寂静，那是被张武备的哭泣渲染过的东清湾，是被一些莫名其妙的紧张和忧虑所轻轻敲打着的东清湾，是悲怆，是头脑的空旷，是深深的不知所措。东清湾，夜晚中的目光会投向那个村子中央的张家大院，那个青砖红瓦的大院如今死一般的寂静。他们在倾听，哭泣，或者是争吵，哪怕是一丝的叹息都能让他们感到些许的安慰。因为在漫漫的历史长河中，他们太需要那个叫张洪儒的男人的指引了。黑暗中，他们依旧能清晰地看到一个老人，他们的记忆也在重新唤起他们对一个老人的敬仰。在记忆中，他是一个没落的秀才，因清末科举制度的突然取消而丧失了参加乡试的机会；他是一个意志坚强的人，怀才不遇转化成了对家乡的热爱和建设；他还是一个清醒而坚强的领导者，他带领着百姓，战胜了水灾和雪灾……他们早就习惯了一个权威者的存在，他们习惯了他略为沙哑的嗓音，微黑的面孔，花白的胡子，习惯了他带给东清湾的秩序。但是这一切，在那个凝固的夜晚，突然间消失了。他们仰头望天，希望能看到有流星从天际陨落，但是没有，月光皎洁，星光暗淡。

父亲的决定同样使张家三姐妹感到了茫然，她们呆呆地坐在石屋的门前，张武备的出走还没有引起她们的注意。月光把榆树的影子投下来，她们看着影子慢慢地越过她们的身体，爬上石屋的墙。影子沉重地压迫着她们的身体和孤立无援的心。经历过数次感情磨难的大女儿张彩妮有些黯然神伤，明天，那个木匠常友顺会前来提亲。小女儿张彩虹看着月光投落的影子，它是宁静的，安详的，如同每一个如此的夜晚。只有二女儿张彩芸显得有些坐立不安，她窃窃私语道："这是为什么？这是为什么？"她走上前，抚摸着屋门上冷冷的钉子，她说："钉子算什么，它能把那些人怎么样，它能把那些枪炮怎么样？它能把我们张家的祠堂要回来吗？"

　　实际上，在天亮之前，张彩妮与张彩芸都被沉重的困意击倒了，她们歪在石屋门前，轻轻的鼾声像是黑暗的河流中的涟漪。张彩妮的脸枕在自己的膝盖上，而张彩芸的脸贴在厚厚的木门上，整张脸已经变形。只有张彩虹偷偷地从家里溜出来，她身体轻盈，一路小跑着，张家大院被她轻快地甩在了身后。夜色已经开始转淡，天边隐约可以看到一丝青色的微光，张彩虹娇小的身影并没有给不眠的东清湾带来什么影响，她没有唤醒东清湾。东清湾，仍然在疑惑的夜色中挣扎。此刻，它像是块等待燃烧的粗布。

　　张彩虹在那个危险清晨的举动，悄悄地拉开了东清湾一个陌生世界的大幕，踩在村路上的脚步，就像是一排打开的扣子。被东洋人圈起来的土地很快就出现在她的眼前，砖墙还没有砌完，张彩虹踩在几块砖头之上就能看到里面的情景，那个留下张彩虹童年、少年美好回忆的张家祠堂，披着一层薄薄的夜色，隐约可见，它像以往那样令人神往。张彩虹专注地看着，她的心早就像以往那样飞进了祠堂的里面，她仿佛已经嗅到了浓浓的香味，她的手已经抚摸到了地面光滑的青砖，耳边已经响起飞檐上的风铃之声，目光已经停留在供台密密麻麻的牌位上。她还看到了父亲，他正领着张家子孙请求祖先的护佑。父亲称颂祖先的朗朗之声越过飞檐斗拱，在天际间洪大地回响。她完全忽视了正在祠堂边晃动的那些身影，忽视了堆放在祠堂周围的那些炸药。那个清晨，张彩虹的确听到了不同凡响的声音，但是父亲的声音只是一种幻觉，她听到的真正的声音来自她眼前的张家祠堂，那是一声巨响，是一种她从来没有体验过的带着重重的气流的爆响。那个炸响了东清湾新的一天的爆炸之声天摇地摇，地动天摇。张彩虹被爆炸产生的气流甩出去有十几米远，她的身体在冒着硝烟的砖头瓦块之下足足埋藏了有十分钟，等全村的人踏着那个不眠之夜的尾巴奔过来时，他们看到，腾空而起的黑烟像是一朵大大的蘑菇把黎明前的天空罩得严严实实，气势壮观而恐怖，那是张家祠堂最后的谢幕演出，但那次的演出并不算完美，也不算光彩，它是以彻底的毁灭作为代价的，留在东清湾上空永远的记忆是黑色的，郁悒的。张彩虹，怀里抱着几块砖在黑烟之下趔趄着走过来，此时，阳光开始从东边的天际慢慢地爬上来，红色的光亮把天空中黑色的蘑菇边沿染成了黑红色，像是凝固而成的血液。漏网的光线仍然坚强地照到了张彩虹的身上，人们看清了那个瘦小的姑娘，她浑身沾满了尘土瓦块，衣服已经千疮百孔，那些破烂的小孔中，还冒着丝丝的烟气。张彩妮冲上去抱住她，喊道："姑奶奶，你去哪儿了？那黑烟不是你点的吧？"

张彩虹，瞪着大大的眼睛看着大姐，她长长的睫毛已经被尘土染成了灰色，她张大嘴，可是什么也没有说出来。

从那个早晨开始，一切都变得不同。东清湾，以一种病快快的样子，徐徐展开。最早发生变化的是张彩虹，那个从张家祠堂的废墟中爬出来的张家三姑娘。她的耳朵从此和那个叫"听"的词形同陌路，她成了一个聋子。强烈的爆炸声把她对逝去童年的美好回忆炸得粉碎，同时也断然拒绝了她对这个世界的声音的辨认，爆炸声、争吵声、哭泣声、怒骂声……统统与她无关了。因此，在以后很长的时间里，我母亲的故事里，她这个小表妹其实以另外一种方式谢绝了现实的存在，她把惊恐留在一个无声的世界里，而在我母亲眼里，她是那个最痛苦的受害者，她像是一块石头，掉到了深井之中。

张彩虹！张彩虹！张彩虹！张彩妮的叫声被淹没在浓浓的烟雾之中。在以后，她会无数次地大声重复这个名字。她对着木讷而胆怯的妹妹，冲着她大喊，她对张彩芸说："她这是被狗日的爆炸声给吓着了，她的魂给吓走了。"她想把张彩虹的魂魄喊回来，她喊道："张彩虹、张彩虹、张彩虹……"

张彩虹听不到姐姐的呼喊，她听得到的只有自己心脏剧烈的震响，像是有无数的砖头瓦块在互相撞击着。从屋子里奔跑出来的张彩虹，急于要找到一个柔软的藏身之地，她在偌大的院子里奔跑着，寻找着，那是黑夜过后的白昼，村子上空的黑烟早已消散，阳光明亮，她奔跑的影子斜斜地投在地面上，影子快速地移动，像蛇一样跟随着她笨拙的身体。张彩妮喊道：张彩虹，张彩虹。张彩虹看到了一束草，干枯而柔软，那是羊的食物，张彩虹像羊热爱草那样牢牢地把草束抱在怀里。

张彩妮呼唤张彩虹的声音越来越大，但是张彩虹毫无反应。张彩妮骂一句：

"狗日的爆炸声。"然后再接着呼唤张彩虹。她的呼唤声传遍了东清湾，留在了每一个人的心里，唯独没有进入张彩虹的身体中。她的呼唤声像是病菌，播撒在每个人的心里。因此，传回到 A 城的消息说是因为张彩妮的呼唤导致了东清湾所有人的失语。消息说，她的声音像是蚊子在传播病菌，很快的时间内，东清湾就陷入了集体性的失语中，语言在快速地抽丝样地从身体里溜掉，他们的身体成了空壳，思想在身体的某个地方躲藏起来，他们和张彩虹一样，患上了可怕的失语症。但是他们仍然能够听到张彩妮的呼唤声，她的声音此起彼伏，经久不息。所以，在我姥爷张洪庭的脑子里，东清湾成了一潭死水，那些耳熟能详的乡亲像是鬼魂一样在村子的街道、院落、田间游荡着，只有张彩妮在顽固地呼唤着。另一种说法是，张彩妮的声音也越来越弱，变得沙哑而无力，细细地回荡在她自己的心里。

令张洪庭更为担心的事情是他的祖先的魂魄。一天夜里，张洪庭在梦里看到了早已仙逝的父亲，父亲满脸的泪水，父亲说他找不到回家的路了，父亲还用他空空的手掌来打张洪庭。惊醒了的张洪庭一身的冷汗，他仍然能感觉到脸上的疼痛，透过窗棂，遥望璀璨的星空，他似乎觉得父亲正在那里凄凉地凝望着他，父亲击打他留下的清脆的声音还在屋子里回响。

东清湾已然生病。这是他的结论。是谁？是什么造成了现在的状况？这些都是他想知道的。

一个监狱？他默念着。

2. 母亲的爱情故事

在那本《平原勇士》中，并没有涉及这一部分。我母亲不是那本书的主角，她只是偶尔被提及，那本书的主角是两个男人，我的两个舅舅。而关于她的爱情故事，更是没有被关注。她的爱情已经深深地埋藏在了时间的深渊中。这是一段被那个美国人遗忘了的故事。

从东清湾到 A 城，母亲的故事有些时空的错乱。

我母亲张如清有过一段刻骨铭心的爱情。

她的恋人黄永年，是 A 城富商黄典贵的公子。他们的爱情在冬天结果，在春天结束。春天里爱国青年黄永年被革命的激情熏陶着，鼓荡着，他飘飘然，是一个十足的稚嫩的进步青年。有很多年，我试图想问问母亲，那个致命的春天，她一生的恋人黄永年拥有一个什么样的形象。但是我没有，直到她死去，我都没有张开嘴，我有些可怜我的母亲，她悲凉的一生，都在为一个不成熟的青年莽撞的行为寻找着一个理由。我端详着相框中父亲的照片（他在"文革"中死于一个陌生的枯井中），沿着我想象的路线，那个春天渐渐地清晰起来，一个年轻人来到了我的面前。黄永年的眉毛颜色浓重，嘴巴大而阔，金丝边的眼镜，衬着他的脸瘦削而白皙，目光忧郁而冲动。想象的轨迹继续延伸，那个春天洋溢着一股似乎有些烤焦了的危险气息。而黄永年就行走在这片危险的空气中，我仿佛听到他一边走，一边跳，还轻轻哼唱着：啦啦啦啦啦啦……他有多大？25？22？19？

在 A 城，不同的人在从事着不同的事情，他们各自的心灵在不同的位置上找到了依托。比如我的两个舅舅，他们的生活美好而富足。我的大舅张武通如今大权在握，作为华北政务委员会下属的 A 城的副市长，他是一个对秩序狂热迷恋的人，他觉得 A 城是个充满朝气、生机勃勃的城市，他对自己的弟弟张武厉说："虽然这里有日本人，有我们，有你们齐司令的队伍，但是我们各自有各自管理的模式和方法，我们遵守着彼此默契的合作方式。所以，这是一个有秩序的城市。"他梦想着自己当上市长的那一天，也是 A 城开始新的城市面貌和精神面貌改造的那一天。同时他还认为，A 城是个太平的城市。他对他的弟弟说："你看看，你四处去看看，舞会彻夜不休。就连老爷子都患上了结婚狂想症了。你什么时候看到过这样的情景？老蒋时代吗？我觉得他都掉到太平洋里了。"

张武厉纠正他："不，老蒋在大山里。他这一辈子都不可能回到南京了。"我的二舅，那个崇尚武力的张武厉不认同哥哥的想法，他觉得 A 城危机四伏，他的神经像绷紧的弓箭。张武厉的职位决定了他的思维，身为华北绥靖军第七集团军第四团第三营的营长，他说，每一个街道，每一条胡同，每一个未知的房屋，每一棵树木，每一粒尘土，都能让他感到敌对的目光，他盯着兄长的眼睛："你会发抖吗？你会吗？你发过抖吗？你知道发抖的滋味吗？"

张武通笑话他的弟弟过于紧张，他指着院子里的一棵苗壮的银杏："我们就是树上的叶子，其中的一片，两片。我们能够得到阳光，能够从枝干中汲取足够的营养，我们能保证在足够的时间里是健康的，绿色的，这就足够了。你要知道，我们只是叶片，叶片！"

　　当我的两位舅舅在争论发抖与叶片之时，另外的人在干着完全不同的事情。比如那个叫黄永年的青年。他沉浸于对爱情的渴望和对自己事业的幻想之中。灵魂，一想到这个词，年轻的音乐教师黄永年就会不自觉地兴奋起来，这个城市的灵魂，这个国家的灵魂。这是他在朋友们嘴里听到的最动听的一个词。但是现在它们丢了，他们要干的就是在黑暗中去寻找丢失的灵魂。"活着，不等于你的灵魂存在。"这是那个大胡子的领导者老杨的著名观点。有关老杨的传说在进步青年中传颂，他们说他在东北，在卢沟桥，在山西，在南京，都参加过战斗。他身上至今仍然残留着战斗给他带来的伤害，那就是留在身体里的三颗子弹，从头到脚。老杨说：A城，不是外来者的，也不是那些投敌变节者的，它是人民的。当老杨在发表他的演讲时，音乐教师的心都会如向日葵追逐太阳那样捕捉着他的一言一行。"A城，太耻辱了，太靡烂了，太纸醉金迷了。它就像是一个吸毒的妓女。我们需要一些行动去改变它。"黄永年激动地向我的母亲张如清复述着老杨的话。那时的他就像是老杨的一个传声筒。他是老杨的崇拜者，学生。

　　"老杨是来干什么的？"我母亲问。

　　"拯救我们的灵魂的。"黄永年骄傲而大声地说。

　　我的母亲，乐于听到他对这个城市的评价。这也是她想要说的。我母亲羞于谈论她的家庭，她是那个显赫家庭里的异类，她的父亲兄长的生活像是巨大而阴暗的影子，浓浓地罩住了她的生活。她的生活潮湿，甚至发霉，看着眼前的这个同样对家庭和城市感到厌恶的年轻人，我的母亲会有一丝的轻松和愉悦。

　　是的，我母亲与音乐教师之间的爱情有一些缥缈的成分在里面，对家庭的思想上的背叛，想要逃离的心情，以及虚幻的革命的理想，加上美妙的幻想。有时候，我觉得他们之间的爱情是浮在A城的上空的，爱情的角度是俯视的。因此，他们看到的爱情或许会偏离本来的路线。请原谅我对母亲爱情的无端的评价，但是这会影响母亲故事的方向，如同走上一条错误的道路，而她本人却从来没有意识到。

　　好的，我们还是回到现实中的A城，回到年轻的音乐教师的一次难忘赴约，回到一场盛大的婚礼上。

　　婚礼的主角是张如清的父亲，我的姥爷。没有人能记住姥爷的婚礼已经进行了几次，甚至没有人能够认得清姥爷的新娘，他身边的女人，走马灯似的轮换着，令人眼花缭乱。向音乐教师发出邀请的不是张洪庭，也不是我的母亲张如清，而是张武厉。这是一次奇怪的邀请。有众多的疑问留在故事中，比如为什么会是张武厉，而不是我母亲本人。黄永年，却丝毫没有意识到这个细节，他被另外的一个细节所蒙蔽，可以说被另外一个细节幸福地击中了。那就是他得到了来自张家的一个信息，那就是对他的认可，对他与张如清爱情的认可。他顽固地以为这是一次善意的邀请。因此，在婚礼之上，他的兴奋是不言而喻的。就连我的母亲，也没有对他的到来提高警惕，她责怪他这么莽撞地闯进父亲的婚礼。情绪激昂的黄永年并没做过多的解释，他向张如清不停地眨眼，向他亲密的恋人做出幸福的鬼脸。

　　姥爷的婚礼聚集了 A 城的社会名流，政府机关、警察局、集团军的上层，就连日军伊东正喜大佐也在婚礼上亮相了几分钟。我的姥爷，身穿一身中式绸缎的礼服，容光焕发，完全不像是个六旬的老人。音乐教师看到了那一幕：我的姥爷张洪庭与伊东正喜在人群之外密谈，伊东还在张洪庭的肩膀上拍了拍，以示友好。而张洪庭则以弯腰作为回应。黄永年露出了轻蔑的神情，他手上的酒杯几乎要被他攥碎。之后，他感到自己的肩也被人拍了一下。他吃了一惊，他以为是那个日本军官。回过头来，他看到的是张武厉。即使是在婚礼上，我的二舅也身穿黄色的军服，全副武装。张武厉是个不苟言笑的人，他的脸是僵硬的，如同死尸。他说话的时候只有嘴角在动："你会享受这里的一切，对吗？"张武厉的问话别有用心，这是一种暗示，也是一种挑衅。

　　黄永年却仍被他看到的那一幕激怒了，他摇摇头："不，恰恰相反，我一点也不喜欢这里，我觉得这里的气氛太压抑了，它让我喘不过气来。你喜欢这里吗？当然，你喜欢。看看你身上笔挺的军服，看看它的颜色，你很享受。"他抬起手，捏了捏张武厉的军装。

　　张武厉刚要发作，听到有人在叫他。他转过身去和父亲一起去送别伊东正喜大佐。

　　婚礼酒会上，酒精给了黄永年勇气和胆量，他在人群中穿梭，在从来不认识也不喜欢的人群当中来来往往。他听到的话都是那么的刺耳，那么不合拍，与老杨的话格格不入。想起老杨，他的眼睛里会涌动一点点的泪光。

　　张武通在和警察局局长谈论他远大的梦想："以后的 A 城，不会有警察存在。老弟，你也会下岗的，啊不，你还可以当你的警察局局长。也许，你的职责和现在相比会大大的不同。以后的 A 城会是一个玻璃城。建筑，所有的建筑都要用玻璃建造，所有的房顶都熠熠生辉，所有的街道都一目了然。没有秘密可言，你站在城市的东头可以清晰地看到西头的一条狗。你可以看到哪条在吠叫，在打盹儿，在虎视眈眈。"

"别人能够看到我吗？"警察局局长装出忧心忡忡的样子。

"当然，你，你家里的一切，都会成为大家目力所及的范围。那是一个公平的城市。任何犯罪，小偷小摸，强奸，坑蒙拐骗，上街游行示威，在墙上胡乱涂抹，呼喊口号，都是不允许的，一有风吹草动，你就会看得很清楚。那句话怎么说的，要把它扼杀在摇篮中。"张武通得意地发出了笑声。

警察局局长压低了声音："有一场游行……"

"你放心。玻璃，你知道吗，玻璃无处不在。"副市长大声说道。

"可是，"警察局局长说，"你如何才能实施你的玻璃城计划？市长，会同意吗？"

"这是一个玻璃的世界，一切皆有可能。"张武通故作神秘，并压低了声音说，"不能总是这样，会有所变化，会的。"

姥爷的婚礼一直从上午持续到夜晚。那是 A 城历史上最壮观的婚礼，礼宾们络绎不绝，宴席一桌接着一桌，大厅里热闹非凡，菜香，酒气，喜庆，寒暄，萦绕在张家大院的上空，似乎整个 A 城都渲染在婚礼的喜悦之中。我的母亲，对这个家庭怀有深重的负罪感的母亲，试图躲在自己的房子里不出来，可是她无法阻止外面的喧闹，更无法阻止她的好朋友丁昭珂的造访。那是一个意外，她不得不陪伴丁昭珂去和她的哥哥张武厉会面。丁昭珂给出的理由是，她对军人的敬仰和爱戴。

酒精在每个人的心里燃烧，而张武厉没有，即使在父亲大喜的日子里，他都保持着出奇的冷静。他滴酒不沾，警惕性使他的腰板很直，目光能穿透每一个人。他看着在酒席间不停穿梭的黄永年，看着酒精使黄永年面红耳赤。他已经在酒精中嗅到一丝不同寻常的气息，那股令他窒息的气息。

"二哥。"他听到了有人在叫。

我的母亲身边站着一个楚楚动人的姑娘，姑娘伸出戴着洁白手套的手，主动地说："我是如清的同学，我们俩形影不离，别人都说我们是亲姐妹。"

张武厉犹豫了一下，他并没有立即伸出手接受她的热情。

　　我母亲看到了黄永年，她以为他早就走了，他还在每张桌子间停留和不停地讲话，他眉飞色舞，手臂在不住地挥舞。她想走过去，让他走，让他赶快离开。可是大厅中嘈杂的空气一下子团团包围住她，胃里一阵痉挛，一股恶气喷涌而出，呕吐突然间降临。她不得不一路奔跑着回到自己的房间，呕吐瞬间来临。

　　大厅里，张武厉对黄永年的注视稍稍有些偏差，因为他不得不去应付这个叫丁昭珂的姑娘。他对丁昭珂的美丽是视而不见的，在他眼里，所有的女人都没有美色可言。丁昭珂小嘴不停地讲着她对张武厉的崇敬之情，她还一口气说出了张武厉就任以来的战绩，这让张武厉大吃一惊。他惊讶地盯着眼前的漂亮姑娘，直言不讳地问："你是来干什么的？"

　　"我是一个崇拜者。"丁昭珂笑意盎然地说，尽量地拉近他们彼此之间的距离，"我知道你的一切，就连你出生时的模样。"

　　发抖开始了。颤抖从脚上开始一直蔓延到了脖颈，只有脸是僵硬不动的，眼神却极为惊恐，仿佛颤抖穿越了头颅，直接来到了眼睛里。颤抖也让丁昭珂非常震惊，她说："我没想到。"

　　颤抖很快就如潮水般退去，张武厉的声音明显尖厉了许多："是谁派你来的？"

　　"没有人派我来。我说过我是个崇拜者。"丁昭珂顿了顿，"我没想到你会发抖。"

　　张武厉匆匆地逃离了这个可怕的姑娘。这让乘兴而来的丁昭珂大失所望，这位《实报》的记者、美联社的特约通讯员，在数天之后见诸报端的报道中并没有提到 A 城的驻军，也没有提到她想要写的这个英武的军人，她只是以一篇颂扬 A 城歌舞升平景象的稿件匆匆地交了差。

　　对于年轻而喜欢憧憬的记者丁昭珂来说，这一次与张武厉的会面简短而失意，对于那些拿着枪的男人，她永远有一种想要破解他们内心秘密的好奇。她想要知道的是，男人会从武力那里得到多大的安慰。究竟，是武力增添了他们内心的强大，还是他们内心的坚强铸就了他们外在的刚毅。显然，紧张的张武厉没有给她这个接近真相的机会。她会暂时地从故事里离开一段，直到另一个男人的出现。

　　黄永年没有离开的理由是他有太多的话想要诉说。此刻，他的嘴角挂着酒的残液，喷出来的像是一团团的火，他站在张武通的身边："你的梦想不可能实现，你那是空中楼阁，是虚幻的，是痴人说梦，是竹篮打水。你觉得这可能吗，一个玻璃的城市？你看看，这些都是什么人，什么景象，他们配在那样的城市里生活吗？麻醉，自我麻醉，你们这是在吸食精神的鸦片。"

张武通显得很有耐心："我是个乐观主义者，因为我是个现实主义者。你希望听到无穷无尽的枪炮声吗？你希望每天有死亡的消息传来吗？你希望永无止境地自相残杀吗？你不希望我们的城市会变得越来越好吗？我们生活在一个平等的世界里。你，我，遍布城市的乞丐，我们都是一样的。"

"不。灵魂。你们活着，灵魂已经不存在了。"黄永年做了一个升空的动作。

"我们避免了战争的继续。最起码你感受不到它的威胁。"张武通说。

"你们，这里所有的一切，都会消失的。"黄永年，酒精给了他勇气，做了一个抹脖子的动作。

"你知道老杨吗？"这时，站在他身后多时的张武厉突然问道。

"当然。老杨，只有他，才是个拥有纯粹灵魂的人。他是个灵魂的收集者。你们的灵魂都应该到他那里报到。"黄永年自豪地说，他补充道，"我会告诉老杨的，你们等着灵魂发抖的那一天吧。"

婚礼没有结束，黄永年便满怀悲愤地离开了，婚礼上的空气让他感到窒息，即使来到大街上，婚礼上的场景仍然在头脑中盘旋。"老杨，老杨……"他喃喃自语着，其实他的身体完全是被无意识的冲动引导着，跌跌撞撞地前行。第二天醒来，他的头还在剧烈地疼痛，满身的酒气，他甚至想不起来他是如何回家的。他依稀记起他好像见到了老杨，回家的路途有些曲折，他没有径直走在回家的路上，他敲开了丁字胡同122号的大门，浓浓夜色中的老杨责怪了他一句什么，同时还对他说了句鼓励的话，他记得老杨还用他那只强有力的手拍了拍他的肩膀。老杨的胡子在月色中更黑更浓。第二天醒来，他以为，那不过是一个梦而已，他梦中得到了老杨的教诲。但是在那一天的傍晚，他却得到了一个震惊和意外的消息，老杨，还有其他一些骨干被捕了。丁字胡同的门口，据说还遗留着老杨的一个大大的烟斗。

我想，就让黄永年这个冲动的年轻人的形象从这里结束吧。结束，可能对于我来说是一个遗憾，因为我想要了解这个年轻男人的东西太多了，到此为止吧，他要消失了。他的消失是以错愕和深深的迷茫为借口的。

张家大院的婚礼不是因为黄永年的消失而改变方向的，他没有机会看到婚礼更加壮观的结束仪式，改变方向的是另外一个人，婚礼真正的主角，那位漂亮的 22 岁的新娘，她用一条细细的红绳把自己吊到了新房的房梁上。而整个婚礼也没有如张洪庭所愿彻夜不眠，它戛然而止，以一种异样的尴尬送走了前来道贺的贵宾们。

A 城，并不关心一个新娘的离去，我的母亲也不知道，她这位准后母叫什么名字，出身如何。她甚至无法判断，那位新娘是不是真的如他们所说上吊自尽了，但是婚礼已经结束，新的婚礼也许已经开始酝酿了。

婚礼的第二天，我的姥爷张洪庭便忘掉了婚礼带给他的不快，忘记了曾经娇艳的新娘，立刻投入对塔楼的重新设计之中。最初的想法，张洪庭只是想建造一个高高的建筑，形状和样子都是其次的，他需要的是登高望远的那种气势和心灵的一种安慰。可是如今，来自东清湾的消息和传言令他坐立不安，父亲梦中的敲打也让他出了一身的冷汗。因此，塔楼的修建变成了一个复杂而棘手的问题，为此，他还专门让儿子张武厉领着去了趟日军的炮楼，站在炮楼的顶端向家的方向观望，张家大院隐约可见，像是一只虫子趴在绿树和低矮的平房之中，而整个城市也犹如一张地图，展现在炮楼之下，张洪庭暗吸了一口凉气，暗暗地骂了句，狗娘养的，A 城像他们家的院子了。从炮楼回来，我姥爷专门从百里之外的临城请来了造塔的佟师傅。

佟师傅捋着花白的胡子说："我们中国的塔是从古印度传过来的，是随着佛教一起传来的。它的功能主要是供奉舍利、佛像、佛经的，有些得道的高僧大德的遗体也有所供奉，比如河南嵩山少林寺的亭阁式塔，但是这种塔比较矮，只有一层，或者两层，显然不合乎您的要求。另外的塔还有楼阁式、密檐式、覆体式、金刚宝座式、五轮塔、无缝式等。我国的四大古塔分别是河南登封嵩岳塔、山西应县佛宫塔、山东济南四门塔和河南开封铁塔。我们平原上定州府开元寺有一座高塔叫料敌塔，塔高有 84.2 米，但是最高的塔是在山西汾阳，文峰塔，建于明朝，有八个角十三层，塔身的材料只使用了砖，塔高将近 85 米。据康熙《定州志·寺观》载：狮子庵在城东五里魏家碱场，庵后有文峰塔。顺治间，朱沧起曰：汾西山耸直，而异地（东南方）无文峰塔以应之，为缺憾事。这个朱沧起是明末的一个进士，汾阳人。这座塔就是由他倡议修建的。"

姥爷张洪庭问道："你去过吗？"

佟师傅镇定地回答："是的。我去过，我在那里待过一星期，基本搞清了塔的结构。"

"你有把握复制一座一模一样的塔吗？"姥爷看着佟老师傅脸上像塔身上飞檐一样的皱纹。

姥爷的话勾起了佟老师傅的欲望和内心的快乐，他无法抑制住内心的狂喜，胡子微微上翘，表情像个孩子："你真的想建？这可是我一辈子的梦想。"

姥爷自信满满："不想建，我请你来做什么？"

姥爷的决心和造塔师傅的梦想交织在一起，塔楼的建造踏上了正轨。

张武通手中拿着文峰塔的图形，他略显忧虑地提醒自己的父亲："塔是不是太高了，它太显眼，也许太刺眼了。"

张洪庭眼望高空："不，相对于你爷爷的魂灵，它还不够高。"

那个时刻，我的姥爷，已经打定主意，要给自己的父亲和祖先一个安宁而高远的家。

我的母亲却对这个家深恶痛绝。呕吐时常侵袭，如同感冒。她找不到黄永年了，他好像从这个世界消失了。她到过黄永年的家，他的父母也表达了同样的观点，一样跟随着他们。黄永年的父亲，一个精明的粮店老板，他断言黄永年的消失与他脑子里不切实际的想法有关，他说："没有人知道他脑子里在想什么。他的想法天真而不可靠，他是我们家族的叛徒、变节者，我们家族里从来都是正儿八经的老实人，只知道如何挣钱养活自己的家。再者说，那些国家呀，民族呀，战争呀，占领呀，沦陷呀，和你有什么关系？"

我母亲张如清又感到了胃里的翻滚，眼前的粮店老板，根本无法和年轻气盛的黄永年联系在一起，维系他们之间关系的也许只是幻觉。

粮店老板说，黄永年是从张家婚礼之后第二天的夜晚失踪的。"失踪？他玩的什么鬼花样。我恨这个社会，可是我不会抛弃它，也不会被抛弃，这才是一个真正的男人要做的事情，他要学会立足，学会忍耐，学会生存。幻想，能有什么好果子吃？"按照他的说法，婚礼后的第三天早晨，家里人发现黄永年不辞而别了，没有留下任何的线索、信件、字条。"什么也没有。他到底要干什么？他一直在用自己的方式折磨我们，还要折磨我们多久？"粮店老板愤恨地说。黄永年不打招呼就离家出走，在给父母留下悲伤的同时，也给他们留下了怨气、不解、疑惑和愤怒。

"也许他只是去了某个地方，来不及向你们说明原因，过几天他会回来的，会的。"说完这句安慰和冠冕堂皇的话，我母亲张如清奔出了粮店，跑到粮店外面的大街上，呕吐不止。

婚礼，成了黄永年失踪前最后的一个疑点。在呕吐不时陪伴之下的张如清，我的虚弱不堪的母亲，她试图努力地去回忆婚礼前后有关黄永年的一切。可是呕吐让她的记忆出现了阻隔，出现了断裂，她只能记起自己在那个特殊日子里难受的样子，以及呕吐时难闻的气味。她隐约感觉到了一双眼睛的存在，那双眼睛就是她的二哥张武厉。是的，发出邀请的正是 A 城驻防三营营长张武厉。

"我不知道他是什么时候离开的，也不知道他喝了多少酒，或者没有喝酒。我没有去注意他。他只是婚礼上一个普通的来宾。那天来了太多的人，大厅里很乱，我要维持好秩序，要有那么多的人需要我去注意。即使如此，不还是没有做到善始善终吗？"张武厉这样回答自己妹妹的提问，他显得十分无辜，"总之，这是一次失败的婚礼。只有失意者。"

"你看到他是什么时候离开的吗？"

"没有。"

二哥的话令母亲将信将疑。

张武厉接着说："你不要心存幻想，我对那个年轻人没有什么好印象，他脆弱、冲动，天真得像个孩子。"

母亲从二哥毫无表情的脸上看不出任何的端倪，无助、虚脱，紧紧地抓着她的心，她能做的只有一点——等待，等待黄永年的突然现身。南门大街是她等待的一个地点。那是三天之后的上午，阴天，树影显得很鬼祟。张如清不停地看表，不停地看着东边的路口，这是一条自东向西的大街，宽约 15 米。A 城主要的商埠都集中在大街两旁，和阳光投射的方向一致，大街会向西延伸，能够来到 A 城市府门前。以前那是一处前清从三品协领的府宅，如今，张家大少爷 A 城副市长张武通每天都会从那里进出。快来呀！快来呀！母亲焦急地在内心说道。南门大街，车水马龙，没有丝毫异样。渐渐地，母亲开始怀疑自己的记忆，怀疑记忆中黄永年所说的游行是不是在这一天，这一刻。她盼着游行能够照常进行，那是她唯一能够盼到黄永年的方式。可是，等待有时候是难熬和痛苦的，尤其是没有任何结果。南门大街，如同无数个上午，一切照旧。游行并没有如期而至，一直到中午，焦急的母亲没有等来游行，没有等来黄永年，却看到了自己的二哥张武厉，他坐在一辆军用敞篷吉普车上，后面是一排荷枪实弹的士兵，他们列队而来，惊扰了南门大街正常的秩序，百姓纷纷躲避。张武厉的汽车来到母亲身边，发出刺耳的声音停了下来，他问道："你在这里干吗？"

张如清回答："买报纸。你呢？"

"路过。"张武厉说。

两个似是而非的答案。

3. 声音

声音。记忆中的母亲，侧耳细听。

视线投向西方，越过太行，越过河流与大漠，越过宽阔的版图，遥远的欧洲大陆那一年正承受着同样的灾难。一个留着小胡子的叫希特勒的男人，把整个欧洲大陆当成了自己的后花园，随意地采摘着，北欧国家挪威和丹麦成了两个凉爽而轻松的果实。整个世界都听到了这个男人咀嚼果实的声音。

这一年，在中国，我母亲的时代，会听到几种不同的声音，在重庆，南京，北平，还有延安，有的声音浸透着鲜血，有的伴随着怒骂，有的激愤，有的故作姿态，有的令人作呕，有的沮丧，有的自鸣得意……这些声音此起彼伏，嘈杂而不辨真伪。声音在广袤的土地上迷失了方向，与真实和真相擦肩而过。

声音，在A城有些高调，失败的婚礼只是一个片断，舞会在继续，丽春院高朋满座，日本军人、中国军人、市政官员、汽车、高头大马，年轻女人的媚笑、军官们的高谈阔论。这是一座奢靡的城市，淫荡和醉生梦死交相辉映。战争仿佛已经是上个世纪的事情。

我不得不提到我的姥姥，那个在声音的世界里得到安慰的妇人。姥姥的爷爷曾经做过都察院的左都御史，祖上家业兴盛，姥爷便是因为受到了姥姥家族的帮助才成就了显达的事业。如今，出身显贵的姥姥早就忘记了家族曾经有过的辉煌，记忆被暂时的声音所替代。时间毫无节制的延续是姥姥强大的敌人，睡眠始终无法安静而忠诚地与她的身体融为一体。她把自己关在屋子里，拒绝与姥爷相见，偌大的屋子里摆满了各式各样的能制造出声音的机器，留声机，一台美国飞歌牌收音机，能发出音乐的西洋钟表，各种机器同时开启的情景壮观异常，歌声、讲话声、钟摆声、庆祝声、尖叫声、哭泣声……姥姥的房间简直成了一个声音的博物馆。我的母亲张如清，有时候会去看望自己的母亲。一踏进姥姥的房间，母亲的头就开始发涨，繁杂的声音像潮水般涌来，呼吸开始变得急促，整个身体都像是被声音挤小了。姥姥，总是坐在声音的中央，耳朵机敏地捕捉着声音的来源，她说："你踩到了一个气球。"母亲惊慌地低头去看，果然她的脚下有一个破碎的粉红色气球。母亲劝姥姥到外面走走，呼吸呼吸新鲜空气。姥姥凝视着半空，仿佛能看到半空中飞翔的声音，她说："外面的声音太大了，太吵了，我受不了。"

声音，在我母亲看来，是一个随时被踩到的气球。

黄永年谜一般的失踪，南门大街夭折的游行，都给母亲留下了无尽而痛苦的想象。按图索骥，她寻找一切可能的线索去寻找黄永年。他不是羽毛，不能被风吹走；他也不是水滴，湮没于大地。她从黄永年的屋里找到了一本日记。日记里零星地记录着南门大街的游行，和他激动的心情。

　　民国二十九年（1940）1月4日

　　终于见到了老杨。关于他的传说已经把我的耳朵塞满了，声音很庞大。我的身体里，原来有许多不同的声音在叫嚣，在挣扎，犹豫，彷徨，苦闷。如今，老杨的声音超过了一切，它压抑了身体里那些互为矛盾的声音。他的声音，高亢而明亮地在我的身体里飘扬。老杨看上去并没有别人形容的那么伟岸，他的头发有些乱，围巾看上去也有些脏，但是目光是坚定的。他的目光，就像是从黑暗中透出来的一道强劲的光明。不知道怎么回事，我总觉得他的目光里有点点的残忍，也许是我的感觉出了点毛病。感冒了。我想看看子弹在他身上留下的痕迹。但是我没有说。

　　民国二十九年（1940）1月5日

　　又见到了老杨。他在讲述他的灵魂观，那声音听上去像是来自上帝，令人激愤又安宁。最近，我对声音的感觉有了深厚的兴趣。我觉得声音和心灵是息息相通的，它是心灵的一扇窗户。老杨的声音把一间小小的屋子温暖着，使这个冬天不再寒冷。他的声音，能够飞越我们浮躁的心，飞越房间，飞越A城，飞越华北，引领我们听到那些不屈的拼杀声，滚滚的枪炮声。

还有一则日记里提到了母亲。

民国二十九年（1940）1 月 20 日

声音，来自于恋人的声音是奇特的。有些灼热，有些慌乱，也有些无奈和愤恨。如清的声音复杂而矛盾，并不是她这个年龄的姑娘所拥有的。耻辱！这是我们共同的感受。我们的国家在流血，大地在颤抖。而 A 城，却像个被酒精泡着的城市，A 城的人们仿佛都是醉鬼……

母亲接着向下看，泪水有些模糊，字迹变得不甚清楚。

民国二十九年（1940）2 月 2 日

老杨的声音遮盖了一切，他把我们以前意见不同的声音、嘈杂的声音都归到了一起。他的声音有一种神祇的力量。我们在讨论一次可预见的游行。老杨说，A 城，也可以成为抗战的战场。他的话语总是高高在上，让人浮想联翩。

快点，快点。母亲心里说，她快速地翻看着，希望找到黄永年失踪的理由。

民国二十九年（1940）4 月 1 日

游行的日子越来越近了。心里有些莫名的紧张不安，有一种声音在尖叫。

民国二十九年（1940）4 月 2 日

尖叫的声音越来越响亮。把我的身体要叫爆。游行的日子快来吧。等不及了。

民国二十九年（1940）4 月 12 日

突然接到了参加婚礼的邀请。如清父亲的婚礼，不便发表评论。这消息令我振奋。他的家人一直对我没有什么好感，这可能是一个信号。

民国 29 年（1940）4 月 16 日

昨天晚上，一场荒诞的婚礼根本不值一提。值得说一说的是我的一个疑问，我不知道从婚礼中出来后，我是不是见到了老杨。我喝多了，喝得太多了，酒精让我有些冲动。我到底去没去过丁字胡同 122 号？

民国二十九年（1940）4 月 17 日

？？？？？？

充满问号的日记是最后一篇。我母亲看着那大大的问号陷入了沉思，她不知道那些问号代表着什么，要表达什么样的疑惑，她不知道，什么也不知道。她把日记揣在怀里，依稀听到了黄永年的心跳。

寻找黄永年的不止我母亲张如清一人，还有他的同志们。一天傍晚，一高一矮两个青年人把母亲拦截在西门大街的一棵柳树下，他们把母亲带到了一个小学校的体育器材库里，他们明确地告诉母亲说，黄永年是个叛徒，他把即将游行的消息透露给了我母亲的哥哥，那个日本人的帮凶，那个杀人机器。他还带着他们去了老杨的住宅。老杨，还有其他一些主要骨干都遭到了逮捕，游行失败了。他在哪里？他们反复问母亲的只有一个问题，他们对他恨之入骨，非要找到他并杀之而后快。矮个儿的男青年还把刀子拿出来让母亲看。母亲流了泪，她据理力争，告诉他们，背叛只是他们无端的猜测，黄永年永远不会背叛，也永远不会出卖同志，母亲反问道："你们有什么证据？拿出来让我看看。"因为感觉受到了羞辱，母亲放声大哭。两个同样冲动的青年，被母亲的诘问难倒了，他们确实没有任何的把柄与证据，他们被母亲嘹亮的哭声吓得手足无措，他们反过来开始安慰母亲，猜测，我们只是猜测而已。

母亲接着责问他们："你们凭什么就胡乱猜测，你们可以猜测他，还可以猜测别人，革命难道是靠猜测的吗？"

两人无以言对，他们面面相觑，其中一个嗫嚅道："在游行之前两天，他参加了你父亲的婚礼，有人看到他醉醺醺地从你家里出来。他来到大街上，还高喊着口号。幸亏被我们的人给制止了。后来他说要回家，但是他去了老杨的家。老杨刚刚开完一个筹备会回到家。他没有让黄永年进去。他告诫黄永年不能随便到他家里去。但是一切都已经晚了，当老杨想要转移时，已经来不及了。"

"你是说，是黄永年把部队带到了老杨的家里？"

"千真万确。"

"你们看到了？"母亲的呼吸变得急促起来。

"没有。"

母亲的呼吸稍稍地平静下来："你们没有看到的事情，不能胡乱猜测。这是不负责任的。"

"他当了叛徒。"年轻人几乎落下了泪来。

"不可能。"母亲坚定地说，"我可以以我的人格起誓，他不是那样的人，你们说的这些绝对不可能发生。"

还有另外一些人送来了慰问。他们传递给母亲的消息悲喜交加，按照他们的说法，黄永年在游行当天如期去了南门大街，他根本不知道游行计划临时取消了，也根本不知道南门大街已经被重兵包围。他还拿出了事先准备好的标语，还没有喊出一句口号就被赶来的士兵抓住了。前来慰问的是个中年人，他的脸上满是沮丧，他握着母亲的手，把一张皱巴巴的标语塞到母亲的手里，告诉她，那是黄永年遗落在地上的。中年人信誓旦旦："战斗还在继续，英雄不会寂寞。"中年人匆匆地离去，像是赶着下一次即将打响的战斗。虽然消息令人疼痛，但是从另外的意义上讲，一个还原了的黄永年让母亲得到了极大的安慰。她把标语珍藏好，然后去询问张武厉。因为中年人提供了一条线索，说是所有因为未成功的游行被捕的人都要被转到位于东清湾的一座新建的监狱里。她的二哥张武厉，矢口否认了在南门大街的抓捕行动。他说："没有人被逮捕，没有人要被投到监狱里。黄永年，那个喜欢对时事发表评论的年轻人，我不喜欢他，他不大像是黄老板的儿子，似乎，他也不大像是我妹妹的男朋友。"

我母亲的脸颊绯红："你没有权利对别人评头论足。你先看看你自己，先对你自己的行为评判一下吧。"

"谁会对我进行评判？"

"人民、历史会评判的。"我母亲张如清激动地说，"他们会做出正确的评价，历史会给每一个人留下一点空间，有的人会青史留名，而另一些人只会留下骂名。我可不想你被钉上历史的耻辱柱。"

"妹妹，"张武厉忧郁地说，"你选择什么样的道路没有人反对你。但是你的血脉是无法选择的，你的家庭的威望也是无法选择的。你放眼望去，在 A 城，还有比我们张家更显赫的吗？"

我母亲哼了一下："我不需要。"

张武厉，我的二舅，轻轻地动了动嘴唇，转身离去。

两个年轻人、中年人、二哥，他们发出的不同声音在母亲的内心徘徊，在内心里回荡、撞击、交锋，互不相让，有时候三方是不对等的，有强有弱，有时候则会产生某种倾斜和分化。声音嘈杂而凌乱。声音敲击着母亲脆弱的心。它们像是隐藏在草丛中，她不知道如何去取舍，如何去分辨。她在询问自己：真相，还是幻想，你需要哪一个？

好了，请安静一些。是的，东清湾，我们要回到这里。母亲的耳朵失灵了，她什么也听不到，犹如进入了一个皮影的世界。人在梦游般地移动，猪停止了哼叫，鸡不再打鸣，狗成了温顺的猫，而猫则躲进了鸡窝。声音突然地消失了，死一般的沉寂。不，还有一种声音，张彩妮，还在呼喊，屏息凝神，才能听到她微弱而疲惫的呼喊：张——彩——虹，张——彩——虹。

我的母亲张如清，就是在此时回到了东清湾。声音的如此反差，让她极不适应。东清湾，声音在潜伏，在下落，像是大风过后慢慢降落的尘埃。她喊道："姐姐姐姐，他们为何都不说话，为何像是皮影里的假人，难道他们没有了思想，没有了欲望？"

被质问的张彩妮，声音低缓细弱："他们和彩虹一样，魂都丢了。"

张彩妮，我母亲的大堂姐，如今唯一一个能够发出声音的人。她如蚊蝇般的声音，即使紧贴着她的嘴巴，听起来也十分吃力，但是，相对于整个东清湾，相对于东清湾令人震惊的沉默而言，她的声音已经太大了。她的一个字、一个词都像精灵似的能够从村东一直传到村西，从村北的大杨树上跳跃至村南的河塘之中。

令母亲感到欣慰的是一直伴随她的呕吐在东清湾的土地上停止了，仿佛那是声音的附属品，仿佛静寂和沉默是治疗她呕吐的最好的药物。和 A 城相比，东清湾是可以接受的，母亲内心的耻辱感和负罪感在减轻。她告诉堂姐张彩妮，她需要转达姥爷的意愿，她要见张洪儒，她的叔叔。她说："祠堂，在折磨着我爹。有一天他做梦梦到了我们爷爷，他说，爷爷打他了，爷爷怪罪说自己成了孤魂野鬼。我爹说爷爷打他的声音吵得他睡不好觉，一到夜晚，那声音就跑到了他的耳朵边。"

张彩妮把母亲带到了石屋前，对着石屋低语了几句。然后是等待。石屋坐北朝南，位于张家大院的核心位置，屋前有两棵浓郁的榆树。榆树是两个安静的守望者。

"毫无办法。"张彩妮细声说，"他谁都不见。"

母亲站到石屋门前："叔叔，我爹想把祠堂搬到城里，建在一个塔上。"

母亲的话起到了奇效。张彩妮说:"他让你进去。"

母亲惊奇地说:"我什么也没听到。"

张彩妮平静地说:"我听到了,他说让你一个人进去。"

要把厚重的木门重新打开并不容易。张彩妮找来张彩芸,合三个人力量去拔木门上的铁钉,仍然无济于事,最后还是木匠解决了这个问题。木匠常友顺对张彩妮打了几个手势,张彩妮说:"他说木门像是封闭了上百年。"

黑暗、密闭、阴气、胆怯、犹疑。这是石屋给母亲的印象。母亲一踏进石屋,木门就迅速地关上了,光线也就迅速地收拢到一个点,然后消失。母亲无法挪动一步,黑暗像是石板一样坚硬。她不知道该是站着还是坐下来。她不知道有没有一个可以坐下来的东西。她不知道叔叔在黑暗的哪个地方。她伸出手,想以手来引导她的视线。这是徒劳的。她轻声喊了一声:"叔叔。"没有回应。黑暗中有很长时间的回音。母亲无法判断屋子里的大小、方位,她完全陷入了被动。她又喊了一句:"叔叔。"不流动的黑暗是死亡的谷地。母亲感到了一丝恐惧。四肢,已经从她的身体上消解、融化,和黑暗成为一体。母亲屏住呼吸,试图捕捉屋子中叔叔张洪儒的呼吸,借此找到他。没有声音。只有一个人的心跳,那是她自己的。叔叔真的在这里吗?真的在这样一个根本无法生存的漆黑的屋子里吗?突然,她感到身体变得轻飘飘的,黑暗在快速地流动,光线一下子打在她的眼睛里,四肢麻木地回到了身体上。此时,她已经被堂姐张彩妮拽出石屋。站在石屋之外的母亲,恍若隔世,她又叫了一声:"叔叔。"

张彩妮细弱的声音艰难地来到她的脑子里:"他说,不行。"

"谁说,什么不行?"被阳光拉回现实的母亲反问道。

"我爹说,爷爷,还有祖先们,不可能离开自己的故土到 A 城去。他不允许。他说,塔楼是无稽之谈。"张彩妮叙述着这番话,依稀就是我的二姥爷张洪儒。

"他告诉你的?我在屋子里,我怎么没有听到?"疑惑丝一样缠绕着母亲。

张彩妮解释着:"他说的,他告诉你的。他说了,我听到了。我在屋外听到了。"

这是另外一个奇迹,张彩妮超强的听力。在寂静的东清湾,张彩妮的耳朵,把松散和混乱组合在一起,让秩序重新向一个方向聚集。张彩妮说,东清湾并不沉默,语言并没有远离他们,它始终存在着:"他们每天都在说话,我能听得到。”

听，我的母亲支起自己的耳朵，她说：“我什么也听不到。”

张彩妮，耳朵被长长的头发盖住，任何声音都在掌握之中。

也不尽然。站在高高的围墙之外，里面是曾经的张家祠堂。湛蓝的天空覆盖着东清湾，声音却分成了两个世界。张彩妮，眉头紧蹙，她说：“我听不到，你说这是为什么呢？那里面曾经是我们的土地，可是我无能为力。好像那是一个虚无的空间。”

张彩妮在日军监狱前的失聪令母亲备感失望。高高的围墙，把东清湾挡在了声音之外。据张彩妮讲，围墙的建设速度惊人，围墙呈正方形，约有 20 亩。围墙的东南、西南、东北、西北，各有一座高高的圆形炮楼，一到夜晚，炮楼上便有四道耀眼的光柱开始强盗般地四处游荡。东清湾也成了一个不夜的乡村。“我们的影子，经常会投射在墙上、树干上、猪圈上、街道上、草垛上，影子反而更加真实可信。我们自己的身体倒像是虚幻的影子。”张彩妮茫然地说，“东清湾是一个没有秘密的村庄。”

“围墙里是什么样子？”

“不知道。”

“听说里面关着许多中国人。”

“不知道。这些与我们何干呢？”张彩妮说。

“有谁能进入围墙里，探一探里面的究竟？”

张彩妮示意她这个问题和疑惑过多的堂妹停止讲话，侧耳细听，然后说道：“听，他正向围墙里走。”

能够进入围墙之中的唯一的人是村子里一个叫张士业的老男人，张彩妮随后补充道：“我们都叫他驼背，你别指望他能提供什么有价值的东西。他又聋又哑，是个真正的聋哑人。每一次他都是空手进去，空手而归。至于他到里面干些什么，他说不出来，也不会说。”

在《平原勇士》一书中，有关声音的段落充满了揣测与疑问：

在一个国家的国土之上，我听到了不同的声音，它们有关这个陌生国度的命运、前途。那些声音混杂在一起，让我的判断出现了问题。即使，当我不得不结束我的中国之行，对于来自那里的声音，仍然令我疑惑不解。

就是现在，当我坐在我自己的家里，细细地回想那里发生的一切时，我还能听到嘈杂的声音穿越时空而来，它们把我淹没在了巨大的声响之中。

好吧，关于声音的故事暂时告一个段落。声音，是一个有趣而沉重的词，它的身份会随着地点的变化具有不同的意义和解释。我们听到或者听不到的声音会被以下的这些词装饰起来：无奈、绝望、妥协、退却、狂欢、羞耻、得意、卑微、亢奋、沉沦、罪孽……在以后，在母亲的故事里，它仍然要扮演重要的角色。

啊，声音！

4. 12 岁的新娘

记忆是一条分岔的河流。那些母亲刻意想要绕开的河流往往与痛苦和更加令人羞耻的伤痕有关。我的小姨，我不得不开始提到这个名字，张如烟，或者杨小雪，这两个名字在她 12 岁的思想里经常会莫名其妙地颠来倒去，有时候她自己也不明白，张如烟和杨小雪，哪一个才是真实的自己。算了，这不是一个 12 岁的少女能够从纷繁的头绪中找到答案的，我们还是从她自己年轻却复杂的生命轨迹中寻找答案吧。

对于 A 城的张家来说，她算得上一个局外人。10 岁之前她的生活和那个深宅大院没有任何的关联，唯一的亲人就是多病的母亲，她整天被咳嗽折磨着，那时的杨小雪没有咳嗽的陪伴是无法安然入睡的。10 岁那一年，咳嗽声突然停止了。母亲把她送到了张家大院里，指着一个花白胡子的胖胖的老头说，那是你爹。母亲一边咳嗽一边逼着她叫爹。杨小雪没有叫，在以后的日子里，那个陌生的词也没法从她小嘴巴里溜出来。母亲的死亡对幼小的杨小雪永远是一个谜，她固执地以为，母亲只是以那种方式来结束自己无穷尽的咳嗽。

10 岁，一个崭新的名字进入了她的生命中，张如烟，那是我姥爷的杰作。姥爷对这个突然到来的小女儿倾注了全部的爱，看着缩着身子坐在椅子一角的小女孩，姥爷突然觉得自己回到了从前，怜惜之意渐浓。愧疚，对小女孩母亲的愧疚，也加重了对女孩的爱，他对小女孩说："你是一只自由的小鸟，在这个家里，你想要干什么都成。"

姥爷的承诺在以后的岁月里成了一个梦魇。时间把姥爷的承诺永远地留在了小女孩的脑海中，那句承诺缩小了她的羞怯和恐惧，放大了她病态而痴狂的幻想。

杨小雪和张如烟，两个名字，两个身份，在她的头脑中交叉着，错乱着，要么是杨小雪，要么是张如烟，更有甚者，当两个身份重叠，这个瘦小的小女孩就会做出一些出格的、匪夷所思的举动。

刚刚进入张家的张如烟，羞怯还令她不敢走出自己的屋子半步。她的房间位于那个胖胖的老头的隔壁。那是姥爷有意为之，他想离这个怯生生的小女孩近一些，好让她快点感受到作为父亲的慈爱和关怀。每一天，姥爷醒来的第一件事就是走进张如烟的房间。他看到，小女孩歪躺在冰凉的地板之上。姥爷便抱起小女孩，把她放到柔软的床上。

那个大大的房间充满了好奇和悬念，仿佛每一件装饰品，每一条床单，每一个玩具，每一张桌子，都潜伏着巨大的危险。她的手不敢触碰任何东西，在她心里，它们都是燃烧着的火焰。她躲藏在屋子的地板上，空气是她最好的保护者。听不到母亲的咳嗽声，夜晚显得十分漫长。某一天夜深人静之时，张如烟试探着走出了屋子，从那个忐忑不安的时刻开始，张如烟进入了一个怪诞离奇的世界之中，那个世界充满了冒险和荆棘，充满了对一个 10 岁少女的诱导与蛊惑。

夜色庇护之下的张家大院，宁静只是表面的文章。声音，传递着各式各样复杂而含混的信息。10 岁的少女张如烟，此时，她的名字与她的身份相互照应，完美地结合在一起，对于陌生的夜晚，陌生的张家大院，她不是那个无意中的窥视者，而是一个初级探险者，慌乱、胆怯，都在所难免。在那个胖胖的父亲屋子外面，她听到了年轻女人淫荡的笑声。那笑声把她的夜晚搅得像是拧在一起的绳索，她的手碰倒了窗台上的花盆。花盆破碎的声音惊扰了年轻女人的笑声。随后，年老的父亲从窗户里探出赤裸的上身，向黑暗中随意地张望了一眼。窗户重新关上了，笑声又上演了。对于张如烟来说，笑声极其无聊，索然无味。A 城的副市长，少女的大哥张武通的房间更加索然无味。他的屋子灯火通明，他一个人陷入一张大大的椅子之中，不知道是睡着了还是醒着。还有惊恐，这样的感觉来自我姥姥的房间。小女孩被墙壁里传导过来的声音吸引着，那声音在墙壁里散发着一种诱惑人的回音，她的身体几乎是贴着墙壁来到了那个院子里最大、墙壁也最厚的房子外面。她的身体一旦站在门口，便被里面的声音吸进去了，踉跄着，趔趄着，她几乎像个球一样滚到了一个涂脂抹粉的妇人面前。妇人抓住了她的手腕，可是一下子又被她轻易地挣脱了。妇人叹口气说，你是一条鳗鱼。妇人伸出手想抓住少女张如烟，可是我的姥姥，几乎不可能掌控住一个鳗鱼似的瘦小的女孩。女孩在她的面前灵活地左躲右闪，其实并不是因为要刻意地躲避妇人的抓扑，而是声音，她在躲避屋子里嘈杂的声音。那声音追击着她，让她在屋子里乱跑。她尖声叫道：有人打我了，有人打我了。到底，少女张如烟还是找到了房间的出口，她冲出声音的房间，捂住自己的耳朵，大口大口地喘着气，声音无法一下子从她的身体里跑出来，她有些天旋地转。等到声音像是水一样从身体里漫出来，少女撒开腿向黑暗中跑去，她要找到回自己房间的路，这是艰难的。

张家大院犹如一个迷宫。她已经失去了对于方向和路途的判断，她在奔跑，在黑暗中奔跑，她奔跑的声音沙沙沙，如同一只夜晚出行的兔子。如果不是被一扇突然打开的门挡住了去路，少女张如烟有可能会一直跑下去，直到天亮。突然打开的门像是她奔跑的终点，硬生生地把她拦下来，她的头撞到了门上，少女跌倒在地上，等她从地上爬起来，她看到，从门里面走出来的几乎是一个赤身裸体的男人，他只穿着一条紧身的短裤。借着微弱的月光，少女看到，那个男人，是被人称作她的二哥的那个人，白天里他穿着一身黄兮兮的军装，端着肩膀和面孔。现在，他赤身裸体的样子十分滑稽，令她想笑。他根本没有注意到打开的门会撞到一个小姑娘，他径直向前走，下台阶，穿天井，斜插着走过花园里的小径，跨过三个石凳，他旁若无人，就像是在白天里走路一样。然后来到了后院。跟在他身后的少女张如烟蹑手蹑脚，唯恐被前面赤裸军人发现。军人行进的步伐与白日没有什么不同，昂首挺胸，军姿依旧，每到转弯处都会重复一样的动作，立正，转身，迈步，跳跃，仿佛他仍然穿着一身军装。后院，张家的后院是军人二哥张武厉的目的地。在紧临墙头的一处他站住了。那里搭建着一处临时的鸡窝，鸡窝里挤满了小鸡。小鸡是专门为姥爷准备的，每天早晨，喝一碗新鲜的鸡血；晚上，喝两碗鸡汤。这种特殊的保养方法，姥爷已经持续了许久。张武厉，少女的二哥，在鸡窝面前停止了军人的脚步。他突然转过身，冲着少女张如烟的方向，敬了一个标准的军礼。少女吓了一跳，急忙躲藏在一团树影下。张武厉赤裸的上身在暗淡的月光中像是一块石板，他再次转身，面向鸡窝。蹲下身去，搬开了挡鸡窝的石块，伸手向里掏着什么。睡眠中的鸡受到了惊吓，隔着几米远，少女也能听到鸡在窝里挣扎的声音，有些沉闷和气愤，但是没有白日里的尖叫，一切似乎都在配合着夜晚的宁静。夜晚，A城的宁静不会因为一个小小的鸡窝而改变。张武厉终于抓住并掏出了一只小鸡，小鸡在他的手里可怜地扑腾着，发出细微的叫声。没有停止，小鸡始终没有停止挣扎，它只是无奈地蹬蹬爪子，伸伸脖子，翅膀被张武厉紧紧地攥在手里。张武厉并没有立即采取果断的措施，而是看着手中待宰的小鸡，看了良久，然后用手指指它，像是对小鸡说了些什么，或者是教训着什么。之后，二哥张武厉的举动让少女张如烟感到了费解。不知道何时，他的手里多了一条细细的绳索，他攥着小鸡，来到旁边的一棵枣树下，用手比量了一下枣树树干，尔后便把小鸡摁到树干上。小鸡已经完全没有了力气，此刻只能任凭他的摆布。摁在树干上的小鸡脑袋垂在一边，双腿只是神经质地抖动着。张武厉的动作很娴熟，三两下就把小鸡绑在了树干上。小鸡，像烈士一样在夜色弥漫的树干上抽搐着。张武厉抚摸了一下树干上的小鸡，转身，立正，正步向前走了几步，立定，再转身，手伸到腰间，做了一个掏枪的动作，举枪，瞄准。一系列动作连贯而驾轻就熟。随着张武厉嘴里发出"嘭"的一声，整个繁杂的行刑过程到此结束。一旦达到了目的，赤裸着的张武厉便丢下树干上簌簌发抖的小鸡扬长而去。少女张如烟看着张武厉迅速地从后院消失，他赤裸着的身影犹如一只拔光了毛的小鸡。少女从黑暗中跳出来，来到枣树前，快速把小鸡从绳索的束缚中解放出来，小鸡完全瘫在她的手里。她把小鸡放在地上，小鸡似乎已经忘记了站立或者行走的模样，它扑通一声就倒在了地上。少女张如烟说道："小鸡，别怕，他是吓唬你的。别怕，别怕。"过了许久，小鸡才恢复了常态，它趔趔趄趄地试着站起来。少女扶着它，颤悠悠地走进了鸡窝。张如烟长舒了口气。

　　在以后数月的时间里，少女张如烟都会在夜里跟踪张武厉，这个谜一样的二哥。从父亲屋子里不时传来的不同女人的声音，老妇人制造的无法分辨的声音，大哥张武通屋子里彻夜的灯火通明，都不再吸引她的注意。她完全被张武厉打败了，她幼小的思想突然间产生了一丝博大的幻想，当她看着二哥，看着他赤裸着身体在院子里行走，对小鸡进行行刑，她感觉自己的身份突然发生了逆转，那个杨小雪回到了她的身体里，而且，杨小雪的心理已经脱离了她的身体的束缚，快速地长大，一些奇怪的念头开始闪现，比如对他人的关怀，怜悯之心，比如爱。这些念头并不是慢慢地发酵，而是突然膨胀起来，让她幼小的年龄无法承受。白天里，对那个一身戎装表情僵硬的三营营长，她几乎都不拿正眼去看他，那是一个高傲而高高在上的家伙，他的样子令人讨厌，甚至是厌恶；夜晚，一旦夜晚降临，那个褪去了伪装，赤裸着身体的二哥是个可怜的男人，他生活在一个可怜的世界里，生活在一个需要被人关怀的世界里。有多少次，躲藏在暗处，或者几乎和二哥擦肩而过，张武厉都视而不见。她多么想把他拦下来，用自己的身体当作宽大的衣裳，包裹住他，替他遮风避雨。在畸形的幻想中，她感到自己的身体真的变成一个大大的帐篷一样，遮住了整个天空，整个夜晚，也把夜色下上演的那一幕遮掩得严严实实。

梦游和跟踪梦游，在无数个夜晚，仿佛一场经常上演的游戏。两个人，像是达成了一种默契。而这种默契也并不会因为天气的变化而改变，即使在恶劣的天气条件下，游戏仍在上演。令人称奇的是，就算是冬天，就算在雪夜里重复那样的梦游，对于张武厉来说也不是个问题，他没有伤风，也不会感冒。身板仍然挺得很直，军容纹丝不乱。白天和夜晚，张如烟与杨小雪身份如此鲜明地交替着。白昼，痛苦与厌恶包围着她；夜晚，同情，可怜，与年龄不相仿的爱牢牢地控制着那个瘦小的身体和充满幻想的头脑。

最先打破这种默契关系的不是两人中的一个，而是另有其人。

婚礼，除了可以无所顾忌地狂吃狂喝之外，在已经12岁的少女张如烟眼里比夜晚的一幕更加疯狂和不可思议。她偷偷地喝了酒，酒的味道辛辣，有些苦涩，像是被人重重打了一拳。没有人注意她，没有人理睬她，她完全是一个局外人和多余的人。她的眼睛可以看到他们的腰、胸，还有端在胸前的酒杯，举在手里的香烟。那是大人们的世界。那个时候，她是张如烟或者杨小雪都无所谓了。他们不在乎她的存在。狂欢，酒精，不切实际的空谈，流言蜚语，成了婚礼中的空气。张如烟，在她感到自己的身体飘起来的时候，她的身体果真就飘了起来，那是实实在在的脱离大地的感觉。她被人揪了起来。她努力地侧过头去向侧上方观望，眼睛是酸涩的，空气是肿胀的。包括那个揪她起来的人也变成了一个胖胖的家伙。她蹬着腿，嘴里喊着骂人的话："狗屎皮，你不得好死，你把我放下来。"狗屎皮是她送给二哥张武厉的绰号。张武厉皱了一下眉头，略微犹豫了一下，对于这个名讳，他明显地感到了陌生和不解，所以拎在他手里的张如烟便不得不在半空中多挣扎一会儿。随后，张武厉拎着少女张如烟穿过熙攘的宾客，穿过大堂，来到了院子里，透过稀朗的树影，塔的地基已隐约可见。把张如烟轻轻地放到地上，就像是放一个玩具娃娃那样。张武厉冷冰冰的口吻加重了张如烟的眩晕："这里才是你应该待的地方，那里有猫，还有小狗，去和它们玩。别让我在大厅里看到你，别让我再看到你喝酒。"

转身想马上离开的张武厉被两条胳膊牢牢地抱住了，他不得不像一棵树那样停留在院子里。婚礼中的气浪仍然可以听到，它一浪高过一浪。"你要干什么？"张武厉问。

张如烟童真的声音尖尖的："我不是个孩子。我不是个孩子。"

张武厉不屑地甩了甩，却无法甩开张如烟的纠缠，她像胶似的黏在自己的身上。

张如烟喊道："我不是个孩子。我什么都知道。我知道我是个野孩子，你们都不喜欢我。我知道大哥屋里的灯一夜都不灭。我知道胖爹屋里总有不同的女人……"到此为止，她的话只能说到这里。她的小嘴巴立即被张武厉粗暴地捂住了，他斜视了一会儿这个令人奇怪的女孩，然后警告她："不许胡说，不许胡看，不许胡乱猜想。"然后他挣脱掉张如烟快速地逃离了，他奔跑的速度是如此之快，以至于张如烟都没有看清他是跑出了大院，还是跑进了婚礼的大厅。转瞬之间，张如烟还在错愕时，张武厉又回到了她身边，他的手里，多了一个玩具娃娃，娃娃的眼睛没有了，像是两个无情的无底洞。他几乎是把玩具娃娃塞到张如烟的手中的，说了句："这才是你的。"然后再次快速地逃离。张如烟，手中拿着那个丑陋的娃娃，此时表现出了一个与其年龄相仿的表情。她看了一眼玩具娃娃，便立即爱上了它，把它紧紧搂在怀里。

"拿来！"随着空中突然传来的这句话，张如烟手中的玩具也不翼而飞。仰起头，目光追随着玩具飞离的方向，她看到了一个熟悉的身影，站在她面前的正是在那个噪声聚集的屋子里的妇人。浓妆艳抹的妇人面露笑容，善意地说："这个玩具曾经是我的。我有很多的玩具，你要不要去看一看？"

妇人表面的善意打动了少女张如烟的心，她有些蠢蠢欲动。于是她爽快地答应："好啊，我从来没有得到过玩具，从来没有。"

一前一后，老少两人，她们完全忘记了还在进行中的婚礼，曲径通幽，在妇人的带领下，她们来到了一个布置得红红火火的房间外边。站在门前，指着门上大红的喜字，妇人回过头来冲张如烟做出一个神秘的微笑："玩具就在这里，你一定会喜欢上的。你一看到它就会喜欢死的。"

妇人推开了门，和大厅里婚礼喧闹的场面相比，这里是安静的，甚至有点死寂。一走进去，张如烟就打了一个寒战。她想起了以前自己家的菜窖。这是一个菜窖吗？她还在想着菜窖时，突然脸上撞到了什么东西。妇人说："你抬头看看，这就是那个玩具，它比你手上的玩具大多了，也更有趣。"

妈呀！张如烟看过妇人给她的玩具后吓出了这样一句。

那是一个人，那是父亲的新娘，此刻她悬挂在房梁之上，身体因为刚才少女的碰撞而有些摇晃，她的面部呈四十五度面向地面，舌头伸出来老长，眼睛睁得圆圆的，狰狞而恐怖，丝毫不像一个新娘的样子。少女张如烟刚要大声地叫喊，立即被妇人攥住了嘴巴。她小声说："别叫，别叫，你会惊醒她的。你看看，她睡得多香，多甜，她是多么听话的玩具。"

玩具，妇人把一个吊在房梁上的新娘比作玩具，这让少女张如烟的情绪从惊愕、恐惧，迅速地向平淡、欣喜转换，她开始和妇人一起围着吊着的新娘左看看右看看。她忐忑地问："她真的是一个玩具吗？"

妇人说："你喜欢这个玩具吗？"

张如烟说："我更喜欢自己是这个玩具。吊在上面一定更好玩。你看她，一悠一荡的，像是在我们家院子里荡秋千。"

妇人满心欢喜，她从旁边的床头找到了一套大红色的新娘装给张如烟穿上。要穿上一件成人的新娘装，对张如烟来说是件并不轻松的事情，两人手忙脚乱地忙活了好一阵儿，才算凑合着套在了张如烟的身上，袖子耷拉在地上，裤腿卷起老高，领口宽而阔，露出里面的衣服。这样子打扮之下的张如烟显得更加瘦小枯干。穿上新娘装的张如烟兴奋地问妇人："你看我像不像个新娘？"没有人回答她的提问。她的声音孤零零地在屋子里回荡。屋子里只剩下她和房梁上的新娘，新娘身体的摇晃已经十分微弱，像是钟摆，滴答滴答……妇人不知何时已经不见了。张如烟并不在意自己的孤独，她围着房梁上的新娘，转着圈地唱着歌，直到房门突然被打开，有人喊道："新娘子死了！新娘子死了！"呼啦啦涌进来一堆人，他们的目光并不在房梁上的新娘子，而集中在新房中央转圈的张如烟。她不管不顾，独自转圈和舞蹈，看上去，她更像是被鲜红的新娘装裹挟着不知疲倦的一只小鸟。

好了，好了，一个12岁的新娘，还在伤风败俗的门外徘徊。张如烟，或者杨小雪，仍然会在一个幼小的身体里翻江倒海，把她的欲望、愤恨、畸形的幻想纠结在一起，时间的某一个地方会等待着那一刻。我们暂且等待吧。

5. 羞涩的男人

已经很晚了，一个重要男人的登场真的让我迫不及待了。他是《平原勇士》的主角。

碧昂斯在书中提到了张武备之所以能成为书中的主角完全是一个巧合和误会：

> 我是受了埃德加·斯诺的影响来到中国的，我看了他写的《红星照耀中国》，我被那个神秘的地方牢牢地吸引了，被那些叫毛泽东、朱德的共产党人牢牢吸引了。我的本意是跟着斯诺的脚步来寻找那些共产党人，但是我在北平碰到了我的中国同行丁昭珂。她既为华北政府的报纸服务，也受雇于美联社。她的身份使得她的立场更客观。丁向我讲述了她知道和她听到的张武备的零星的一些故事，这个在平原上神出鬼没的男子立即抓住了我的思想，我等待着像抓住风一样去抓住他的影子。但他并不是共产党人。

张武备已经消失很久，他要回来，他一定要回来，但他会以另外一种方式回来。在他回到故事之前，还是说说关于 A 城羞涩的历史吧。

羞涩好像一直伴随着 A 城。已经拥有三百年历史的 A 城，因为其特殊的重要战略要冲地位，历史上从来都是兵家必争之地。A 城，好像永远处于争斗——易主——再争斗——再易主的循环往复之中。它从来没有属于过 A 城自己，有时候它在权贵和皇室之间徘徊，有时候它被军阀占领；有时候它成为一座恐怖的空城，有时候又奢华得像是一个迷宫；有时候它会让男人留着长长的辫子，女人们一律裹成小脚，有时候土匪会在城中心进行杀戮。在短暂的时刻中，它好像与人民这样的字眼接近过，表面上它是一个真实的城市，比如闯王的将领张献忠进城的那一刻。一瞬，仅仅是一瞬，人民这个字眼便随风而逝。因为随之而来的女人悲痛的哭号像是风一样从城中掠过。还会有一些时刻，它总会让人民看到希望，看到城市仿佛在人民的手里，如果没有希望，我相信 A 城早就不存在了。是的，它仍然在华北的大地上，如今，它离人民更加遥远。A城，宽阔的街道和浓郁的树木，都飘散着异国的空气。羞涩，是的，它在A城的角落里沉睡。但是另外一个羞涩的男人就要苏醒了。他必须出现了。他像是一个沉睡了多年的婴儿，真的要开始生长了，他开始远离童年、少年，向青年和成年进发，他的愤恨随着胡须在拼命地向外钻，他已经迫不及待了。

他在山林中，在空气中，在高高的青纱帐中，在弯弯曲曲的河流中，在平原的每个角落，在风中。他开始伸展自己的身体和臂膀，他似乎听到了骨节生长的声音，听到心脏一声紧似一声的跳动，听到头发愤怒地向上攀登，听到胸腔中风的流动。

从鼻子中流出的血打湿了张武备逃离的路途。夜晚显得沉重而悠长。东清湾不眠的夜晚，加重了他内心的胆怯和不安，当坚强的父亲，在那个令人神伤的傍晚披着残阳归来时，父亲，一个高大的形象就从他的脑海里消失了。羞涩，在夜晚像是黑暗一样浓重，他躲在暗处，看着石屋在淡淡的月光中慢慢地变得模糊起来，而父亲，已经不甚清晰的面庞和不甚高大的身影，此时仿佛仍在嘲笑和讥讽着他。在后来无数的夜晚，他都会头枕着枪，仰望浩渺的星空，追忆着自己如神话般的父亲。父亲的形象却总是那么支离破碎。父亲带领东清湾击退来自西山的土匪；父亲站在洪水肆虐的夏季，对充满恐惧的乡亲们说，没关系，我就是你们的船；父亲把手一挥，说道，那就是我们的土地，于是，荒漠上长出了粮食。羞涩在那个夜晚被莫名的惊悸和担忧挤得无影无踪，父亲也似乎倒在了洪水之中，那个夜晚，和东清湾相比，逃离的张武备其实已经摒弃了父亲伟岸而无法摆脱的影子，对他来说，逃离反而是一种无比愉悦的解脱，血、羞涩，在太阳出来的那一刻都显得不那么重要了。他不停地奔跑，忘记了疲惫。阳光与黑暗交替着向后退去。他什么也听不到，什么也看不到。他孱弱的身体终于无法承受不停奔袭的负担，重重地倒在一片麦地之中，对着还有些阴凉的阳光，深深地吸了口气，他流下了热泪，大叫了一声，父亲！

那是他成年之前的最后一次流下眼泪。眼泪既是他对父亲以往辉煌人生的最后的敬礼，也是对父亲行为的羞涩的表现。他痛恨父亲的消失，痛恨一个强悍父亲的隐蔽。从那个夜晚开始，他开始踏上了漫长的寻找父亲的路程。父亲，一个意义重大的名称开始在他的身体里复苏，他能感觉到身体的灼热，能感觉到自己站到洪水之中的自豪与光荣。从某种意义上来说，当他打响了第一枪，当他俘获了第一个日军，他已经与父亲的生命重合了。

在长达四年的时间里，这个叫张武备的男人，生活在人们的传说之中，他的名字张武备已经渐渐地被人们淡忘了，人们叫他龙队长。

羞涩，并没有悄悄地离开。相反，日复一日，羞涩成了他标志性的气质，在被人们无数次的传颂之中，他羞涩的面庞时常被人们提起："一说到死亡，说到女人，说到东清湾，说到监狱，说到他们无法自由呼吸的土地，他长长的头发也遮掩不住内心的羞涩，他的脸像是孩子犯了错误似的红起来。"

"那么，他并不是一个杀人不眨眼的人？"

"不，恰恰相反。但是羞涩，如同他的皮肤。"

是的，羞涩，这是与生俱来的品性，那是光环之下的父亲，高压之下的父亲赋予他的无法去掉的品性。

从东清湾逃出来之后，他在几十里地之外的小营隐匿了半月之久。一个好心的猎人收留了昏倒在路途中的张武备，那个时候，消瘦而憔悴的张武备奄奄一息，像是一个走投无路的流浪汉。猎人姜运昌对女儿说："起初，我还以为他是我打中的一头野猪，我一直在追逐那头顽强的野猪，我打中了它三枪。我几乎追了它两天两夜，一直追到了那片杨树林，天已经擦黑了，我累得头晕眼花，所以一看到倒在地上的一团黑乎乎的东西，我就认定他是那头野猪。我几乎是累倒在他的身上，气愤地说，我总算把你逮住了。"

被猎人姜运昌逮住的张武备在那个偏僻的小山村里昏睡了三天三夜。醒来后他说的第一句却是："我爹死了。"那是他告别父亲的宣言。

传说中猎人姜运昌是个百发百中的猎人。他从来没有失过手。就算是把张武备误认为是那头筋疲力尽的野猪，姜运昌也没有轻言放弃。他背着张武备继续踏上追逐受伤野猪的征途，直到在山林深处追上了绝望的野猪。张武备很快就从姜运昌的枪法和飘散的硝烟中嗅到了自己的未来，他把东清湾突然拔地而起的监狱看作是一头野猪，而他自己则成了那个百发百中的猎人。他说，野猪再强大，也逃不过好猎人的子弹。他恳请猎人传授他打枪的本领。猎人问他学习打枪的目的。张武备指着窗外挂着的那头野猪，目光中装满了坚韧和自信："我要打比这个大十倍、大百倍的野猪。"猎人姜运昌因为追逐那头野猪耗费了自己所有的精力，回来之后他便大病不起，他脸色蜡黄，在院子里走几圈就大汗淋漓，他叹口气道："追逐那个大家伙已经让我感到力不从心了，我能看到时间无情地把苍老推到了我的面前。打猎变得越来越艰难，日本人的影子无处不在，很奇怪，连动物都感到了内心的害怕，它们跑得比人都快。要找到一头像样的猎物太难了。"

张武备说："不是猎物太难寻了，而是有更大的猎物出现了。"张武备的回答让姜运昌非常意外，也非常震惊，那一刻他打定了主意，要把自己毕生的绝技都传给这个远来的年轻人，他拍拍张武备的肩说："更大的猎物是老天爷给你的奖赏，就看你有没有能力打掉它。"他觉得张武备是上天送给他的一个礼物，一个能够继承他的枪法、他的梦想的礼物。更重要的一点，他对女儿姜小红说，他在小伙子的内心看到了仇恨，那是最重要的，那是能够成为一个好猎手的最佳条件。

学习枪法的过程并不是十分顺利。姜运昌的身体一天不如一天，他像入冬的花草一样在快速地枯萎。而羞涩并没有远离张武备，他不能也无法对跑动中的兔子扣动枪机，他对枪响之后的情景产生了无尽的联想，他害怕血腥的场面出现在他面前。姜运昌看着急迫却又羞涩的年轻人，忧虑使咳嗽的夜晚变得急促不安。

传说中姜运昌成了一头野猪。当然，他是身披着野猪皮在一个清晨闯进了他自己家的院子的，一个成熟的猎人是完全可以分辨得出一个真猎物和一个假猎物的，但是，年轻而心浮气躁的张武备，那时还不能算是一个合格的猎人。他被姜运昌制造的假象迷惑住了。所以，当他看到野猪奔向正在院子里打水的姜运昌的女儿小红时，他匆匆地摘下猎枪，匆匆地打出了他生命中重要的一枪。

是的，猎人姜运昌快要死了，但是满意甚至有些狡黠的笑容挂在他的脸上。临死前他对张武备说："死并不可怕，可怕的是当死亡来临时，人们并不知道为何而死。现在我知道了，因为有更好的猎人要去打更大的猎物了。"

张武备仍然心有余悸地问："我算是一个好猎人了吗？"

猎人姜运昌说："没错，你的子弹穿透了我的身体，我知道那些猎物被我打中的感觉了，你看看，我再也看不到夜晚来临了。"

传说中姜运昌把自己唯一的亲人小红托付给了张武备。因此，在若干年关于龙队长的传说中，小红的英姿总是陪伴在他的左右，那些英勇无畏的故事，那些令人传颂的伏击，都会因为一个女人的形象而不那么血腥不那么冷酷。但是，仅此而已，人们都以为那个天天跟随着他的女人小红就是他游击生涯中的伴侣，事实上，小红只是他亲密的战友。他们的友谊比清晨的露珠还清纯。羞涩，仍然左右着龙队长的意志。他无法忘记姜运昌是为谁而死，他不能正面去端详小红，在战场上他们可以像战友一样并肩作战，但是一旦战火停息，一旦小红的目光退却了杀敌的刚毅，焕发了女人的温柔，张武备，便悄悄地退缩了。

令东清湾病快快的躯体感到一丝燥热的是来自于张武备对一队军人的袭击。押解犯人的车队在通往东清湾的路途中遭到了意想不到的袭击。一次小小的袭击所造成的伤亡并不可观，之所以引起日军和当地驻军的注意，是因为袭击引发了骚乱，并在骚乱中丢失了一名重要的犯人。

生活在传说中造就了张武备不同性格的侧面。在人们不厌其烦的传颂中，张武备英勇无畏，骁勇善战，他的形象仿佛一夜之间就耸立在人们的想象中，人们暂时忘掉了那个仍然在石屋之中躲避的老人张洪儒，暂时忘掉了土地被掠夺的伤痛，暂时忘掉了已经消失了的张家祠堂。啊不，他们没有忘记祠堂带给他们的沉痛记忆。此时，在东清湾人默默的眼神中，他们在交流着一个令人欢欣鼓舞的信息，他们的眼神交叉重叠在一起，把一个叫张武备的年轻人似真似幻的身影放大了许多倍。他们在持久的压抑和苦闷之后，重新看到了希望，一个能够带领他们走出困境的人，一个可以代替张洪儒的救星一样的人。

羞涩，是留给一个内心更加广阔的年轻人的。那是他自己独享的天地，与东清湾人的期盼，与可能发生的一系列的事情无关。

离东清湾越近，张武备的心情越发复杂，他的手臂有些沉重，大地仿佛有一股强烈的吸引力拽着他向下，向下，身下轻快的雪青马也发出令人不安的嘶叫。骑马走在身旁的小红不断地提醒他，不要向下看，要向前看。"你的样子很令人担心，"姜小红说，"你会引起其他人的注意，你像是去奔丧，而不是去完成一件重大的使命。"秋风之中，那个被我们的故事，被东清湾的历史遗忘的年轻女人，神情严峻，飘逸的长发早已经在三天之前被她埋进了大山深处，父亲的坟边，和长发一起埋葬的除了青春，还有眼泪和对过去的缅怀。从那一刻起，一个名字叫姜小红的人物将就此隐去她的性别，隐去她的姓名，隐去她的心灵，隐去她内心的挣扎，隐去她的一切，作为一个忠诚的影子守候在羞涩的男人张武备身边。张武备看到了那个影子的存在，那个影子没有丁点的阴柔，充满了刚毅与自信，他的心迅速地抓住了影子的一角，安慰才悄悄地弥漫到身体的各个部位。他长舒了一口气，感激地看了看那个影子。

　　他们在距离东清湾日军监狱十里的路途中遭遇了那个并不算长的车队。车队行进的速度缓慢，像是一条蜿蜒的蚯蚓。他们策马攀上了西边的山坡，在绿树的掩护下静静地让蚯蚓爬满了他们的目光。然后，他们互相望了一眼，那样的对望在以后的日子里会无数次地重复，而每一次对望都会引出一个令人振奋的传说与故事。

　　我相信历史会在某个时期分岔的，有时候它会与真实接近，而更多的时候，真实会成为一个虚幻的影子。历史就是在若隐若现的真实和虚幻的转换中完成了它自己角色的扮演，被动地接受，不能破解的谜团证明历史本身是无辜的。此时，这个秋日的午后，历史再次赋予了一个传说以迥异的样式。我想以两种版本而存在的关于张武备踏上一条神奇的父亲之路的理由都是合理的，它们在我母亲的记忆里忽而浮现，忽而隐藏，当一个占据上风时，另一个就会退缩到角落里。我的母亲，甚至会产生某些错觉，在飘忽的时光里，张武备，那个充满了光环的男人和英雄的面容会变得模糊不清。

　　好了，勾勒一个随风而逝的英雄显得异常艰难。我们还是看看，在那个具有里程碑似的午后，到底发生了什么，还是让我们跟随母亲的眼睛，回到一个人的真实与大多数人的真实之中吧。

　　人们耳熟能详的故事中，张武备的开端就是以龙队长的身份拉开序幕的。在人们口口相传的故事里，龙队长俨然就是他父亲张洪儒的翻版，人们忽略了他以前的懦弱和对父亲深深的依赖，人们甚至在不断的追忆中把许多莫须有的光环又叠加到他身上，比如他年少时打虎的故事，比如他在十岁时能够诵读《诗经》的事实。是的，因为父亲的影响，张武备自小就具有了一种领袖和勇士的气魄和气质。他骁勇善战，临危不惧。1940 年秋天他只有 20 岁，但已经成了一支抗日队伍的队长，那支队伍被人们称之为龙之队，他们穿平原，啸山林，打伪军，击日寇，并且来无影去无踪，令伪军丧胆，使日寇胆寒。在那场著名的阻击战中，龙队长冲锋在前，他率先打响了阻击战的第一枪。那是一队日伪混编的队伍，他们兵力强壮，翻起滚滚尘土正经过毛儿寨，向东清湾方向急驶，所以那场阻击也被人称作毛儿寨大捷。尘土并没有掩盖住龙队长的光辉，他举枪射击的形象在人们的头脑里清晰异常。人们在时隔许久之后仿佛仍然能够听到那声清脆的枪声。那是龙队长作为一个传奇人物的开始，它以龙之队的大获全胜而告结束，他们击毙了日军八人、伪军数十人，并且做到了全身而退。人们说，汽车变成了死去的屎壳郎，爬满了通往东清湾的道路。从此，龙队长的大名远扬。（在人们达到普遍认知的情境中，有一些被人们有意或无意忽略的细节，比如姜小红，比如前因后果，比如大捷中敌军的不堪一击，比如敌我双方力量悬殊的对比，等等。实际上，在后来越来越狂热的传颂中，只有一个人举足轻重，其他的细节和人物都显得无关紧要了。）

"我看不到路上的汽车。"个人羞涩的历史以张武备的这句忐忑不安的话语开始。他确实看不到眼前的一切，马儿在他们身后吃着草，阳光慵懒地穿过头顶的树丛，落到他和姜小红的背上。这完全是一个日常化的景致，没有任何值得书写的地方，所不同的只是距离他们几十米开外的乡村公路上，一队缓缓行走的车队。他们已经举起了枪，张武备仍在嘀咕着，他对自己的枪法，对一个完全陌生的未来充满了怀疑和犹豫。他的目光里，甚至看到的是一个身披着兽皮的男人，姜小红的父亲。那是一个虚假的野兽。他定了定神。那个缓缓前行的车队仍然令人生疑。一个事实不可更改，打出第一枪的真的是状态不佳的张武备，身边卧着的姜小红一直在等待着他的枪声响起，她在等待，她觉得那个虫子样的队伍就要爬出他们的视线了，她还在等待。等待比虫子爬行的速度要慢许多。张武备发出的枪声沉闷而带着异样的哨音，犹如一枚潮湿的炮仗，它滑行的角度也奇形怪状，在空中有一个轻微的突起，然后，低缓地落入了乡村公路的另一边。即使如此，枪声还是引起了车队的警觉，车队立即停了下来，先是从车窗和车篷中射出来一些毫无目的的子弹，而后，每一辆灰绿色的车子上都下来了三两个端着枪的士兵，有日本人，也有中国人，他们举起枪胡乱地向四周打了一通。此时，等待已久的姜小红才冷静地扣动了扳机，她打倒了一个人，车队阵形大乱，七八辆汽车由虫子变成了无头的苍蝇，到处乱撞，车头与车尾碰在了一起，车尾又和车身纠缠得不可开交，那不像是列运送犯人的车队，更像是一场混乱的赛车比赛。姜小红的枪声没有停歇下来，她眼里晃动的只是一些虫子，令人厌恶的虫子，她的子弹愤怒地射出去。嘴里数着，一，二，三。真正的毛儿寨阻击战是属于两个人，或者说是一个人的，那个人就是20岁的姜小红，倒在她神枪之下的总共有五个人。在撤退之后，姜小红会从马的脖子上扯下一根硬硬的棕毛，把它捆在枪托上，开始是猎枪，不久之后就换成了日本兵的三八大盖，那是她的战利品。

阻击仅仅持续了不到五分钟，他们很快地纵马离去。直到走到十里开外，东清湾在相反的方向越来越远，张武备才幽幽地问道："我打死人了吗？"姜小红不假思索地回答："是的，五个人，全是日本人。"张武备笑了笑，些许的豪气由胆边而升，他问："子弹会在他们的身体里保存多久？"姜小红摇摇头说："不知道，我只知道，当我爹打死一头野猪，子弹会一直在野猪的身体里保存到被我爹用刀剖开。我发现，当我爹在野猪的尸首里寻找子弹时，他非常兴奋。而那粒子弹，亮晶晶的，像是野猪孕育的孩子一样。"

对于努力想要找回父亲尊严的张武备来说，毛儿寨的遭遇战给了他向虚幻的梦境滑行的自信，陡然而起的勇气甚至布满了杀气。而羞涩，将会始终陪伴着这个男人走完他短暂的一生。

6. 东清湾的姑娘们

东清湾，像是一条被冰封的河流。身处其中的母亲，如同从厚厚的冰面向下观察着他们的生活。冰层阻隔了阳光的进入，视线变得歪斜和不透明，一切都那么的模糊。人们的面孔，也如同出现在母亲的梦境中。张家的二女儿张彩芸，在几十年之后母亲的记忆中，都始终保持着奔跑的姿势，慌张、焦虑、狂躁，母亲听不到奔跑的声音，张彩芸的脚步仿佛根本接触不到大地，几乎是悬在空中，腾不起任何的灰尘。那是令母亲疑惑的一个记忆，所有的想象都失去了意义，也许，那只是一个时代的听觉在慢慢地消失，慢慢地与某些东西产生了合谋。

她是每一个时刻都在想着逃跑的姑娘。她后悔没有在父亲躲进石屋的那个夜晚与弟弟一起消失，想要离开东清湾的念头就像水一点点地，一滴滴地，缓慢地向干燥的土里渗透。她坐在屋檐下，她的眼睛看着脚下的一只蚂蚁，一动也不动已经有好长时间。张彩妮对我母亲张如清说："她想逃走，远远地离开这里。现在，她正在自言自语，她说，这个鬼地方，像是一个四周都不透风的洞。我们就像是一群老鼠，被困在这里了。"

母亲仔细地观察着坐在屋檐下的张彩芸。母亲说："她好像没有说话。"

"她在说，"张彩妮说，"她说，她还不如蚂蚁。蚂蚁想去哪里就去哪里，她去不了。她说，如果这样下去我还不如死去。"

"她是一个不安分的人。"张彩妮忧心忡忡地说，"我真的害怕她会做出什么出格的事。"

母亲说："她会怎么样呢？"

"逃跑。"张彩妮的神情落寞而忧伤，"张武备已经不知去向，我不希望她也离开。"

张彩芸在房顶上，她站在那里眺望远方，阳光几乎要把她穿透。

张彩妮几乎是闭着眼睛在说："她在自言自语。她说，她看到了远方有一棵漂亮的树，树叶五彩斑斓，而且闪着迷人的光亮，像是星星在闪烁。"

母亲说："没有那样一棵树。她在幻想。"

张彩芸躺在黑暗中睡觉，屋子里没有任何的响动，连老鼠都变得小心翼翼。张彩妮说："她又在自言自语，她说，黑暗像是一床石头被子压得她喘不过气来。"

母亲说："她的呼吸很均匀，她似乎睡着了，她都懒得翻身。"

"她说，她要去一个有着轻盈的黑暗的地方，白昼也是轻盈的。"张彩妮说。

张彩妮与我母亲的对话，在东清湾的小巷子里长久地停留着。语言，如同一个具象的东西，一枚树叶，一把锄头，一粒尘土。这像是身处逆境中的东清湾在对一个外来者的倾诉。张彩芸的话语，张彩虹的话语，东清湾所有人的话语，都存在于她倔强的脑子里，它们在她的脑子里生长，却不消失，它们越聚越多，却从不感到厌倦。只有一个人的话语，能从她的脑子里快进快出，那个人就是她未婚夫常友顺。张彩妮是个不幸的姑娘，她已经 30 岁，却从来没有得到过真正的爱情。她曾经三次无限地接近于抓住了爱情的线头，但是很快线头燃烧了。第一次，那个姓徐的年轻男人到太原做生意，半路遇到了劫匪，脑袋在山头的一棵树上挂了有两个月。第二次，小伙子姓江，很有文化，那是父亲亲自选中的一个读书人，父亲喜欢和小伙子一起从四书五经里找到共同的乐趣，可惜小伙子命运不济，因为肠道感染一命归西。第三次，姓胡的年轻人天性活泼爽真，却在与张彩妮约会的途中溺水而亡。

现在，轮到了木匠常友顺。他排在第四位。张彩妮一看到他，心里就纠结得厉害，她总是担心，这个男人也会像前三位一样令她肝肠寸断。木匠老实木讷，当初张彩妮之所以能相中他的原因，就是因为他的性格。她总结自己的爱情，认为以前的三次，那些年轻人都有一颗不安分的心，所以才招来莫须有的横祸。她一看到那个一说话就脸红的男人就认定那是她最后的一次努力了，她坚信自己行将枯萎的青春会有一个美满的结局，不仅仅是她这样想，她的父亲、姐妹、弟弟也都抱有同样的观点。计划中的婚礼已经在父亲的头脑中渐渐成形，而婚礼定在了那年夏天的某一个良辰吉日。婚礼的日期在快速地逼近，木匠的影子经常会缓慢地在东清湾移动。但是木讷的木匠脸上也出现了焦虑的神情，因为他无法见到张彩妮的父亲，那个掌握着一个顺理成章的爱情命运的老人。他和她，他们就站在石屋的外面，东清湾的寂静令他感到心像是被张彩妮的手攥着一样，被攥出了汗，他低着头："我总得见他一见，我的父母已经等得不耐烦了。他们催促我来的。他们说，这个世道，还是把好事办在前头。"

张彩妮显得很无辜："不是我不想。他不出来，他不见任何人。连我他都不见，你想他会和你谈我们的事吗？"

木匠犹豫再三，还是问道："他在屋里待了那么久，到底在干什么？"他的语气虽然小心，还是能够听得出来一丝的愤懑。

"建一个新的祠堂。"张彩妮说。

"祠堂？"木匠终于抬起了头，他疑惑地看着张彩妮。"在哪里？石屋里吗？"

"是的。"张彩妮的脸上很平静，仿佛一切都在她的预料之中，"那是一个空旷的土地，黑暗即是白天，在他周围，有良田和村庄，有沸腾的集市，洋溢的笑脸，日出日落，炊烟袅袅，牧童欢唱。一个崭新的张家祠堂正在紧锣密鼓地筹建之中。你听，我爹正在广阔的田地间奔走，以便找到一个理想的建设场地。"

木匠摇摇头："我什么也听不到。我只听到我自己的声音，它在叫喊呢。"

张彩妮笑了笑："你从来没有过叫喊。"

在张彩妮的注视下，木匠重新低下了头。他汹涌的内心即便是海洋，也得龟缩在狭小的沟渠中。站在石屋之外的他，有无数的话想要对张彩妮，想要对屋子中的那个倔强的老人讲，可是面对张彩妮的质疑，他胆怯了。张彩妮说："我听不到你说什么。不管距离多远，我能听到东清湾所有人在说什么，可是你就站在我面前，我却无法听到你在说什么。"

"我什么也没说。"木匠无辜地说。

张彩妮叹了口气，"即使你不说，我也知道你要说的话。"她左顾右盼，压低了嗓音，"我也想早点……"没有说完整的这句话，就像是大逆不道似的，张彩妮立即脸颊绯红。她急忙说："我什么也没说，什么也没说。"

张彩芸不知什么时候站在了他们身边，她看着张彩妮，仿佛要把她看穿似的。张彩妮对木匠说："我妹妹，她说，我是个口是心非的人。"

木匠诧异地看了看张彩芸。张彩芸此时也把目光转向木匠，她的眼睛里空荡荡的，像是干枯的湖泊。木匠说："她怎么不说话？我从进村后就发现，村子里静悄悄的，像是天已经黑下来了。我遇到的每一个人，都像是彩芸似的，他们怎么了？"他抬头看了看耀眼的太阳，"这还是白天。"

张彩妮说："他们都在说话，只是说话的方式不同而已。你听不到，别人听不到他们在说什么，可是我能听到。他们每一个人，他们都没有生活在黑暗中，他们仍在思考，仍在说话。"

木匠的第一次攻关就是在这样半知半解之中匆匆结束的，他没有得到自己想要得到的任何承诺，而他空落的内心却不得不承载了另外的疑惑，一个外表宁静的东清湾，一个生活在失语状态中的东清湾，一个只有张彩妮能够解释的东清湾。在匆匆离开的那一刻，他看着送行的张彩妮，阳光把她的脸庞照耀得清晰异常，他突然从中看到了张洪儒的影子，他惊恐万状，来不及告别便落荒而逃。

有时候，我的母亲，也会感觉到东清湾仿佛只是一个人的村庄，仿佛只有张彩妮——这个30岁的堂姐在掌控着这个落寞的村庄。她似乎只是凭着自己的意志在解释着一个乡村的话语。但是，有时候，我的母亲也会陷入无法自拔的挣扎之中，比如，在木匠离开的夜晚，她能听到从寂静的夜色中传来的张彩妮的哭声。那低缓的哭声能把整个东清湾的夜晚撕裂。我母亲寻声而去，穿过院落，在一片茂密的树林中，张彩妮的哭泣已经与风和树叶的合唱混合到一起。母亲并没有打扰张彩妮。从哭声里，她才意识到，她的堂姐张彩妮，也是一个真正的女人，而不是东清湾的一只耳朵，一只能力超强的耳朵。

当黑夜过去，母亲提醒张彩妮堂姐，告诉她说，也许拒绝不是最好的方式。张彩妮的脸上丝毫看不到泪痕，当白昼来临，一切都会隐藏起来，她说："不行，那不是我一个人的事情。我不能决定自己的命运。"

张彩妮就这样，在被动的命运河流之中飘摇。她无法去把握她自己的爱情，她的爱情完全与东清湾的命运紧紧地联系在一起。在那个令木匠有些窒息的夏天结束之前，一个无法到来的婚礼，像是夏天的藤条一样缠绕在他的心里。而每一次，通向东清湾的路途都是那么的曲折，那么的令人忧伤。木匠渐渐地失去了耐心，因为他丝毫看不到任何的希望，而他对张彩妮的好感也在慢慢地降低，在夏天即将结束的一天，阴雨已经下了两天，他在泥泞之中跋涉了一天才到达东清湾。他的心情就像是拉动两轮车的那头瘦驴，在满是泥浆的路上趔趄着。东清湾渐渐地从雨雾中浮现出来时，那头瘦驴也失去了前行的动力，它以一种委屈的姿势，趴倒在村边的一棵树下。站在张彩妮面前的木匠，形象已经完全打了折扣，雨水打湿了他的衣裳，同时也打湿了他的内心。东清湾，像是一个梦境中的村庄，虚缈地飘在他的眼里。站在黄昏中的张彩妮不解地看着他，埋怨道："这么差的天，你来干什么？"

"我舅舅，前天收到了他的死讯。他死在日本人的枪下，他的死令我父母十分紧张。"即使在说一个人的死，他的头在张彩妮面前也始终低垂着，仿佛，他只是在诉说一件无关紧要的事情。"他们催促我做最后一次努力，他们说，他们闻到了一股浓重的死亡的气息在鼻子尖飘荡。他们说，他们想在这股气味到达他们的身体里面之前，看到我们的婚姻，看到你走进我们家的大门。我父亲，还提到了东清湾，提到了日本人的监狱。父亲说，隔着那么远的距离，他都能闻到从监狱里散发出来的死亡的味道。父亲说那股味道是玉米沤烂的味道。"

张彩妮看着他低垂的头，那个被雨水淋得像是一团水草的头颅，不断地有水滴滑落，她想象不到，在雨水浸泡的路途中，木匠是以怎样的心情去应对一个根本无法实现的目标的。她闭上眼睛，试图想去倾听路途中传来的木匠的声音，哪怕是车轮碾过泥泞道路的声音。她没有听到。她只听到了木匠粗重的呼吸声，她睁开眼，木匠的头仍在顽强地滴落着不屈的水滴。"死亡的事情每天都在发生，"张彩妮说，"但是在这里，我还没有听到，我也没有闻到。关于东清湾，你们又知道多少？我的耳朵能够辨别一切。"

木匠终于忍耐不住，他说出了已经在心里憋了很久的一句话："我觉得你就像是你爹。"雨声和雨天的昏暗减轻了木匠语气中的愤怒。

争吵是那次会面唯一可以选择的方式。木匠突然间丧失了控制力，他木讷的形象一扫而光，他用最恶毒的一句话结束了他艰难的努力，他说："我会忘掉你的。"

在长达数年的光阴中，那句话就像是一片厚厚的叶子，艰涩地遮蔽住木匠的生命。忘掉在相当长的时间里只是一句不能实现的诺言。而对于张彩妮，那句话需要她用相当长的时间去抚慰，那是她的一道深深的伤疤。

木匠不顾路途的辛劳，不顾绵绵不绝的阴雨，在夜幕之中绝望地离开了东清湾。看着他消失在黑暗中的孤独的背景，张彩妮背转身去，泪水再次夺眶而出。

在木匠伤心离去的日子里，从外表上看，张彩妮并没有表现出过多的悲痛。她把更多的精力和时间都用在了倾听上，她是东清湾忠诚的守护者，她在守护着所有人的声音，那些声音在她的内心喧哗着，骚动着，占据了她身体的各个角落，而木匠给她带来的悲伤只能偶尔从幽暗的角落里浮现出来，针一样刺痛一下她。

夏天被一阵风刮过之后，张彩妮全部的倾听都用在了妹妹张彩芸身上。张彩芸的危险，表现在她随时都想着离开东清湾。张彩芸曾经试过的逃离的方法都在张彩妮的耳朵里。黄昏，张彩芸想躲藏在运送柴草的马车上混出东清湾，赶车的张二柱在村东口停下了马车，然后把高高的柴草堆仔细地一点点地扒开，微笑着看着满头柴草的张彩芸。凌晨，张彩芸希望在天亮到来之前以最快的速度跑向村外的杨树林，越过杨树林是一片即将成熟的玉米地，然后便是通向 B 城方向的道路，据说，那里已经成了共产党的天下。她的奔跑在杨树林中遇到了阻碍，张某某和张某某张开了一张大网拦住了她像要飞翔的身体，如同一只蝴蝶落入蜘蛛网内。甚至，张彩芸会突发奇想，被一个个古怪的念头牢牢地控制着，那些念头让她对于逃离充满了幻想，让她兴奋，让她彻夜难眠。她想到了一个能够塞满木柴的麻袋，她想象着自己和木柴一样塞在里边的感觉。她只允许那些想法在她飞转的脑袋里停留极短的时间，因为她担心她内心的话语被姐姐发现，她保持着高度的警惕，即使是美好的想法，她也尽量让它稍纵即逝。她觉得自己的姐姐，那个在婚姻的道路上永远无法到达终点的女人，有着一种神秘的力量，她像一个能量巨大的窥探者，更像是一个巫婆，那种力量让她不寒而栗。麻袋的疯狂只持续了不到一天。从天亮开始，张彩芸就在准备着出行的一切，她找到了麻袋，把里面盛放着的几个破罐子倒出来，埋在草垛里，麻袋散发着浓浓的干草的气息，辛辣苦涩，她把头先埋进去试了试，还可以忍受。然后是地点和时间。地点早就勘察过，已经烂熟于心。时间也是精心策划过的，被选中的那一天，她的姐姐张彩妮正在被另外的烦心事纠缠着，织布房的张中复在家里试图织出一种可以遮蔽住整个监狱的布匹。午饭过后的两个时辰，张彩妮已经被张中复拖进了一块硕大的布匹的麻烦之中，她还没有回来，张家大院，蚂蚁都在安睡。张彩芸拿着麻袋悄悄地出了村子，来到清河边，河水清澈能够见底，水流湍急，河水弯弯曲曲，一直会流向遥远的地方。她勇敢地把自己装进麻袋，勇敢地在麻袋中蠕动着，麻袋顺势滚落进了河里。张彩芸，用自己的想象把自己打湿，但是她只顺流漂了不到两米，便被两名村中的壮汉拿渔网打捞了上来。诸如此类的例子还有很多，她想借助一只负伤的大雁飞出东清湾，结果使大雁的伤情更加严重；她还想让自己变成一条鱼，为此她把头扎进喝水的大缸里想要去抓住缸底的小鱼，结果是她喝饱了水，像是一个孕妇；她还想像一条蛇一样从地下钻出东清湾，当然，她的头得到了泥土和疼痛的慰问，而她仍然没有获得爬行和钻洞的本领。在种种的尝试和努力都没有结果之后，满怀激情的张彩芸仍然在稀奇古怪的各种幻想之中畅游着，失败反而使她更加充满自信，充满着无尽的能量。而当离开的那一天突然来临时，连张彩芸自己都感到有些怅然。

来临的时刻与零星的枪声有关。枪声来自于从 A 城到东清湾的路上，枪声再次打乱了东清湾的秩序，人们纷纷躲到了屋子里，而对于枪声极度敏感的张彩妮，在那一刻突然间就丧失了她敏锐的听觉，东清湾，在她的耳朵里像是躲进洞里的谨慎的动物，在慌乱之中，她捕捉到的信息混乱而没有条理，平日在她完全掌控之下的妹妹张彩芸此时真正地成了一条鱼，一条蛇，一个大雁，从她庞大的听觉世界里消失了。

张彩芸的下落是在以后的岁月里与张武备的消息交互传递回来的，东清湾，在无声之中拥有了种种的揣测和想象。正是在枪声的掩护下，张彩芸找到了离开的方式，枪声就是张彩芸的隐身衣，就是她的保护伞，她趁姐姐的听觉出现了片刻的犹豫，蛇一样钻出了张家大院。张彩妮在夜晚到来后恢复了听觉，东清湾又像是一个市集一样展开在她的耳朵里，关于张彩芸的出走，他们分别有着自己的看法。张彩妮听到张三说（他的声音有些沙哑，像是埋在土里，但并不妨碍张彩妮敏锐的听力），她从我家门前穿过，像是一阵微风。她还听到张五说，我在树林里看到张彩芸，她只顾着奔跑，根本没有看到我，她的脚绊到了我的腿上，到现在我的腿还生疼生疼的，可是她却像个没事人似的继续向前跑。传到张彩妮耳朵里的另一种声音来自少女张 EE：我真想像她一样，她就像是在水面上飞，她像一个新娘子。如果把人们的说法连在一起，张彩芸逃离的线路基本清晰了，她逃出东清湾的线路是伴随着张武备一起被人们熟知的，她在毛儿寨附近的玉米地里撞到了落荒而逃的老杨。正是因为张武备的伏击造成了押解车队的混乱，老杨趁机逃脱，他的腿因为被拷打而受了伤，一瘸一拐的，渗出的血呈灰褐色，硬硬的。他们的逃亡路线在那个时间和那个地点惊人地巧合在一起，他惊慌失措的眼神与同样惊慌失措的另一个眼神在宽广的玉米地中相遇了，玉米地、枪声、眼神，交织在一起，老杨说："我需要一些帮助。我跑不动了。"张彩芸说："是的，我也是。"两人互相搀扶着融入了茫茫无际的玉米的海洋之中，他们听到风吹着玉米叶子的声音，就像是波涛，在推着他们前行。一年之后，张彩芸秘密地回到东清湾时，自信已经使她充满了活力，她像是一只不知疲倦的鸟儿，早就忘记了旅途的辛劳，忘记了曾经的逃亡经历，在屋子里，她偷偷穿上军装的样子，好像一下子就把屋子里照亮，闪了姐姐张彩妮的眼睛。那个时候，她已经是晋察冀军区第四军区第四团第二支队的副队长，第四团的政委就是老杨。她悄悄对姐姐说："老杨就是革命，我爱上了革命，我把自己的一生都交给了老杨。"张彩妮不明白她在说什么，那个晚上，张彩妮突然觉得妹妹变得陌生起来，妹妹张彩芸像是来自另一个世界。

妹妹的逃离使张彩妮陷入了深深的自责之中。她常常听到自己的声音，那些声音仿佛来自于其他人，仿佛是从身体外部传到她的耳朵里的。她对我的母亲说："我看见有另外一个人，她和我一模一样，她在不停地和我说话。她说她不能原谅自己的失职，她的弟弟、妹妹，先后离我们而去。她无法预知他们的前途如何。她愧对父亲，愧对祖先。"

母亲说："你觉得他们留在这里更有意义吗？也许他们找到了更好的出路。你不觉得这里的气氛分外压抑吗？你不觉得这里是一个声音的墓地吗？你没有听说吗？毛儿寨的枪声来自武备。"母亲脸上表现出一丝的兴奋，她看着张彩妮，她忧郁的堂姐。

"我宁愿自己没有听到那个消息，我宁愿相信，那枪声不是他发出的。"果然，张彩妮对于张武备走上一条危险的道路感到忧心忡忡，"谁看见了，他是枪声的制造者，我不相信，张武备，胆子小得比一只蚊子的还小，他怎么可能做出那么惊天动地的事情？"

略微让张彩妮感到安心的是她最小的妹妹张彩虹，她安静得有些可怕，她像是张家的一棵小树，一把锄头，一个车轮，静静地卧在院子的一角，日常得容易让人忘掉。张彩妮对我母亲说，彩虹从来不说话，听不到她说任何话。"如果她整整一天都待在一个角落里一动不动，你丝毫不会感到奇怪。"张彩妮说，"她的眼睛也许会睁着，可是她的目光是涣散的，她几乎对任何事情都不感兴趣，她不看，根本听不到，她也不去思考。我想，如果我在她待着的地方浇些水，她可能会生根发芽，长成一棵小树。"

第二章

7. 身份

母亲在东清湾一无所获，姥爷的口信在广袤的平原上随风而逝，同样，因为无法得到监狱中的任何信息，黄永年的下落仍然是一个谜。一踏进 A 城的母亲，突然感觉自己也仿佛失去了语言的本能，她的思想也关闭了，她看到的一切也有些异样。A 城的张家大院，完全是另外一番景象，每个人都上了发条一样在忙碌着。张武通在偷偷地策划着一场夺权行动，以便为他梦想中的城市铺平道路，那些戴眼镜的，穿便装的，行色匆匆的，表情严峻的，走马灯似的出出进进。张武厉就连吃饭的时候都全副武装，一有风吹草动他的手就不自觉地伸向腰间的枪匣子。姥爷每天天不亮就守候在建筑工地前，看着白昼慢慢地卷起黑夜，薄薄地覆盖在大大的深坑上。基础挖得很深，白昼在巨大的深坑面前还是有些犹豫，它只能慢慢地试探着一丝丝地向深坑中爬行。深坑中的颜色也一点点地由黑变灰，再由灰变成灰白。坑中始终留有庞大的阴影，阴影像是斜斜的刀子。姥爷可不是在那里欣赏阴影的变化的，他已经从巨大的深坑中看到了塔的高度。姥爷看着深坑中的阴影坚定地说："没有人能够想象到塔的高度，当他们看到一座塔从这里耸立，他们会改变所有顽固的想法的。"

"也许叔叔是对的。祖先们可能不喜欢离开故土，他们不喜欢背井离乡，就算是成了孤魂野鬼，他们也在等待。"母亲张如清以为自己这样说了，可是她的嘴并没有动。

姥爷一点儿反应也没有，他继续说："到时候，我会把他从老屋里拽出来，让他见见阳光，见识一下登高远眺的开阔和胸襟。这个老顽固，土地已经把他锻造成一个地地道道的农民了。没有见识，没有理想，没有胸怀。他把自己都埋进土里了。"

在建设工地上，母亲意外地看到了木匠。木匠俨然是一个地道的施工者，他只是对着母亲淡淡地一笑，解释道，我跟着我师傅来的。他指了指不远处凝神思考的佟师傅。初入 A 城张家的木匠常友顺，还有些腼腆和不安，他的目光还是那样低垂着，偶尔向母亲瞥一眼，也是游离而忧伤的。在婚姻面前遭遇的失败，使这个 30 岁的男人看上去意志薄弱，他把所有的心思都投入塔的建设中，他只是普通的建塔人中的一员。我的母亲，在那次邂逅中，并没有与木匠做过多的交流，她不知道是不是应该去安慰他。如果她安慰了木匠，是不是她认可了堂姐张彩妮和整个东清湾的无情？因此，当母亲与木匠的眼神偶尔相对时，她甚至有点内疚和羞怯，她急匆匆地和木匠打了个照面便闪身离去。以后的时间里她渐渐地忘记了在那些忙碌的建塔人群中，还有一个对婚姻绝望的男人，还有一个曾经以为可以与张彩妮有一段美满婚姻的男人。她再次看到木匠时，他身上那股木屑的味道并没有完全消失，但是他身上的衣服却让母亲张如清大吃一惊。他走在张家大院的小径上，紧紧尾随着张武厉，他身着一身黄色的军装，看在母亲的眼里，不伦不类，母亲惊诧地说："你……"木匠，啊，此时应该叫常友顺，淡淡一笑说："我在寻找自信。"便快速地追上张武厉。在张武厉的身边，以后经常会看到常友顺的身影，他和张武厉寸步不离，成了张武厉贴身的警卫。而他身上，那些曾经的木屑的味道，那些胆怯和游离的目光也在一点点地减退。一个人，作为木匠的历史似乎已经结束了。

一个人身份的变化只是这个城市乃至整个中国微小的一粒轻尘，在动荡的 20 世纪 40 年代，身份或许是通向某个简单目标的通行证，或许是伤痕累累的重担，或许只是一种盲目的顺从。

但是对张武厉来说，身份或许还有另外的意义。

毛儿寨伏击传到他耳朵里已经是第二天的早上，消息通过电话传来，他的梦境骤然惊醒。无数个早晨，他会一直睡到日上三竿，梦境的结束总是那么匆忙，连他自己都不知道，为什么早晨总是那么令人难以忍受，为什么自己总是在疲惫不堪中迎来新的一天。这一天，他感到格外的倦意，突如其来的关于伏击的消息给了他重重的一击，很长时间以来，类似的消息屡屡撞击着他的神经，让他的身体莫名地颤抖。颤抖使一个浑浑噩噩的上午有些摇晃，屋子、家具、镜子、镜子中的自己。颤抖就像是他万分警觉的思想中的一部分，它会使神经绷得更紧，让思想更加凝固。颤抖是他生活中的一部分，它并不是那个上午值得记忆的，最让张武厉感到意外的是一朵花。它就躺在他的枕边，安静而充满着期待。花枝上还缠着一个小小的纸片，不规则的，方形，圆形，或者奇形怪状，纸片不大，上面写着几个歪歪扭扭的字："献给 wlc。"这三个陌生的字母代表着什么？他的屋子里从来没有过花朵，花瓶中的花，鲜花，以及墙上画中的花，都会被他拒绝的。那不是一个坚强而冷酷男人的必需品，他抵制它们是在克服软弱。他需要的是枪、军装、冷漠、杀戮、呼啸的枪声。可是那个颤抖的上午，花朵带来了另一次更加强烈的颤抖，把刚刚结束的颤抖重新交还给了他。那朵盛开的花在他的手里摇曳，像是飘荡在风中很快地就香消玉殒了，一片片的花瓣惊慌地逃离了张武厉粗大的手指，落在地下，然后被他踩得粉碎。

花朵是从哪里来的？这个疑问在以后的日子里会持续地困扰着他，隔几天，花朵就会在他的枕边出现，花朵的种类会随着季节的变化而变化，玫瑰、月季、芍药、牡丹、莲花……花朵都是盛开着的，鲜艳而饱满，而每一次，都会伴随着张武厉的一次次猛烈的颤抖分解，凋零。他把家里的用人全都招来，询问了一遍，没有人能回答他奇怪的问题，他感觉到，用人们以为他的精神出现了问题，他的提问简直就是无理取闹。吴妈说："我们检查了院子里栽的所有的花，是的，我们看到了折过的新鲜的痕迹，花朵肯定是从花园里的某个花枝上折下来的。但是我们没有一个人这样做过。"

张武厉甚至觉得用人们在偷偷地发笑。他赶走了无法给他答案的用人们，却驱赶不走心中的疑问。直到花朵的秘密解开，张武厉都无法得到些许的安慰。

毛儿寨伏击现场，已经找寻不到任何有用的线索。在百米之外的山坡和树林间，只有一些散乱的印迹，马蹄印，人的脚印，杂乱无章。老杨的逃离只是这次意外伏击的一个最直接的后果，但更让张武厉颤抖的不是老杨，而是伏击者，他或者他们是谁？他在哪里？他或者他们会干出什么更加惊天动地的事情？这一切都是未知的，他害怕躲藏在他身后的那些人，他能感觉到他们的眼睛放射出来的寒光。这是张武厉和张武备兄弟在生命中第一次未谋面的交锋，他明明感觉到了来自对方的杀气，一个陌生人，然后再转化为互相对立的兄弟，那股杀气更浓也会更重。

他下令在全城搜查老杨的下落，他明明知道，老杨不会很快在Ａ城现身，他会以另外一种方式和他相遇。老杨不属于Ａ城，但是Ａ城会因为他在若干年后而颤抖，那不是一个人的颤抖，而是一座城，一片广大的地域，是20世纪40年代的华北。

对于搜查表现出极大兴趣的还有我的母亲张如清。老杨，现在成了她唯一可以依赖的当事人，只有当面向老杨问询，才能知道黄永年的下落，也才能证明黄永年的清白。老杨会不会被抓住，会给母亲带来什么样的讯息，在母亲的脑子里盘旋，同时，母亲也在反诘自己，我真的想让老杨被二哥抓住吗？

全城搜查后来演变成了杀人者的游戏。

母亲的二哥，那个紧张而压抑着自己个性的男人，把因老杨逃逸受到的斥责全都发泄在了那些长相酷似老杨的人身上。Ａ城，竟然有着如此神奇的宝藏，他们竟然在全城找到了六个与老杨极为相似的男人，虽然年龄有些差异，但从面庞上看，足以鱼目混珠。当六个老杨被领到张武厉和张武通面前时，兄弟两人不约而同地惊呼了一声"老杨"。张武厉甚至警惕地向后退了一步，但他很快就镇定了下来。他下意识地抚摸了一下腰间的枪，目光立即变得冰冷和生硬。在如何处理六个"老杨"的问题上，两兄弟产生了分歧。张武通主张从他们当中选择一个更接近老杨性格气质的人来冒充老杨，作为诱饵，以便把真正的老杨重新投入监狱。张武厉简洁明了，他喜欢直来直去，他说："都杀掉。省得他们再逃跑，再起什么波澜。"两人的争吵总是在妥协之中收场，这次也不例外，两个Ａ城的主宰者，对"老杨"进行了合理的分配，一人掌控三人。张武通笑着说："我们可以来一次友好的竞赛，老杨，是我们各自的筹码。我们以不同的方式，公平地竞争。你看怎么样？"

张武厉紧绷的脸透露出一丝的不屑，他说："一言为定，你的想法天真，并且徒劳无益。"

"老杨"被两兄弟平分。关于老杨的举止、习惯、语言，他们早已从被抓的人当中了解清楚，分给张武通的三人经过严格的训练，最后只剩下一人，其他两人被秘密枪决。干脆直接的张武厉把三个"老杨"当作靶子，用串糖葫芦的办法，只用一枪，就解决掉了三人的性命。

少女张如烟亲眼看见了"老杨"们被处决的场面。那是在她多次的请求之后，第一次见到杀人的场景。那场景成了她后来反复演练的一个依据，无数个夜晚，在寂静的院子里，在她等待张武厉从屋子里赤裸着跑出来之前，她都会想到那个冷风凄凄的下午，她想着那个下午的张武厉，想着他优美的姿势，想着他出枪一瞬间的从容和冷峻，想着那一颗弹壳飞行的轨迹。她记得清清楚楚，那枚还冒着烟气的弹壳就落在了她的身旁，她把它拿在手里的时候还是滚烫的。

就是在那个场景之后，少女张如烟突然觉得那个白昼消失了，黑夜莫名地降临，她的身份也第一次会在白昼里分裂，杨小雪的名字重新进入了她的身体和大脑，一个小女孩的怜悯和悲情像是雾气一样扑向张武厉，那个下午，她对张武厉说的那句话，不像是一个孩子，而是一个思想和意志都成熟的女人说的，她说道："你是一个内心孤独的男人，你是一个内心冰冷的男人，你需要一团火来温暖你。"

张武厉，满脸诧异地盯着她。这样的话，显然与张如烟的实际年龄不相符。

当张武厉大张旗鼓地在城里搜查老杨的下落时，老杨已经在张彩芸陪伴下，越过大平原，翻越太行山，跨越黄河，跋山涉水抵达了延安。对张彩芸，延安的日子短暂而甜蜜，她收获了自信，同时也收获了爱情。在延河边上，刮掉胡子的老杨年轻了有十岁，老杨对于迟来的爱情并没有什么喜悦之色，他的忧虑仍然牢固地写在脸上，他说："我们的使命不在这里，我们要回到战斗的前线，和敌人做面对面的厮杀，我希望听到战马的嘶叫，听到枪炮的震响，听到敌人的哀号。我希望，我们的土地不再流血，我们的人民不再哭泣。"当他对张彩芸说出这番意气风发的话时，肯定想不到，在千里之外的 A 城，有五个与他相貌相当的男人已经替他死去，他更不知道，关于一个冒名老杨的阴谋其实才刚刚开始。

依偎在老杨胸前的张彩芸，想象着即将到来的暴风雨似的生活，她在内心里对老杨说，不管前途有多少艰难险阻，只要有你在，我内心就能得到安慰。

马是寻找毛儿寨伏击者的唯一的证据。马蹄的印迹……数天之后，马儿带来的破坏持续着，这一次是在南苏庄。一队运往中南前线的战马遭到了袭扰，战马被劫走三匹。还有，当马蹄的印迹突然出现在另外一个方向，一个日本兵被射杀。而伏击者的形象仍迟迟无法浮现出来。他像是可怕的影子，紧紧地尾随着张武厉。于是，从 A 城到东清湾，方圆数百里的地域，马儿在那年的秋天里几乎绝迹。所有的马匹都被捆绑成一团粽子，挤在一辆辆破旧的军车上，拉向 A 城郊外张武厉的打靶场。满载马匹的军车浩浩荡荡，卷起滚滚的尘土。马儿绝望的嘶鸣洒满了通向 A 城的道路。为了能够盛下那么多种类繁多的马匹，张武厉在打靶场周围建起了一座座巨大的圈马场，圈马场腾起的尘烟冲向空中，让士兵们苦不堪言，这种情况一直持续到冬天的第一场雪，持续到马儿们成了士兵们的腹中之物。马儿们的秋天是寒冷而难熬的，它们中随时有被拉出去成为猎物的危险。在张武厉从上午的困顿之中挣脱出来之后，他会带领士兵们打开某一个圈马场的大门，倾听着万马奔腾的激荡的声音，让马蹄卷起的尘土慢慢地从空中降落到他们的身上、枪支上，蒙住他们的视线。此时，张武厉会大叫一声："上马。"他快速地擦去睫毛上的灰尘，跃身上马，掏出手枪，对着飞奔的马儿放出第一枪。肯定会有一匹马应声倒地，发出的哀鸣淹没在浩大的马儿奔跑的声音之中。马儿们立即惊慌起来，改变了原来奔跑的路线，它们开始互相碰撞，向不同的方向飞奔。随后还有第二枪，枪声在马奔跑的声音之中闷闷的，像是夏季的闷雷。这样的屠杀使士兵们品尝到了马肉的鲜美。马肉的香味整整一个秋天都飘荡在打靶场的上空，以至于后来士兵们一闻到马肉的味道就会恶心、反胃和呕吐。他们觉得，马肉是世界上最难以忍受的食物。

　　母亲有一次碰巧看到了这样的场面。她没有吃马肉，她也没有闻到马肉的味道，但是她突然想到了老杨，她仿佛看到那匹倒在万马之中的马儿就是老杨。老杨的身上散发着羊肉的味道。有一个念头一下子来到她的脑海里，就像针狠狠地刺了她一下：被抓住的老杨也会这样吗？她大叫了一声就瘫在地上。

　　张武备如同蜕变的蝉，一点点地清晰起来，并非来自于马蹄的印迹，而是一些风一样流传的故事。骑在马背上的张武备，在传言中变得越来越强大，越来越像一个从古代战场上归来的武士。张武厉时常会在夜里看到那个兄弟御风而来的情景，陌生而令他颤抖。他不清楚，为何那个乡下的兄弟会变化多端，会有如此匪夷所思的惊人之举。难道是因为仇恨，难道是因为他对另外一种身份的迷恋？

　　而在那年冬天，张武备的队伍已经不再只有他和如影随形的姜小红。5 个人，10 个人，一直到 36 个人，初具规模的游击队神出鬼没，开始在大平原上播撒他们日渐响亮的名声。龙队长使双枪，骑雪青马，着皂衣，威风凛凛。但是在龙队长的内心，有一个无法公开的秘密始终折磨着他——羞涩。羞涩就是他的内心，就是他的外衣，就是他对世界的认知。拥有一个新鲜名字下的身份——龙队长，对于那样一个年轻的男人已经不那么重要了，羞涩在他身体里如蓬勃的春天，一天天壮大。他开始对鲜血充满了羞涩。鲜血，是的，那是战争的必需品，是战争最直接的外观。鲜血的味道不仅仅是血腥，还有辛辣、呛人的鼻息。最早对鲜血的羞涩是由于姜小红的负伤。他们往往率性而为，他们会突然冒出一个奇怪的念头，对一个不可能的目标展开攻势。

　　农历九月十六的凌晨时分，天气已经变得有些寒冷，马蹄敲击地面的声音清脆地铺展开，慢慢地使柔软的土地变得坚硬。夜色像是纱一样披在行色匆匆的马队上，恍如一个梦境才刚刚开始。从张武备侧头张望的眼里看到的还模糊不清的英武的影子是姜小红。她骑在马上的样子镇定自若。姜小红总是伴在他的右边，一左一右，他们的打扮、穿着几乎一样，皂衣、雪青马、灰色的帽子。在夜色之中，张武备甚至真的有一种幻觉，那个叫姜小红的影子就是自己。他绵细的内心过多地考虑的是那个自己的影子，但是对于即将到来的一场场面不大的激战却知之甚少，甚或有一些小小的担忧。他们袭击的目标与他们真实的作战能力相差太远，以至于在若干天后，有些队员在想到那个晚上匆匆的战斗时，仍然有一种处于虚幻梦境的感觉。绝大多数人的感觉在那个寒冷的夜晚雾气一样地铺散开来，弥漫了他们激愤的心。他们的目标在他们内心已经刺眼地竖立很久，它阴冷而凶恶。那个夜晚，当目标仍然在不远处沉睡时，其实，他们已经看到了它，那个在他们心中早就有的监狱，日本人的监狱。是的，正是因为内心的仇恨，夸大了他们的想象，所以龙队长早早地就以为已经到达了目标之地。龙队长最早感受到了来自于监狱的压力，他的大脑突然间出现了一片空白，白茫茫的颜色使得他的思想中缺少了姜小红的影子，他忘记了出发前姜小红的叮嘱，忘记了他们所要攻打的目标的严酷性。他举起了手枪，对着纱一样的夜空胡乱开了一枪。于是，枪声大作，游击队员们开始向监狱的方向胡乱地开枪，胡乱地扔手榴弹。而监狱在每一个人的心中都有着不尽相同的方向。仓皇的枪声，交织成一个混乱的网。仿佛有一群蚂蚱从睡梦中惊醒。而远处的监狱在夜晚的深处渐渐地苏醒，开始有装甲车从幽黑的院子里冲出来，一场黎明前的交战打破了乡村的宁静。

　　姜小红就是在那场毫无准备的交战中身负重伤的，一颗子弹从她的胸口穿过，鲜血把龙队长张武备的衣服浸透，血液甚至染红了他胯下的战马。他能感觉到，他怀中的姜小红的呼吸在一点点地减弱，她的眼睛在晨曦之中疲惫得无法睁开。他不停地呼喊着她的名字。那匹俊逸的雪青马，在很久之后，仍然认为鲜血的味道就是它亢奋的粮食，它会昂起挺拔的头颅发出划破黎明的嘶叫。战马，战马！龙队长忧虑地抚摸着雪青马的鬃毛，小心翼翼地安慰它，我们到家了，我们到家了。那个时候，张武备的内心已经被姜小红的鲜血封闭。他和雪青马的亢奋截然相反，那个夜晚之后，他开始拒绝鲜血，对鲜血的味道有过激的反应，比如舌头的僵直，声音会随之埋没在他羞怯的内心深处。还有另外一种说法也颇费思量，那个说法在极窄的通道里穿行，就是运行在麦管里的微风，没有人会留意它的。说法比较暧昧，充满对龙队长战斗能力的质疑。说法中的龙队长似乎忘记了他们将要去完成的一个不可能的任务，在黑暗即将退去的那个凌晨，张武备在那个说法中更像是一个盲目而缺乏信心的武士，他忘记了准确的目标，忘记了姜小红的嘱托，忘记了跟随在左右的游击队员们，他看到的可能只有自己内心的不安和紧张，所以他擅自在不恰当的时机举起了手枪。那个时候，目标中的监狱还在遥远的黑暗中沉睡不醒。张武备，或者龙队长，似乎也在某个被赋予的形象中沉睡不醒，他贸然地感觉到了马匹的心跳，感觉到了大地的颤抖，他举起了枪，匆匆地开了一枪。淡淡的夜色之中，他举枪的动作被夸大了，仿佛人们看到的只是一只粗壮的胳膊，而不是一支枪，枪声使一场提前预知的战斗莫名其妙地半途而废了。他盲目的指挥中断了所有人在心中鼓荡起来的勇气，突然的枪声除了误伤了离他最近的姜小红之外，没有任何的效果。在白昼来临之前，龙之队所做的最重要的事情是把受伤的姜小红解救回驻地。说法中并没有敌方出现，也许敌方出现时，曾经慌乱的地方早就人去田空。后一种说法只是在小范围内流传，而且，在那之后不久，那个传诵这个说法的人就消失了。所以这种说法只是短暂地存在过，没有人真正地去追究，也没有人真正地相信。在华北，在东清湾方圆百里的地方，龙队长是一个不容置疑和玷污的名字。

但是，对姜小红的死里逃生人们有着一致的结论。他们都以为姜小红已经死去了。他们挑选了一处草木茂盛的地方，准备把她埋藏在那里。张武备抱着她冰冷的身体，突然觉得自己失去了依靠，就像小时候，母亲去世时的那个时刻。那天没有雨，阳光普照，温暖的阳光照在已经挖好的坟坑里，只有黄黄的土，显出阴凉的冷漠。"时辰到了。"有人提醒张武备。正当张武备要把她放进棺材中时，突然听到了蚊蝇般的一声呼唤："武备，我还不想死。"那是姜小红把自己召唤回来的声音，也是把张武备从绝望和无依无靠中拉回来的声音。

另外，羞涩还让他对死亡充满了不解和迷惑。那个消失的人曾经在龙队长的左右，他是 36 人之中的一个。他的错误在于他距离龙队长太近，他的名字叫作张某某或者其他什么，这些都不重要了，我们权且把他叫做 Y。Y 致命的怀疑把他引向了死亡的边缘。在那个凌晨失败的袭击之后，Y 听到了一声更响亮的声音，那声音比枪声之所以更响亮是因它离自己的头颅太近，离他的心更近。他不可能知道那声音出自什么东西，铁的，石头的，发出呼声的或者根本不会自己发出任何的声响，只是因为与他并不坚硬的头有了近距离的接触才发出令他窒息的响声？Y 鲜血淋漓地被带到了龙队长的面前。Y 看到龙队长急促的呼吸致使他的面孔有些发紫，发红，他说话的节奏也发生了变化，他张开嘴，结结巴巴地说："你把他怎么了？他像是要死了？要不要请人给他包扎一下？"龙队长的问话没有得到任何的回应，Y 听到的只是一个声音，像是来自于幽暗的地狱："交给你了。他得死。"那之后很长的时间里，Y 都处于极度的昏迷之中，偶尔的苏醒只是因为疼痛，偶尔，只是偶尔，他能看到一张憔悴的脸，一张真实的脸，一张怀疑的脸，一张惊恐的脸。那个人是谁？他又沉沉地昏死过去。Y 在以后的岁月里被人们忘记了，他并不是一个主要角色，他的消失和被遗忘是理所当然的，没有人会在意，没有人会去追究。但是 Y 却让张武备陷入了对死亡的羞涩之中。他没有办法完成那一句命令似的结语，对一个人生命的结语。他偷偷地把 Y 藏了起来。生命在他的羞涩之中慢慢地保留下来，并慢慢地与死亡做着抗争。在一个濒临死亡的生命面前，张武备头一次感觉到了自己的无助和渺小，开始，他并不指望 Y 能活过来。那个黑暗的山洞里，那是他从东清湾跑出来时发现的一个秘密的藏身之地，他之所以把 Y 藏到那里，只是想让 Y 能安静地死去，他在回想着 Y 种种英勇无畏的过去，感到了风在他身体里的声音。Y 神奇地活转过来，他的生命在黑暗之中一天天地复苏，一天天地好转。实际上，当张武备有一天来到山洞中，看到能够坐起来的 Y 时，惊喜与惊惧同时在他的脑子里出现，它们像是两只不同的虫子咬着他。在微弱的火把的光亮中，Y 的神情仍然那么逼真地传递到张武备的眼睛里，Y 仍然虚弱的脸上露出的是鄙夷和不屑。Y 慢条斯理地说："看到我活下来，你感到奇怪了吧？你是不是希望我早点死掉？"

张武备的脸涨得通红，火把的光掩盖了他的紧张，他连连摇摆的手表明了他内心的挣扎，"不，你不要误会。"可是他无法去解释，到底谁希望 Y 死去，Y 的死与什么有关。

冷漠为 Y 的语言披上了干瘪的外衣："我不会原谅你，但我也不会原谅自己。我每天都在黑暗里反思自己的言行，我觉得不应该，我为自己的所作所为而感到可耻。我不应该怀疑，因为现在，怀疑会毁掉信心，毁掉外界对一个英雄的看法。而这个时候，是需要一个英雄的。唉！"关于 Y 的出身，张武备的头脑里此时才渐渐地浮现出来，Y 曾经是一个私塾先生，他是他们队伍里年纪最长的。在昏暗的光中，张武备觉得 Y 显得很苍老，像是个老人，父亲那样的。

Y 是自己选择了死亡的。虽然他已经摆脱了生理上的死亡，但是同样的精神上的折磨使他无法迎接自己的新生。在张武备转身离去的那一刻，他叫住了他的队长。他看着从山洞外照进来的光把张武备的身影映得很高大，他笑着说："队长，相对于这个混乱的世道，任何的怀疑都是多余的。"他举起了枪，对准了自己的太阳穴。

那个山洞在随后的岁月里如同一个关于死亡的课堂，陆续有人被抬进来，有人死去，有人复活。而每一个人都有着对于死亡的不同理解，他们纷繁而矛盾的想法使内心柔弱的张武备更加的羞涩。

死亡山洞，两年前我曾经去寻找过那个传说中的山洞。历经六十余年的雨雪风霜，山洞早已不知去向，知道和了解山洞的人已经所剩无几。黄岩山，被另一种热情所笼罩着，据说黄岩山上淡黄色的石头有着一种奇特的治疗骨质增生的功效，因此，黄岩山已经被火药炸得遍体鳞伤，仿佛整座山都是山洞似的。按照一种民间偷偷流传的说法，山上的石头之所以能够有如此神奇的功效，是因为每一块石头的缝隙里都有一截人骨，在人们夸大其词的演绎中，仿佛整座山都是死亡山洞。当我看着热火朝天的景象时，我突然感觉当六十年前的人们待在山洞里思索着死亡的大问题时，他们肯定想不到，他们的死亡会成为后代人发财的奠基。

对于死亡，另一个当事人却保持着清醒的头脑，姜小红，这个影子一样的龙队长。她的角色和身份决定了她从来不会在历史上留下什么印迹。在 A 城的市志里，她的名字没有出现过一次，提到那场战争时，那个相当于地方散兵游勇似的游击组织提到过若干次，但只提到了张武备，市志里描述最多的是张武备在塔上被处死的场面，市志里说他的死亡对某些人是一个节日。而对大多数的人而言，快乐并没有出现过，那不过是那个年代的一个令人悲伤的节日，一个难忘而痛苦的花灯节。

后来，我在我们县的县志里也没有找到过姜小红这个名字。除了偶尔提到过作为一支抗日力量的龙之队，提过张武备的名字，提到过几个地名，毛儿寨，黄岩山……

也就是说，对于所有人来说，姜小红是个陌生的名字，她隐没在历史的文字、传说之中，如同浮云，只在那个时刻能够看到。很多时候，在张武备的眼中，那个年轻的女人就是自己，他看着姜小红那么熟悉的面孔，他感觉到她的笑容，她的表情，她的每一次皱眉，嘴唇的动作，都是自己的。他有些困惑，他好像乐于那是自己，他甚至不知道，是他的错觉，还是姜小红真的和自己那么相像。姜小红的沉着、冷酷、不动声色，都和那个传说中的龙队长一模一样。张武备有时候会为姜小红感到忧虑，那忧虑像是越来越多的虫子，在他内心里堆积，泛滥，于是，夜晚是他选择的最佳时机。夜晚总是会让他的内心比较安宁，他听不到枪炮声，闻不到硝烟味，感受不到死亡的威胁。在淡淡的月光下，姜小红受伤的那只胳膊木木地悬在身体的左侧，给人一种不真实感。他说出了自己的忧虑，他问姜小红，她是不是就是自己。他忧心忡忡地说："有时候我以为自己并不存在。"

姜小红的头没有转动，她对着月光，她的短发，月光形成的剪影，都更真实可信。张武备低下头看看自己的影子，因为处在黑暗之中，根本无法寻找到自己的影子。张武备接着说："你没有觉得哪里不对头吗？"

姜小红回答："没有啊，很正常。"

张武备稍作一番停顿，然后说："不，我是说你，你到底是你自己，还是我，连我自己都搞不懂了。如果你是你自己，你首先是个年轻姑娘，你不具备作为他们越传越神的龙队长的资本。如果你是我，那么我呢，我在哪里？你能分得清吗？"

姜小红仍然不急不躁，她的语气平和得像是谈论天气："不管我是我，我是你，还是你是我，你是你自己，都无所谓。我们是一个人——龙队长。不是吗？"

姜小红突然转过身来，月光把她的脸送到了张武备的眼睛里，一行泪水仿佛把她的脸分成了若干块，那张脸，在张武备看来，更加像是沉入了梦境之中。

张武备问她为什么哭泣，因为在他的记忆里，姜小红与哭泣是没有缘分的。姜小红略显激动地说："为龙队长，当然是为他。"

张武备有些羞愧，他觉得那个晚上的谈话顿时失去了任何意义。他转身想走时，姜小红轻声说："我想，我们一起回一趟东清湾。"姜小红的那句话，像是从远方刮过来的一阵狂风，一下子吹倒了他思想中竖立起来的种种障碍，那些障碍很长时间以来使他存在于自己孤立的世界中，他好像已经忘记了那个名字，忘记了那个村庄，那个曾经让人耻辱的地方。东清湾，像是收割后空旷的土地，再次一览无余地展现在张武备的眼前。

8. 老杨

满怀豪情的老杨，带着张彩芸，离开延安，踏上了返回华北前线的道路。遥远的 A 城，已经令他想念了。他告诉张彩芸，他怀念在 A 城的岁月。虽然在那里有过短暂的失意，有过被捕的经历，但是越是艰险的地方，越能激发他的斗志。他以为等待着自己的是充满了硝烟的战场，是拼杀，是血肉的对抗，是英雄般的史诗，是牺牲。如果他知道，等待他的除此以外，还有一长串的猜疑，无穷无尽的辩解，委屈和莫名的恐惧，他宁肯让自己早一些成为烈士，像延安那些值得颂扬的战友。

太行山的尽头就是平原，远远地，老杨就嗅到了来自平原的芳香。他对张彩芸说："是麦子的味道。"他还嗅到了一股不祥的味道。先是在出太行的山里遭到了一群马蜂的攻击，他左闪右躲，还是在左颊上留下了与马蜂搏斗的痕迹：一个明亮的红红的鼓包一直陪伴着他。因此，在他返回的路程中，他的耳朵根始终回响着一群马蜂嘈杂的声音，那声音使他一直在注意着自己左颊上的鼓包，他感觉鼓包没有一点儿要消失的迹象。他忧郁地问没有被马蜂攻击到的张彩芸："我们还有多久才能到达 A 城？"他的问话仿佛他从来没有在 A 城待过一样。张彩芸诧异地看看他，再看看 A 城的方向，她说："走出这座大山，我们离 A 城就不远了。"

老杨的脑子里全是 A 城，其实他们的目的地并不是 A 城。他不可能回到 A 城。A 城，只是他全盘计划中的终点，是一场战役的旗帜。

被马蜂攻击后不久，他们就与前来接头的战友接上了头，战友姓徐，一副憨厚的样子，徐从来没有去过延安，老杨也从来没有见过他，但是他的一句话却让老杨大为震惊，他说："我前几天刚见过你。你怎么又从延安来？"老杨排除了在延安见过徐的可能性，他笑的时候脸上的肌肉比较僵硬，这都是因为左颊上的鼓包的缘故。他说："没有，我从来没有见过你，我们没见过面，我只是听王部长介绍过你。"徐扳着他的肩膀，左看右看，摇了摇头，十分确定地说："你肯定是记错了，前几天你还过来给我们介绍了Ａ城的情况，城防军，日军，你讲得非常清楚，我们都觉得一场大仗就在眼前了。大家摩拳擦掌，眼睛都红了。你一定是记错了。你可能是操劳过度了，你的精神太紧张了。你需要休息。"徐的讲解那么确切，犹如一个清晰的画面展现在老杨的面前。当老杨沉浸在一个虚幻的场景时，身旁的张彩芸气愤地反驳道："这怎么可能，你脑子有问题了吧。你怎么可以这样说政委。这一年，我们从来没有离开过延安半步。就在十天前，我们还一起见到了毛主席。"

她的抢白让徐有些尴尬，他的脸红一块黑一块，可是诚实的品行让他不得不继续着自己的表白："我说的千真万确。"徐甚至伸出手摸了摸老杨额头上那颗明显的黑痣，"它给我的印象深刻极了，当你说话的时候，它就在我面前一颤一颤的。没错，就是你。"

此时，老杨却感到了阵阵的不安，有凉凉的战栗滑过他的皮肤，滑过他的脊骨。另一个老杨？那不会是我吧？怎么可能呢？他很快打消了这个怪念头。他劝慰张彩芸，时间会改变一切，我们离开这里已经太久了，什么事情都可能发生。但是对于可能和即将发生的事情，斗志昂扬的老杨仍然没有做好足够的思想准备。那股不安和战栗只是稍做停顿，他整个的内心便被半年来在延安积攒起来的激情填充得满满的，他眺望了一下平原那边的Ａ城，虽然他什么也看不到，但是Ａ城早就和以前的那个城市不一样了。现在，他脑海中的Ａ城不过是他早晚要攻克的一个小小的城市。想到这些，他顿时豪气冲天，那个被徐提及的另一个"老杨"也从思想中跑掉了。他挥了挥手，感觉自己挥手时的力量比以前更强悍了。他从容地笑笑："用不了多长时间，Ａ城，整个华北，都是我们的了。"

事实证明，老杨对另一个人存在的蔑视成了他人生中最不可原谅的错误。

老杨迅速地投入工作中，他带来的任务是要在Ａ城组织一次声势浩大的进攻，他是这场即将到来的战役的总指挥。如果不是横空出世的另一个"老杨"，战役会在三个月内打响，那是整个华北反攻战役的一部分，不容有任何的闪失。如果事情真的如事先预料的那样，老杨会与以前 A 城中那个传奇一样的人物合为一体，传奇也将继续下去。但是，老杨的雄心壮志却从一开始就遇到了麻烦，先是从 A 城不断传出"老杨"的消息，那消息像是一颗颗未爆的炸弹就飘扬在老杨的眼前。那些消息中的那个男人仿佛有无尽的活力，仿佛更像是真正的老杨。

城中的"老杨"忙碌于另外的事情，那件事情更接近于以前老杨的工作，像一把匕首插在敌人的心脏里。他似乎早就忘记了曾经有过的一次血洗，早就忘记了还有过一个叫黄永年的热血青年，早就忘记了曾经的被捕。大清洗之前建立起来的地下网络在他的努力下重新焕发了生机，甚至，在大清洗之中遭遇厄运的一些人也陆续地活跃起来，似乎，在一些低矮的土房子里，在煤厂，在机修厂的工作宿舍中，在树林中，屋檐下，阴雨或者刮风，都阻挡不住"老杨"的斗志。

而最先对于"老杨"的复苏有所察觉的是我的母亲。"老杨"几乎是公开地重新出现在 A 城，不可能不引起仍然在追寻恋人黄永年的母亲的注意。就像是鸭子最早对春天做出反应一样，我的母亲，敏锐地嗅到了"老杨"的气息。她很快就找到了接近"老杨"的机会。那是一所破蔽的小学校，教室早就废弃了，房顶上、窗框上都生长着杂草，窗户用破旧的木板封得死死的。教室内却是另外一番景象，热烈，心脏要向外跳，手情不自禁地要向天空中举，脚会觉得有了血涌流的冲动。我的母亲就是这样的感觉，那个时候，站在人群最后边的母亲，听着"老杨"的演讲，依稀感觉自己就是那个热情四溢的青年黄永年，依稀就是目光中透露着无限憧憬的那个男人。他在讲世界反法西斯的趋势，讲全国抗日的形势，讲革命的道理，讲人生，讲正义与邪恶的斗争，讲你死与我活。那些充满了激情的话语就像是风鼓动着母亲的身体要膨胀，如果不是因为脑子里那个顽固的念头，我的母亲宁肯随着人流低低地呼喊着口号，挥舞着拳头。可是那个叫黄永年的青年，此时，仍然像是她的一根粗壮的神经，牵动着她的身体和大脑。她不得不在沉浸其中的同时，把意识拉回到过去，返回一段不堪回首的往事。于是集会结束，她没有浪费那次难得的机会，她越过人流，紧紧地抓住了"老杨"的衣袖，虽然她觉得那有些不太礼貌，她的手颤抖着，出了点汗。

　　破败教室中的母亲，脑子里全是待解的疑问，而只有眼前的这个其貌不扬、头发飞扬的男人才能够解决所有的疑问。她大声问道："你最近见过黄永年吗？"母亲的问话显然比较突兀，这让"老杨"有些猝不及防，那一刻，母亲在"老杨"的眼里看到一丝的恐慌与紧张。"老杨"张了张嘴，他说，"你说的那个人是谁？"他刚说完这句话，就有人插在了他们两人之间。我的母亲，在感到了头上的稍微疼痛之后，便不省人事了，等她苏醒过来，教室里已经人去屋空，母亲摇摇晃晃地站起来，看着这个陌生的地方和空间，她惊奇地发现，这间教室不仅破败而且特别的狭小，更让她感到不可思议的是，屋子里尘土满地，没有丝毫人来过的痕迹，仿佛这里已经有一年半载没有人来过似的。母亲努力地在脑子里搜寻着记忆，眼前狭小和不留痕迹的屋子与头脑中人头攒动的情景迥然不同，这是为什么？

　　实际上母亲的疑惑在以后的很长时间里都久久无法消散，因为在那之后的若干时间里，我的母亲再也没有找到一个接近"老杨"的机会。那个"老杨"仍然在 A 城的许多隐蔽角落里出出进进，次数频繁，但是只为我母亲一个人隐没。直到有一天，她在城东的城隍庙里见到了真正的老杨，她根本不知道，有两个老杨同时存在于这个城市中。她问起同样的问题时，那个时候的老杨显得十分的疲惫，神情颓废，我母亲甚至觉得眼前的这个老杨并不是那个真正地对黄永年的人生产生过重大影响的人物。而城中那个异常活跃的"老杨"更接近黄永年日记中的那个人，有极强的煽动力，更容易感染人、影响人。沉思良久，老杨好像想起了黄永年，他肯定地说："我很久没见过他了。他在哪里？"

　　"那你认为，"我母亲的心提到了嗓子眼里，"到底是谁制造了那次的大清洗？是黄永年吗？"

　　老杨似乎并不大愿意过多地提及那次不光彩的被捕事件，他有些不耐烦地说："啊，那件事呀，我早就忘记了。是他吗？我不能肯定。你能吗？有许多事情，并不是一个人两个人就能确定的。甚至，有些人，连他自己都分不清哪个是自己，哪个是别人。"

　　老杨模棱两可的回答更让母亲坠入云雾之中。在那次仍然比较混乱的会面之中，A 城像是清晨平静无风的水面，潜藏着重重危机。

　　老杨的烦恼与早就从他头脑中消失的黄永年没有任何的关系。实际上，他的烦恼与城中的那个自我有关。

　　两个看似统一的人的思想，行动其实是南辕北辙。城外的老杨想的是如何进攻 A 城，他每天都把各方汇聚来的消息条分缕析，去伪存真。A 城，哪里易攻，哪里是软肋，在心里头盘算了无数遍。在梦中，老杨都在想着大军压境的场景。而城内的"老杨"成了一个演讲的天才，他越来越娴熟的口才正在把越来越多的革命力量团结在自己的周围，他们每天乐于更换着不同的地点，像是探险似的偷偷地去寻找，去探秘，绕开大路，躲进深巷，听演讲，吟诵诗词和歌唱。他们每天等待着召唤，等待着不知来自哪里的信号。

　　"哪里？"

　　"东城史家胡同，城隍庙。"

　　"老杨去吗？"

　　"当然。"

　　"他真是个天才。你听到没有，他去过延安，见过毛朱周。他的大道理都是从他们那里听来的。"

　　"我从来没有听到过有人把话说得这么好，这么激情四射，这么令人激动和感动。晚上睡觉，他高亢的声音充满了我的梦境。"

　　A 城的革命似乎进入了一种耽迷的状态，他们自得其乐，完全被一种虚假而温和的抵抗心理所左右着。这股革命的力量居然越聚越多，他们活动的场所也越来越大，甚至像是一个大的俱乐部，一个大的晚会，一个可以持续开下去的舞会。

　　张武厉冷眼看着他们所做的一切。他们的每一次聚会，每一次虚假的革命仪式都让他觉得天真而可笑。他觉得，与哥哥张武通的赌博没有任何的意义。他笑话张武通："你看看他们，简直就像是做游戏。有什么出息？没劲，乏味，像是在做戏。"

　　"人生不就是一场戏吗？只不过，有的人做得像是真的，有的人做得还不到位，还不娴熟。"

　　"有什么意义吗？"

　　张武通不露声色地说："你难道看不出来吗？他们越信任这个只会动嘴皮子的人，他们就会越沉醉，就像是喝了酒。你喝醉过吧，你知道喝醉了是什么滋味。"

　　张武厉摇摇头："我从来不会喝醉，我滴酒不沾。"

　　张武通点点头："我说二弟，你说你作为一个男人，活着多么无趣，不喝酒，不近女色，不苟言笑，不通情达理。你会后悔这一辈子的。你看看老爷子，这一辈子多值呀。"

　　张武厉说："你以为能喝酒，近女色，苟言笑，通情达理就不后悔一辈子了吗？道不同，不相为谋。"

　　张武通从来没有说服过这个冷血的弟弟，他继续着他自己的理论："喝醉了的人其实都是透明的。他们的脑子里想的都是一样，行动也几乎是一致的。他们就是我理想中的玻璃城市中的最佳市民。我几乎兴奋得都要给他们颁发最佳市民奖了。"

　　"那有什么用？"张武厉耳朵像是两个坚硬的手向外探着，"他们还在思想，还在跃跃欲试，还在幻想，而这一切，完全可以用另外一种更简单的方式早早地结束。"

　　张武通摇摇头："我们俩永远不可能走在一条思想的道路上。你能把他们杀光杀净吗？不能。你杀了这些人，还会有另外的同类人像草一样疯长起来。那你还不如让他们僵尸似的活着。你还能控制他们。"

　　"那个'老杨'，"张武厉说，"我早晚也要把他杀掉。"

　　张武通紧张地说："你认输了吗？"

　　"不，你不觉得他有些志得意满吗？你看看他的样子，比那个真实的老杨还可恶。"张武厉目光中游离着一丝的惊悸，仿佛那个令他不安的老杨仍然在 A 城四处游荡，像是这个城市的一条街道，一个不知名的胡同，一棵树，一片云。

　　张武厉对老杨天生的恐惧与厌恶，才会让他时刻绷紧的思想错过了真实的老杨。

　　在老杨渐渐熟稔于心的 A 城，已经成为他手中的一枚棋子，但是在那个可以预见的棋局中，并不是所有的棋子都如 A 城那样令他放心。张武备就是其中的一个。那个被人称为龙队长的年轻男人，他的小分队令人琢磨不定的行动和行踪，有些鲁莽的作为让老杨感到些许的不快。他隐隐觉得，他会破坏整个进攻的计划。为此，他和张彩芸有过深入的交流。他说："必须把他们收编到我们正规部队里来，他这种蛮干的做法会打乱我们整个的作战计划。"

　　事实也正如老杨所料，张武备的小分队很快就以一次莽撞的袭击回答并印证了他的忧虑。他袭击了位于 A 城城西的弹药库，袭击除了留下了几具尸首之外，反倒让日军与 A 城守军加强了戒备。张武备频繁的骚扰使得 A 城在整个战役中的地位显得岌岌可危。A 城，西望太行山，东接辽阔的平原，它像是连接神秘山地与广阔平原的一枚纽扣，如此战略要冲之地，开始让以为稳固住华北的日军心存疑虑，他们害怕从延安刮过来的风会长驱直入，如洪水一样漫过整个平原。日军 11 师团的一支精锐的炮兵连队正从东北火速赶来。A 城，正像是一张渐渐收紧的渔网。A 城的变化分化了老杨的雄心壮志，同时，那个未曾打响的战役也在他心中被一层淡淡的忧虑遮蔽住。

在老杨心中，他与张武备的会面是不可避免的。

两个老杨不同的举止同样会像风一样吹到任何地方，所到之处，风会把草压弯，会把树叶吹掉。正是因为听到了不同的风声，即将要开始的 A 城反击突然停止了。来自司令部的指令是原地待命，因为混乱的消息让他们感觉到了某种不可预测的危险。命令来到的那一天是个艳阳高照的早晨，老杨还没有丝毫的思想准备，A 城，如今在他的脑子里是一个放大了的地图，它每一条的街道，每一个隐秘的据点，每一个可以利用的地点，都生长在他发达的大脑神经上。可是当那纸要求停止一切进攻准备的白色电文来到他的手上时，那些地图上的点一点点地被水浸泡似的虚幻了起来。他轻轻地说："老杨？"

那个时候他才开始认真地考虑，应该去见识一下这个冒名者了。只有那个"老杨"才能让传言消失，也只有那个陌生的男人才能使一切恢复到以前，让荣光重新回到自己身上。一次有预谋的会面开始在老杨心里堆积。当他把这个想法告诉徐时，徐却显露出一丝的犹豫，徐吞吞吐吐的样子加重了老杨的不快，他生气地质问徐："难道你也怀疑我有分身之术？我今天在这里，明天会神奇地出现在城里？我今天在谈论着如何攻打 A 城，明天却又号召人们把信仰停留在思想的深处？"

徐保持着他固有的谨慎，"政委，我不知道。至少在我看来，老杨同志是一个人。"

老杨看着徐诚实的面孔，在徐的背后，那些支着耳朵倾听的都和徐有着一样诚实的面孔，他们人员众多，是大多数，他们相信他们的眼睛，相信一个人不可能分成两个人。他们相信，老杨，不管是在策划一场战斗的那个人，还是在城里唤起人们心中对于信仰与自由、对于民族自尊与独立的那个人，都是向着一个目标前行着的。老杨问徐："你见过作为演说家的我吗？"

　　即使是亲眼看见了老杨精彩的演说，徐仍然要仔细地回想一下，然后才镇定地回答："是的，我见过。我有个感觉不知道该说不该说。"

　　老杨好奇地鼓励他："说吧，什么感受？"

　　"如果你用说话作为武器，它可比一杆枪、一支部队还管用。"

　　老杨显得有些疲惫："说话，如果仅仅停留在说话之上，没有任何的意义。"

　　老杨没容徐说话，突然说："你安排一下，我要进一趟城。"

　　徐警惕地问："你是他们最想抓的人。日本人，连做梦都在想着你被押上刑场的那一天。"

　　对于徐的劝告，老杨非但不为所动，反而更加坚定了进城的决心。A 城，此时在他的梦里就是一个待解的谜团，而唯一能够解开这个谜团的人就是那个自称老杨的人。不管徐如何阻挡，老杨还是在一个细雨蒙蒙的清晨离开了隐秘的驻地，告别了战友们，暂时把搁浅的战斗计划放置在脑后，暂时忘掉心中种种的不快和疑惑。徐如影随形，他要保证老杨能安全地进去，然后再安全地从 A 城出来。一路上，徐都提心吊胆，他的脸色铁青，仿佛进城去接受一次无意义的冒险的是他自己。

　　实际上，那次雨中的 A 城之行，称得上是一次真正意义上的大冒险，老杨的命险些丢在 A 城。

　　他们没有像预想好的那样在一个废弃的庙宇中见到另一个"老杨"，反而邂逅了我的母亲和张武厉。尽管老杨经过了伪装，他的真实面貌被隐藏在一顶大大的花呢帽子之下，脸被一副圆圆的镜子遮住了大半个，但他一踏进破庙的小门，仍然被人认出来了，首先认出他来的是我的母亲。我执着的母亲仍然在为黄永年的消失而殚精竭虑。她一把就抓住了老杨的衣袖。她说："这次你总得给我一个交代吧？"老杨的目光从大大的帽子下撩出来，他的眉头皱着："你是谁？"他显然并不认识我的母亲。母亲说："我是黄永年的女朋友。"他们简短的谈话还是引起了其他人的注意。有人低低地说："老杨来了。"他还没有反应过来，便被人流从我母亲身边夺走，推着来到了屋子的中央，他的身体像是轻飘飘的一个斗笠，几乎是被人抬到了屋中央的两个油漆筒上，站在上面的他感觉还有点摇摇欲坠。破庙里鸦雀无声，无数双眼睛像是剑一样齐刷刷地落到他的脸上。他们在等待着什么，他们的表情，他们的眼神，都是那么期盼，那么的痴迷，他们在等着老杨开口说话。让老杨张口说话，听他说话，已经成了屋内到场人最重要的事情。老杨没有如他们所愿说出一句话，那个细雨蒙蒙的下午，一定让到场的所有热衷于听"老杨"演讲的人失望了，因为还没等老杨说任何话，一阵突然的骚乱便降临了。"杀人机器来了。"杀人机器是他们奉送给张武厉的名字。骚乱打破了人们等待的耐心，也打破了老杨的尴尬和窘迫，人群像是被搅动的一池水，立即就乱了方寸。有人向门口方向跑，有人向相反的方向跑，有人想去保护老杨。混乱最终还是从歪歪斜斜的门口得到了纠正。当人流被迫在门口找到唯一的出路时，屋内的空气开始稍稍地缓和下来，人们不顾一切地像是牙膏一样挤出去。徐保护着老杨也想充当牙膏，可是没有成功。老杨被人准确地从牙膏中剔了出来。事后，老杨与徐讨论过那次与张武厉的意外邂逅，徐还有些后怕，一说起那个细雨蒙蒙的下午牙齿就打战，他皱着眉头说："杨政委，我们还是不要再去冒险了吧。"老杨说："我是在跟你讨论，那天的行动到底哪里出现了错误？"徐不想再回忆那次无法启齿的经历，他说："如果上级知道了这件事，我是有责任的，虽然你有惊无险。可是，谁能保证下一次会有这样的运气呢？"

徐所说的运气只是因为张武厉错误地判断。张武厉也以为老杨是那个假戏真做者，是那个冒名顶替者。没有人知道那场演讲，那个应该到场的"老杨"为何迟到或者缺席了。当所有人，包括张武厉都把真正的老杨当成了那个演说家时，老杨的危险性其实已经降低了许多。张武厉出乎意料的举动只是想给他的兄长一点颜色看看，和张武通的赌注压在这样一个夸夸其谈的人身上，张武厉表露出来的是从里到外的不屑与鄙视。

"你是一个幸运者。"张武厉这样开始了他和老杨之间的谈话。那次谈话之所以也让张武厉印象深刻，完全是因为他的误判以及随之而来的追悔莫及，那是当天晚上的事情了，那个时候的张武厉已经知道了曾经站在他面前的那个人是谁。夜晚经常是匆匆而过，张武厉总是觉得自己一闭上眼就又睁开了眼，夜晚对于他像是一个短暂的旅行，而白昼总是那么的漫长，能够让他始终睁大双眼，保持着足够的警惕，让他的神经像一张拉满了的弓，紧绷着。而花朵，不论什么季节，他的白昼都是由枕边一朵艳丽的花开始的，一整天，关于花朵的来历也会在他的脑子里盘旋，它是他思想天空中的有点模糊的唯一的东西，不像其他的，要么是好的，要么就是坏的，界线那么分明，就像是老杨。老杨在他脑子里完全是对立的。这和那个雨天里的老杨是不同的，雨天里被他鄙视的那个人如同花朵一样，困扰着他，模糊着他的判断。

老杨的表现在张武厉事后想来令人惊惧，他的话实际上延长了那个夜晚的时间，老杨说："对我们两个来说，幸与不幸都只是暂时的。"

张武厉不解地看着眼前这个被兄长挑选出来的冒名顶替者，老杨有些自信的话语让他不寒而栗，"难道你就没有想到过不幸降临的时刻？你想想，那些和你一样被我抓起来的人，现在都在你下面的土里看着你呢。你跺跺脚，他们都能感觉到疼痛。"

"疼痛也是相对的。"老杨的镇定也是张武厉当时的一个疑问，只是当时的疑问并没有让他的思想向怀疑转变，他只是觉得，对面这个人，已经被自己虚张声势的话语权给迷惑了，他不禁迷惑了大多数人，连自己都找不到东西南北了。"有一天我走在路上，被一个石子硌了脚，我觉得痛。可是同一天，我把那颗同样的石子扔向一棵树，打到了一只鸟儿，我就不知道鸟儿是否感觉到痛没有。"

"鸟儿？"张武厉抬头看了看雨雾中的城市，没有一只鸟儿飞过，"你被你自己的语言迷住了，你是个冒险的语言学家。不过，我要提醒你的是，如果你超出了语言的范围，鸟儿，连只蚊子也别想逃过我的子弹。"

这就是真正的老杨与张武厉之间最直接的面对面，会面的匆匆结束也是因为张武通派人来保护他的当事人，警察局局长在外面徘徊了许久才决定进来，他对张武厉说："副市长让我来看看他的筹码是不是还在他的手上。"

张武厉拍拍警察局长的肩膀，宽慰他："你看看，这个筹码很完全。不过，你告诉我哥哥，他的当事人有点冒进，思想超出了我们的界限，小心我的子弹不长眼。"

老杨目送着张武厉正步走出了破庙。他听到警察局局长训斥道："你，说你呢，不长眼的家伙，还不去向副市长报到。"

从城里返回的路上，徐心有余悸地问老杨："你害怕吗？当时和他面对面的时候？"

万分沮丧的老杨，心里想着的仍然是没有见到的"老杨"，他答非所问地说："噢，我还会来见他，直到把他找到。"

老杨与冒名顶替者的会面，并没有提前到来，直到某一天，以一种特殊的方式，老杨才能领略，另外一个人，也能把语言发挥到极致。而那个时候，他似乎已经对语言失去了信心。

9. 东清湾夜色

东清湾像是一只羞怯的鸟儿隐匿在浓密的夜色之中。张彩芸返乡的路途曲折而矛盾重重，逃离时的情景早就烟消云散，那个夜晚掩护之下的张彩芸，心中涌起的是一股英雄之豪气，她早就忘掉了东清湾是一个失语的村庄。她甚至想不起，当初自己为何会不能说话，为什么心会随嘴巴一起封闭。提前回到东清湾的张彩芸有着重要的使命，在以后的日子里，她将在这里待下去，成为唤醒东清湾的力量。她是奉上级指示回到家乡东清湾开展武装组织工作的，她要尽快地把群众发动起来，老杨嘱咐她一定要细致、谨慎，但也要有足够的胆量与勇气。老杨说，东清湾监狱是必须要解决的一个大问题。关于东清湾的现状，老杨已经从张彩芸那里有了初步的掌握，他握着张彩芸的手，像是把他内心无穷的力量传达给了她。在东清湾的日子里，每当张彩芸感到疲惫与失望之时，她就能感受到从老杨那里传给她的力量，在一阵微微的战栗之后，任何消极的念头都会土崩瓦解。

东清湾在张彩芸眼里完全成了一个陌生的地方，那好像不是她出生的地方了。走到哪里，那种令人恐惧的寂静都使黑暗更浓更烈，像是陈年的酒。她甚至都有点不认识自己的姐姐张彩妮了。显然并不仅仅是夜色的原因，张彩妮的苍老仿佛是一眨眼间的。她脑海里的姐姐张彩妮仍然年轻而漂亮，而如今，她像是一个大娘，端着一碗面条来到她的面前。张彩芸突然觉得就像是自己死去的母亲，她差点就喊出"娘"。张彩芸说："姐姐，你怎么老成这样？"她的眼立刻便湿润了。张彩妮示意她小声点，她说："这是夜晚，掉地下一根针，全村人都能听到。"随后，张彩妮端详着剪着短头、精干的妹妹，惊讶万分。同样，眼前的张彩芸也是一个全新的形象，她与东清湾那么格格不入，张彩妮感觉到，自己那么熟悉的妹妹走了很远很久。"你去了哪里？"这是张彩妮一直存在心中的一个疑问。那个不眠的夜晚对于互相试探的姐妹来说显得过于短暂，她们坐在炕头，呼吸着东清湾依旧的空气，耳边回响着依旧令人惊悚的每一滴声音，她们彼此的心却南辕北辙了。张彩芸告诉姐姐："我去了一个人人都想去的地方。那个地方教会了我不害怕，不躲避，翻身做主。"她给姐姐描绘着那样一个美好的地方，没有侵略，没有压迫，她说："我们想大声说话就大声说话，想大口呼吸就大口呼吸，想去哪里就去哪里，我们是自由的。"张彩妮对妹妹的描述没有直接的概念，妹妹说话的声音、腔调，都和以前不一样了。妹妹显得自信而果敢。张彩妮叹口气说："你变了。你变得都不是东清湾的人了。"那个晚上，张彩芸把自己的姐姐当成第一个教育的对象，她用自己在延安和老杨身上学到的知识去说服姐姐，她觉得自己像一个真正的革命女干部了。

对姐姐张彩妮的教育从源头开始："恐惧，担忧，都是从我们内心里散发出来的。如果我们内心足够的强大，监狱算不上什么，外来人的入侵也算不得什么。我们先要学会说话，这听上去多么可笑，好像连说话都不是与生俱来的了。"

从一开始，姐姐张彩妮的反应就比较激烈，她忧心忡忡地看着口若悬河的妹妹，看着她不同凡响的头发，看着她陌生的眼神，张彩妮问："你要干什么呢？"

"革命。"张彩芸说。

东清湾的革命是从说话开始的。

张彩芸奔走于东清湾的身影把夜色搅得有些惊慌和凌乱，声音开始变得杂沓，张彩妮听到了全村所有人竖起耳朵的声音，她听到了他们的呼吸开始变得悠长而缓慢，他们似乎在等待，而又惧怕等待。那是一个令人期待而又恐惧的夜晚。黑暗之中，张彩妮听到了石屋之中父亲的叹息。她听到了监狱中传来的令人恐怖的尖叫声。她既是一个倾听者又是一个低语者，同时，她还是他们大多数沉默者中的一员，更多的时候，她已经习惯了寂静，习惯了他们惯常的手势。如果不是因为张彩芸，也许东清湾会在沉默中学会更宽广的想象，比如对于祠堂的想象，父亲，石屋中的父亲，在黑暗中盖起的祠堂远远地超出了空间的局限，每一寸黑暗，都是父亲的泥巴与砖块，她分明听到了父亲一点点地垒起来的祠堂，它早就超越了父亲的身体，穿破石屋，直插云天。她听到了父亲的泪珠落地的声音，滴答滴答，那是激动的泪水。

她还听到了恐惧。东清湾，是一个惧怕声音的村庄。

张彩芸回到东清湾的一个清晨，一枚大大的炮弹落在了村东头的田地里。炮弹长长的，有着厚墩墩的身材。它的头插在地里有一米多，清晨阳光把它的影子投在了田地之间，像是一个阴险的鬼子。炮弹落下的时间不会产生任何的分歧。他们的耳朵早在天亮之前就记录下了那一瞬间。天还未亮，露水正盛。声音闷闷的，像是一口棺材落入土中。那声音把所有人脆弱的梦境给打碎了。他们赶在天亮之前穿好了衣服，等着阳光解冻他们的惊惧。等张彩芸跑到田间地头时，那个大大的炮弹周围已经围拢了许多人，不过，他们都胆怯地离炮弹远远的，足足有三十米。他们站在村边，远远地看着那个炮弹，它的影子，慢慢地移动着。张彩芸拨开人群，走到炮弹跟前。他们远远地看着她孤独地走近了。有人开始向后跑，然后是许多人。他们跑回家，紧紧地关上了门。张彩芸回头看看稀稀落落的人群，她看了看炮弹，然后走回来，她胸有成竹地对剩下的人说："没关系，是一颗哑弹，是美国人的。"

那之后的许多天里，东清湾的人们都在等待着炮弹的爆炸。尽管张彩芸告诉大家，不用害怕，它只是一个目露凶光的家伙，其实没有什么危险。她的话像是耳边风，很快就刮跑了。他们仍然害怕那颗炮弹随时会爆炸。张彩妮说："他们是害怕声音。"张彩妮满面愁苦地对妹妹说，希望她能把那个炮弹弄走，它在这里待一天就会让人们担惊受怕一天。"你那些革命的同志，他们难道没有用吗？"张彩芸听取了姐姐的建议，她派与她一起来开展工作的小黄回到前线指挥部，告诉老杨这枚炮弹的事情。小黄迟迟无法回来。而恐惧仍在扩散着。为了防止炮弹的爆炸，他们开始在炮弹四周放哨，每隔一个半小时就会轮流四个人，四个人站在炮弹的东南西北四个方向，眼睛一刻不离炮弹，他们在观察，在观察它的变化。就是夜晚，他们也没有放松警惕。夜晚值班的人会增加两个。张彩芸为他们这种徒劳的劳作很是伤脑筋，她三番五次地劝说他们回到家里，放心地睡觉。但都无济于事。那是一个小心谨慎的夏末。东清湾，似乎在等待着一个强劲的声音，但又害怕它的到来。

小黄终于回来了。她带回来的消息并不令人乐观。老杨顾不上这个哑炮，他在等待着从延安来的上级领导。他让小黄转告张彩芸，就地掩埋吧，像是一个尸体。

掩埋炮弹的工作进展得并不顺利。大部分的工作都是由张彩芸、小黄和张彩妮来完成的。四个轮替值守的人，他们警惕地盯着炮弹如何一点点地移动。后来他们等到了几个老年人的帮忙。张彩妮说："他们说，他们的生命快到尽头了，他们不惧怕声音了。"炮弹终于一点点地埋进了土里，从人们的视线里消失了。但是在相当长的一段时间里，人们并没有立即消除心中的恐惧，偶尔，还会有人跑到掩埋炮弹的地方，趴下身子，耳朵贴在地上，长时间地听着土里的动静。

那真是让张彩芸压抑的日子。革命是历史的必然。

第一个革命的对象是张彩虹，她的亲妹妹。她胆怯而目光躲闪，沉湎于自己的世界中，如同一个仍然活着的动物，猫或者小狗，她蜷缩在自己的小屋中，眼睛亮得发烫。张彩芸抚摸了一下妹妹的头发，妹妹像是没有感觉到别人的抚摸，仍旧旁若无人地低头摆弄着手中的干草。张彩芸夺下她手中的干草，干草来到她的手上时，她感觉到那干草非常柔软，像是衣服。她厉声说："你听我说话。"她故意把嘴张得很大，好让妹妹能够清楚地看到。妹妹不为所动，她的手中没有了干草，手依旧在不停地摆弄着，仿佛手中的草依旧还在，仿佛那些草已经变换出了许多的花样。她无法揣测妹妹张彩虹心中的想象，她的耳朵边，时刻想着老杨的话，要耐心冷静。经过革命洗礼的张彩芸，她知道自己的任务有多艰巨，她看到了躲在院子一隅的姐姐，姐姐的目光充满了怀疑与否定。

从那一天起，妹妹张彩虹如同一个婴儿。她要让她开始说话，开始思考，开始恨，开始爱。天一亮，她就把妹妹从被窝里拽出来，对着太阳教妹妹说话，从最简单的"啊啊……"到"太阳，屋子，土地，水"等。她不辞辛劳地工作着，而妹妹，从最初的低头不予理睬，到抬起头来茫然地看着她，这让她信心倍增，而姐姐却表现出了异乎寻常的轻蔑态度。姐姐会显得不经意地经过她们，她冷漠地看着这一切，然后断言："你什么也得不到，你不可能教会她什么。她的耳朵聋了，你又不是不知道。"姐姐的态度很让她反感，她总觉得，姐姐对眼前的现状非常满意，作为村子里唯一可以发出声音的人，她的自豪感是存在的，敏锐的听觉更是让张彩妮有了能够掌控一切的权力和意识。此刻，她的到来，显然打破了这种平衡，让姐姐感觉到了某种潜在的威胁。于是在那一刻，张彩芸暂时忘掉了老杨的嘱托，对着姐姐大声地吵嚷起来。那是个晴朗的白昼，明媚的阳光载着她响亮的声音传遍了角角落落。她说："你不要以她是个聋子敷衍我。我并不认为她是个聋子，她听不到，或者说不出话来，只是暂时的。你说她不会说话了，是因为耳朵聋了，其他人呢，其他人难道也都因为耳朵的问题吗？"

"你小点声好不好？整个村子都能让你的嗓音给震破。你听听，有些鸡已经跑回到窝里了，鸟儿也瑟瑟发抖了。"张彩妮说。

张彩芸越说越亢奋，那时候她心中唤起的对老杨的崇敬，更多的是他的声音，他富有魅力的激荡人心的声音，那些声音仿佛借助她的身体，喷涌而出："我要批评你了姐姐。没有声音，没有生机，东清湾成了什么样子了？连我们敬重的父亲都躲进了黑暗的屋子里，过起了与世隔绝的生活，其他的人还能怎么做？他们是在看着父亲呀。在最需要他的时候，他却选择了逃避，因此，他们也选择了逃避，他们逃避的方式就是不再说话。你没想想吗？这种生活令人压抑，更令人心酸和痛心。而你，我的姐姐，没有试图改变它，却一味地迁就，更令人不可理解的是，你还自得其乐，你喜欢上这种生活方式。你喜欢能够听到别人的声音，喜欢你代替了父亲，喜欢东清湾在你的方式中缓缓地入睡。你想想看，你和监狱里那些持枪荷弹的日本人有什么区别？"

张彩妮，惊诧地看着自己的妹妹，泪水夺眶而出，那是委屈与伤心的泪水。妹妹张彩芸的想法太离谱了，像是暴风骤雨，浇得她湿淋淋的，冷飕飕的，以至于她一时都无法反应过来。泪眼模糊之中的妹妹张彩芸看上去有些变形，有些漠然。她说："你根本不知道，为了这个村子，为了这个没法发出声音的村子，我做了些什么。"

"我不管你做了什么。是的，表面上看，这是个安宁的村庄。没有杀人放火，没有鸡鸣狗盗，村子就像是回到了原始状态。"张彩芸对于姐姐的沉沦深恶痛绝，"可是，你看看其他的地方，看看华北，看看全国，你再看看欧洲。你不知道欧洲在哪里没有关系，但是，在他们那里，一样有德国法西斯，他们和日本人一样。他们也有监狱，那里面关着成千上万的人。就像我们旁边的那个，我们的祠堂没有了，以前，每年我们都会献给我们的祖先祝福，我们怀念和祭祀他们，他们的在天之灵也能感觉到我们绵延不绝的香火，可是现在，祠堂在哪里？我们的怀念又在哪里？在每个人沉默的心里吗？"

"你不要和我说了。我不想听了。"张彩妮被妹妹说得心里乱乱的，这也是她头一次从内心去思考沉默的东清湾，思考病态的故乡。她说："你爱怎么办就怎么办吧。东清湾，并不是我一个人的，它也是你的，是大家的。你想干什么就干什么吧。你看看大家会怎么想，怎么选择。"她匆匆地逃离了妹妹犀利的目光。那目光，让她感到了寒冷。

张彩芸，在家乡革命的试验，提升了她的自信心。那是一个荒芜的试验田。妹妹张彩虹已经学会了用眼睛去观察她的口形，有时候，她紧闭的嘴会偶尔地张开，露出一排白白的牙齿，张彩芸以为，妹妹在尝试着努力地想从心里发出曾经属于她的声音。她并不满足于仅有的这点进步，她的内心比海洋都宽阔，这个词是她从老杨那里学来的，虽然她不知道，海洋究竟有多辽阔。在东清湾的张家大院，张彩芸办起了一个家庭的学习班，学员们都是她一个个地敲开别人家的门，把他们拉来的。开始是三五个，后来是六七个，但从来没有超过十个人。有的人坚持下来，有的也偷偷地溜回了家。站在院子中央的张彩芸，后来被东清湾人描绘成一个戴着军帽，英姿飒爽的女八路军的模样，其实，在那个春风送爽的日子里，张彩芸除了坚定的目光之外，与之前的那个她没有任何的区别，军帽与军装都藏在她随身带来的包袱里。她站在众人中间，教他们发出声音："打倒日本帝国主义！"那是一个空旷、孤独而没有回应的课堂。寥寥的听众努力地想要发出某些声音，他们想从心里到外爆发出那股力量，所以，在树荫之下，那些听众与张彩虹的身体变得僵硬，力量却意外地分散到了身体的各个部位，所以张彩妮看到的是一个个沮丧者的形象，他们或者骨节突出，或者脸憋得通红，或者手奋力地指向天空，脚紧紧地扣着大地，脖颈梗得粗壮有力，喉结慌乱地上下蠕动，而一切努力都归于沉默。张家大院里仍然静悄悄的，他们的内心也许在回荡着"打倒日本帝国主义"的喊声，可是他们喊不出来。他们什么也没有发出来，声音已经从他们的身体里溜掉了。被房屋的光线掩护下的张彩妮，偷偷掩嘴而笑。

　　当夜色渐渐浓洌，像是四处逃散的墨，张彩芸便从张家大院里出来，挨家挨户地走访。她匆忙的身影是东清湾夜色中最令人眼花缭乱的风景，月光下还能看到她的影子，她与房屋、树、一只安静的狗、屹立不动的草垛之间是一幅对立的画面，所有的场景都像是她的布景。她的声音，把东清湾的夜色捣得碎碎的，在每个人心头荡漾。她告诉人们，声音是每个人的本能和天生的权利，他们不应该轻易地放弃。她邀请他们去张家大院，参加她的发声学习班。所有的人，他们会用表情来表达他们的意见，微笑、迷茫，或者思索，那些丰沛的表情，使得他们的肌肉看上去还没有那么僵硬。"声音，"张彩芸激昂地对姐姐说，"并没有从他们的身体里和思想中消失，你只要看看他们的表情就知道了。总有一天，它会像是微笑那样自然地流露出来，到那个时候，就会觉得我今天的努力有多可笑。"

　　但是收效甚微，张家大院，一个关于声音的学习班仍然显得冷清而寂寞。

令张彩芸感到奇怪的是，在夜色蒙蒙之中，她明明看到的是微笑。她的疑惑直到有一天夜晚才得到答案。她看到了姐姐张彩妮，那是她在重新返回张青林家的路上。走在去往其他人家的路上，张彩芸突然想到刚才在张青林家听到了某些异样的声音，那个细微的声音像是在召唤，或者是呻吟，在万籁俱寂的夜晚，那声音越来越大地回响在她的耳边，仿佛，她的眼前，已经出现了除她、小黄和姐姐之外，另一个人说话的形象。脑子中的形象大大地鼓舞着她，她感觉自己的脚步都轻快起来，像是飞一样，她急于要重新赶回到张青林家，要确认一下，自己的这种感觉并不是幻觉。

在张青林家的门口她碰到了姐姐张彩妮，姐姐慌慌张张地想要躲闪她，却撞到了她的身上。月光中的姐姐语无伦次的表现只是后来才引起她的怀疑，而当时的她完全沉浸在有人说话的那个场景之中，她满脑子是声音，人说话的声音，那些令人陌生而又亲切的声音，久违了的声音。躺在宁静的夜晚之中的张彩芸有时候会被一些奇特的念头惊醒，她担心，如果长此以往，自己是不是也会回到以前的状态，变得与他们一样，成为一个沉默的人。她有些害怕，虽然那害怕随后就被她坚决地否定了，一旦那念头出来，另一个人就会在她的思想中慢慢地浮出来，老杨，他总是批评她各种不合时宜而落后的念头。

姐姐说："啊，我来借火柴。黑暗真是很漫长呀。"她就这样迫不及待地离开了。而张彩芸，顾不得被姐姐撞过的疼痛，她推开张青林家的院门就闯了进去。张青林显然对她的去而复返感到了惊奇，他的动作显得迟疑而缓慢。他的手里，还抓着一个扫把。张彩芸急促的呼吸暴露了她内心的激动，她问张青林："有人说话了，我听到了。刚才我在你家的时候有人说话了。"张青林低矮的屋子里，没有点灯，那是个月光皎洁的夜晚，月光把他的脸照得很清楚，甚至放大了他的表情，他的目光忧郁、困顿。

"我听到了。"张彩芸并没有去追究他的表情，她越过张青林，径直向屋内走，她破例拧亮了手电，那是老杨送给他的礼物，那是他的战利品，据说是个美国货。手电的光一下子就打散了月光中张青林的表情，他复杂的目光与肌肉交叉着。而月光顷刻间黯淡了下来。屋子随着那一束炫目的光而变得轻俏起来，像是一艘船，摇晃的感觉。张彩芸的步伐很快，转眼间就把屋子里转了个遍，最后她停在了屋子西墙角的一张椅子前，光柱打在一个妇女的脸上。脸上布满了惊恐，那是张青林的老婆，她张开的嘴巴，稀疏的牙齿很明显。

"是你。一定是你。刚才，我在的时候，一定是你。"张彩芸兴奋地说着，她几乎是手舞足蹈，"你刚才说话了。你说什么了？"

张青林的老婆，脸来回躲闪着那强烈的光柱，身体摇晃着，惊恐有增无减。她听到了声音，但事与愿违的是，那声音并不是从她的嘴里发出来的，而是椅子，那张破旧的椅子发出来的，随着她身体的扭动，椅子发出了吱吱扭扭的声音。那声音难听而刺耳。张彩芸伸出另一只手，抓住了她的胳膊，她想让妇女安静下来，想让那种声音静止下来，她期待着的是一种她喜欢和熟悉的声音，自然和亲切，而不是椅子。可恶的椅子！但是没有，那个月光如水银般的夜晚，声音并没有令人欣喜地到来，张青林，抓住了张彩芸的左胳膊，制止了她对自己老婆的暴力。他手上的力气太大了，张彩芸不得不松开了手。她重新打量了一下张青林的老婆，她坐在椅子上瑟瑟发抖呢，汗珠从头发里偷偷地冒出来。她转过脸来，看了看有些狰狞的张青林，解释道："我没对她做什么。我只是想听她重新说点什么。"张青林摇了摇头。张彩芸仍不死心，"你真的确定，她没有说什么吗？或者只是呻吟了一声？"张青林开始有些烦躁不安，他张开双手，把张彩芸向外推，他真有一股子蛮力气，很快就把张彩芸推到了屋外。手电筒也在他推搡的过程中掉到了什么地方，光亮的突然消失使屋子里的黑暗更加的突出，月光也无济于事。张青林还不至于那么莽撞，他返回到屋子里，找到了手电，他把手电塞到张彩芸的手上，跑回屋，咣当一声关上了门。张彩芸用手电照了一下关得死死的门，她像是一下子掉到了黑暗的深渊之中。

第二天，声音的学习班里，并没有出现张青林的身影。

张彩芸，一个坚定的革命者，在东清湾寻找声音的故事，令我们意想不到的艰难和曲折。关于声音，哲学家德里达曾经说过：一种没有分延的声音，一种无书写的声音绝对是活生生的，而同时又是死亡的。胡塞尔在《不寻常的历史》中也谈到了声音，他这样描述道：我曾同时谈到过声响和声音。我要说，声响是一种有区别的分音节，甚至是极度过分地有区别。

哲学家们是通过另外的一只眼睛来看待这个世界的，当他们把声音从我们日常的生活中分离出去，一个平常的词语变得神秘而不可测，它会在历史的某个角落里等待着一些重要的时刻、重要的人物、重要的转折。从某种意义上说，它成了推动历史发展的合谋。

那么，声音的消失，在东清湾等待着什么？

又有几个这样或者那样的夜晚，张彩芸渐渐地发现了姐姐的秘密。每一次，都是她前脚刚走，姐姐就进了那家的门。而张家大院里的声音练习也仍然没有什么大的进展，参加的人数没见增加，反而越来越少，那一天，当她的对面只剩下妹妹张彩虹时，她感觉到了姐姐的威胁。她还听到了姐姐小声地哼着什么小调，于是她冲进了屋子，夺过姐姐手里正在纳的鞋垫，一字一句地告诫她："你，不要干涉我的事情。你知道你这是在干什么吗？你这是帮凶，日本鬼子的帮凶。如果是在解放区，你这样的人会被枪毙的。你知不知道？"

"我？枪毙？"姐姐毫不示弱，"你说得倒轻巧，你枪毙我呀。你要是我的亲妹妹，你就枪毙我呀。"

张彩芸做了一个打枪的动作，恨恨地说："早晚有一天。"

和姐姐的矛盾，随着时间的推移在增长着。张彩妮，她的秘密既然已经被妹妹发现了，索性，她开始公开地与妹妹对抗，一旦妹妹劝说了一个人来听她的发声训练课，张彩妮必定想方设法地阻止那个人。因此，在东清湾，形成了两个姐妹针锋相对的局面，但是这种局面几乎是一边倒的，可怜的曾经从东清湾逃跑的张彩芸是那个被完全压倒的一方，她甚至能从姐姐的眼神中看到一股不可更改的力量。她的努力是以失败告终的。如果不是张武备的出现，她也许会再次逃出东清湾。

马蹄声，过了若干天，那稀少的声音还挂在树梢之上，东清湾的夜色因此而多愁善感。

在张彩芸晃动的手电光中，张武备的样子早就不是当年那个愣头青了，他的头发长长的，像是马的鬃毛拖在他的肩膀上，眼睛深深地陷进了眼窝里，显得迷离而多愁。张彩虹露出了少有的笑容，她居然伸出好奇的手，去摸张武备粗粗的胡子。但是她的手被另外一个人的手给抓住了，她们都看到了张彩虹被抓得疼痛万分的表情。张彩芸说："你叫啊，你大声地叫出来呀。"事实上，张彩虹什么声音也没发出来。制止了张彩虹胆大妄为行为的是一个看上去冷酷的青年女子，她自我介绍说她叫姜小红，那个看上去拒人于千里之外的青年女子，穿着打扮与她们的兄弟张武备一模一样，从背后看，他们几乎是一个人。姜小红冷冷地说："我们要来处决一个叛徒。"她像是在说，我们要杀一只鸡作为晚餐。

在张武备与她们相处的短短的一夜时间里，他少言寡语，眼睛始终看向屋子或者院子的一隅，样子总是在沉思，在姊妹们看来，这个昔日怯懦的兄弟，如今已经成了一个孤独而高傲的人，传说中的那个人似乎比面前的这个人更可亲可近，更像是自己的亲人。整个夜晚，试图想和他说上一句话的张彩芸和张彩妮，都无法得到他的回应，他冷冷地站在那里，一动也不动，就像是一个塑像，他长长的头发，也谢绝了风的美意。

就像姜小红所说的那样，他们是来杀人的。东清湾的那个夜晚，注定是要给死亡做注脚的，没有风，云厚而密，一场大雨正在慢慢地靠近。他们只是在家里稍作停顿，对于张彩妮的热情表现，两个人都没有表现出什么特别感谢，他们吃了张彩妮做的饭，但是给他们留下了一条野猪腿。那条咸咸的野猪腿张彩妮一直留到来年的春节，那个时候，一场令人惊心动魄的死亡正等待着张武备。张武备对张彩芸手里的手电筒非常感兴趣，他的眼睛时常停在那上面，当光线扫过他的眼睛时，张彩芸看到了深邃里面的探寻与好奇，那是她唯一感到亲切的目光。她把手电伸到他的面前："你要想用就拿去吧。"张武备犹豫了一下，还是拿过来，他仍然没有说一句话，感谢是用眼神代替的，一丝的善意从黑暗中传过来，依稀让张彩芸回忆起以前的时光。姜小红倒是由衷地赞叹了一句："真香啊！"他们没有过多的时间在这里停留，他们吃饱喝足便很快地整装出发。姜小红信心十足地对姐妹三个说："明天一早你们就会有好消息。"张彩妮细细的声音像是蚊子在叫，姜小红说："你说什么呢？大声点。"张彩妮的声音再次传到她的耳朵里，"是什么好消息呢？"姜小红说："一个人的灵魂会得到原谅。"她满含深意的回答在他们双双走出院门后，让张彩芸和张彩妮都感到了脊背发凉。她们会心地对视一下，也悄悄地跟了出去。尤其是张彩妮，她的心提到了嗓子眼，谁的灵魂要得到谁的原谅呢？如何原谅呢？这是个令人心惊的疑问。

他们走得飞快，黑暗中两个影子几乎分辨不清。最后两个影子停在了一座院落跟前，张彩妮闭着眼睛都能知道那是谁家，驼背，是驼背的家。前面的两人翻墙而过，姐妹俩紧跟着来到了院门前，她们把耳朵贴在门上，想听到里面的动静，门却自动打开了，黑暗中一个人抓住了张彩妮的胳膊，把她向里拉，那个说："你们不是想看吗？进来吧！"是姜小红冷冷的声音。

手电光引领着他们走进了驼背的家，那个破败的家有一股浓重的潮湿和腐败的味道。驼背早就被张武备从被窝里揪出来了，他站在墙根，身体像在筛糠。要不是张武备的手顶着他的腋下，他早就瘫软在地上了。手电光在他的脸上停留着，他想躲闪，却已经没有了力气，他眼睛微微地闭着，目光中满是惊恐。张彩妮问："他怎么了？"没有人回答她的疑问。姜小红走上前去，她们看到，她的手里不知何时多了一管步枪。张彩芸见过这样的枪支，那是他们从战场上缴获日本兵的。张彩妮因为并不知道它的威力，所以她仍然在等待着那个即将被原谅的灵魂。而张彩芸却暗吃一惊，枪，它的出现，意味着死亡的来临，她仔细地看着光线中的那张惊恐万分而无辜扭曲的脸，他的脸被手电光放大了，表情也放大了，这使得那个令人惊悸的夜晚充满了莫测的命运。姜小红冷静地打开了枪的保险，然后递给了张武备。张彩妮根本不知道要发生什么，她只是茫然地看着屋内的一切，张彩芸却已经感觉到了血腥的步步逼近，她说："你们不能随随便便地杀人，总得给出个理由。他做了什么？"

　　姜小红微微一笑："这和你们无关。我说过了，一个灵魂需要得到原谅，因为他的灵魂被他自己玷污了。"她不再做过多的解释。枪已经交到了张武备的手里。

　　张彩芸说："你不能杀他。"张武备似乎没有听到，他略微犹豫了一下，然后看了一眼黑暗中的姜小红，没人能看到姜小红对他做了什么暗示，但是显然他已经得到了某种指令。他举起了手中的枪，身体向后退了几步，以便找到一个合适的位置，枪口距离驼背的头只有十厘米。驼背闭上了眼睛。张彩妮听到了他在说什么，他在说：那是一个比恶魔还要恶魔的家伙，它能杀死人，砰——我要死了，老天，我欠张大海的棺材钱怎么还？张彩妮伸出了她的手，她指着张武备，她的弟弟说："你不能杀他，他不想死。他还欠别人的钱。"张武备被这个新情况打断了思路，他停下来略微迟疑了片刻，枪口稍稍地向下偏离了方向。但是姜小红轻轻地咳嗽了一声，她对张武备说："天一亮，所有的灵魂就能穿上伪装的衣服了。那时候你就真假难辨了。快点吧，我们等不及了。"实际上，那个时候，传说中的龙队长张武备扭头看了看窗外的天，夜色似乎有些淡了，黎明还在艰难地跋涉着。他重新振作了精神，说了句："灵魂！"那是那个短暂夜晚里被人们尊为神明的龙队长唯一的一句话，那么节省，那么短促，又那么高深莫测。

　　实际上，那个夜晚枪杀张驼背的情景，第二天天一亮就开始在东清湾所有人的心中流传，有着神奇的谛听能力的张彩妮，听到了他们心中的话，和他们真实的想法。他们几乎一边倒地支持着龙队长果断的行动，他们几乎一致地认为，驼背的灵魂需要用此种方法来得到拯救。他们在心中赞美着龙队长：啊，让他的队伍快快地壮大起来吧，就像是夏天的麦子和秋天的玉米。他们对张武备毫无保留的信任让张彩妮陷入了深深的自责之中，她问自己："难道，该还的钱真的比什么莫须有的灵魂更加重要吗？"整整几个晚上，她都忘记了妹妹张彩芸，忘记了给她天真的声音课堂设置障碍，她不得不用一种自己并不熟悉的方式去思考，那让她非常焦虑和头疼，她开始在自己听力的记忆库中去搜寻，试图寻找到她听到过的关于张驼背有违自己灵魂的话，可是没有，他的心好像都是死的，他什么也没有说过。既然他都没有说，还偷偷地做过什么吗？这样的思考太令张彩妮痛苦了。

同样的痛苦也纠结着张彩芸。张武备的突然出现，让她暂时打消了再次逃离东清湾的想法，她在告诫自己，要做一个经得起考验的革命者，不气馁，不妥协。在寻找声音的茫茫海洋中她仿佛一下子找到了航标灯。声音，显然不是凭她一己的热情和想象能够焕发出来的，而是藏在他们的心里的。她要让他们的心活跃起来。她兴奋地重复着张武备的那句话："灵魂，他们的灵魂仍在舞蹈。"

东清湾的夜，并没有因为一个人的被枪杀而陷入恐惧之中。相反，一种莫名的亢奋在偷偷地酝酿和聚集着。而张驼背的血，从他居住的北屋流到了院子里，在空旷的院子里转了几个曲折的弯，然后突然消失在院子中央干燥而坚硬的一块土地。那血迹保留了很长时间，它在大多数人眼里是一条羞涩的关于背叛与耻辱的血迹。张彩妮，把她听到的话转述给了妹妹张彩芸。

有人说："驼背传递给日本人一个信息，东清湾是一个宁静的港湾，足可以让他们放心地停留。"

有人说："驼背参与了掩埋监狱里尸体的行为，那些可都是我们中国人呀。驼背呀，他一滴眼泪都没掉。"

张彩芸沉思着说："他们在说。他们一直在说。这说明他们有说的欲望。"

张彩妮白了妹妹一眼，她丝毫也不明白，这个顽固的妹妹，她脑子里那些奇怪的想法，怎么就挥之不去，为什么非要让东清湾重新充斥着各种各样的声音呢？

10. 高高的山冈

　　张武备第一次的返乡之旅是以一种英雄史诗般的场面结束的。他在父亲的屋子前磕完头，骑马走出张家大院，张武备的脑子里，还是枪杀驼背时的场面，那是一个慌乱而光线模糊的场面，他甚至怀疑那是不是真的。他转过头来，在姜小红的脸上，惊奇地看到了黎明的到来，她的脸渐渐地清晰起来，眉毛、鼻子和嘴巴。世界一下子出现了。更让他感到吃惊的是，在姜小红的背后，一排排的人流也逼真地显露出来，在东清湾，这个他生长的地方，他还从来没有见过如此多的人，他们好像是为了迎接这个奇特的黎明而来，他们从家里走出来，站在自己家的门口，看着他们，向他们微笑着，挥着手，每个人的手里，像是商量好了似的，挥舞着一条红色的布条，布条迎风招展，一条条街道，成了一条条红色的河流。红色的河流，使东清湾漂了起来，轻盈得像是一艘大船。自离开家乡之后，张武备第一次被泪水击败，他再去看姜小红时，她脸上的轮廓已经不甚分明了。那些挥动着的红色布条，后来成了龙之队的标志，他们的头上，箍着乡亲们提供的红色布条，因此，有人开始称呼他们为红布团。

　　返回山冈的路显得轻盈和自信。连渐渐消失的马蹄声，似乎也在人们的记忆中变成了橘红色。黎明时刻感人的场面，很久之后都会逼真地浮现在张武备的脑子里。他沉醉了。也就是从那次返回来之后，张武备突然之间找到了龙队长的自信，他问姜小红："我做了什么？"

　　姜小红说："你做了他们想都不敢想的事情。"

　　"是我做的吗？"

　　"是你。当然是你。"

　　也是破天荒地，张武备情不自禁轻轻地抱了一下姜小红。躲在他怀里的姜小红的脸，烫了，红了。而这一切，张武备并没有察觉到。他的思想，完全被黎明时刻的场面塞得满满的。

　　是的，对于张武备，那个春天的东清湾之行像是一次洗礼，更像是一次重生。黎明时分令人感动的那一幕，在他生活中的每一刻都会温暖地重现。

　　张武备在改变。对姜小红选择的道路，他已经认同了，他想，那也是他选择的道路。他开始用姜小红的眼光和话语去认同这个世界，渐渐地，他必须要通过姜小红才能清晰地感觉到世界、人、战争、树木河流、乡村，在它们与他之间，姜小红是必不可少的。他躲在她的身后，感觉到了那个令人惊悸的世界，此刻就像是他手里的一个杯子，可以任他支配。是继续用它喝水还是摔碎它，那需要听到姜小红的意见。他呆呆地坐在树墩上，拿在手里的白瓷杯子，像是一个未知的敌人的堡垒那样难以琢磨。时间从春到夏，张武备对于世界的认知，越来越局限于姜小红的眼光，在他和世界之间，姜小红的身躯变得高大，而世界似乎越来越远。

重生了的张武备，在山冈之上，迎接了一位历经艰难而来的访客。

对山冈之上那个传说中的人物感兴趣的是丁昭珂，《实报》的年轻女记者。她不止一次在报纸上看到过龙队长这几个字眼，透过这个陌生的字眼，想象并没有给她太大的帮助，因为几乎千篇一律的描述，把龙队长刻画成一个啸聚山林的土匪，滥杀无辜的冷血杀手。更甚者，配有龙队长的插图，图上的龙队长五大三粗，络腮胡子，像是《水浒》里的李逵。她时常对着报纸上的那个凭空想象的人物发笑。她经常在地图上寻找华北地区的那个没有标地名的空白，她的目光停留在那里，一个个区别于报纸上漫画似的人物开始在她脑子里闪现，他们的外表尽管千差万别，但有一样是一致的，那就是目光，她仿佛看到了千里之外的那双眼睛，那犀利而深邃的目光穿越时空，来到了她的内心，不知为什么，那目光让她感到了羞怯。这种感觉日甚一日，每一天，要去采访龙队长的念头就会增加一分。但是这个想法她又不能告诉任何人，甚至她的好朋友张如清，她那个怪异的哥哥张武历，一想到他，丁昭珂就头皮发麻。

"报纸上所说的位置并不准确。它害我多跑了十来天的冤枉路。我拐到了山西，在山区里迷了路。"说这话时，丁昭珂的身体还被五花大绑着，因为长途跋涉，使她看上去并不像个女记者，她抱怨着，"你们不能这样对待我，我走了将近一个月才来到这里，我就是想要见到龙队长，我要把他的真实面貌告诉天下。"

最开始和她相见的是姜小红，她非同一般的装束和表情还是让丁昭珂停止了抱怨，认真地端详着这个女人，她吃惊地问："你是龙队长？一个女人？"这虽然是个重大而令人震惊的新闻，可是目光，并不是已经印在她脑子中的那样。

姜小红详细地盘问了她的来历，检查了她的证件，直到感觉到滴水不漏时，才告诉她："我不是龙队长。你要见的龙队长正在研究一个杯子。他不知道，这个杯子是继续用来喝水，还是要把它摔到地上，听到它碎裂的声音，看到它粉身碎骨的形象。"

　　这个回答更加激起了丁昭珂无限的联想，激起了她迫切想要见到龙队长的心情。她说："我要见他。我来告诉他杯子的用处。"

　　在这种急切心情之下，丁昭珂似乎也忘记了自己还被五花大绑着，像是一个他们说的探子，而且她也没有听到对面这个沉静的女人发出的轻蔑的笑声。她被绑缚着来到山冈之上最高处的那个茅草房内，就像姜小红说的那样，龙队长手里拿着一只空空的杯子，茫然地迎接着她。丁昭珂一下子就认出了那目光，在迷茫的背后，她熟悉的东西无论怎样都隐藏不住。她一激动，才感觉到身上的绳子有些紧，她大声叫道："把我松开。我是美联社的记者。"她并没有说出她的另一个身份，《实报》的记者。

　　张武备用眼光扫了一眼这个脸上布满灰尘的人，然后转向姜小红。姜小红说："她是个女人，美联社的记者。她是来采访你的。"

　　是的，姜小红的解释透露了三点重要的信息，一是她的性别，二是身份，三是来的目的。张武备又仔细地看了这个风尘仆仆的女人，他发现她眼睛里某些东西像是磁石那样有吸引力，他疑惑不解地说："采访？美联社？"很显然，这两个陌生的词与他的生活阅历无关。丁昭珂急忙说："就是问你一些问题，然后把你真实的故事发表在外国的报纸上，把真实而不是妖魔化的你告诉给大家。"张武备看了看姜小红。姜小红不喜欢这个快人快语的年轻女记者，女记者的语速太快，思维过于敏捷，而且，满脸的尘埃都掩饰不住她内心的渴望。姜小红忧虑地看着张武备，摇了摇头："我也不知道美联社。"

　　丁昭珂耐心地向他们解释，美国，距离这里有多远，他们为什么关心这里的战事。

　　张武备放下了手中的杯子，采访这个词在他心中升腾起来，他想起父亲书房里那些书里的人物，曹操、"刘关张"、谭嗣同……同时，他也想起了黎明时刻的荣耀，于是他的嘴角露出了一抹微笑，表情在轻松与自信之间游离，他挥了挥手："给她松绑，让她去洗洗。她身上一点女人的味道都没有，我才不管美国有多远，我也不管什么美联社。她来自 A 城，我还有很多话要问她呢。"

　　在丁昭珂短暂离开的时间里，姜小红表达了自己内心的不安，她看着张武备表情自然放松的脸："你学会了开玩笑。"

"玩笑？没有吧？我什么时候开玩笑了？"张武备警惕地问。

姜小红摇了摇头："就刚才，你对一个陌生的女人开了一句玩笑，你说她身上一点女人的味道都没有。"

"那是一句玩笑吗？"张武备不解地问。

"也许不是。"姜小红强调说，"可她是一个女人。"

张武备更加迷惑："那有什么不一样吗？"

"不一样。"姜小红肯定地回答。

直到很久以后，张武备才深刻地体会到姜小红那句回答的意义，那个时候，年轻活泼、思想开朗、做事决绝的丁昭珂已经成了他生命中无法抹去的一道风景了，他时常会想起当初的那句玩笑，正是那句不经意间的玩笑，把丁昭珂带到了他的身边。

是的，女人，姜小红似乎已经忘记了自己的性别特征，尤其是当丁昭珂洗完澡进来，她明眸皓齿的模样，和目光中执着闪烁的光芒，开始让她突然感觉到了内心的一个秘密升腾了起来。女人，这是个多么遥远的词，她自己忘记了性别，就连她周围的人，她最亲密的人，和她几乎朝夕相处的人，张武备都从来没有和她开过玩笑，却对一个陌生的年轻女人开了一句无伤大雅的玩笑。嫉妒，是那片山冈之上崭新生长的一种植物，它只生长在姜小红有些幽怨的内心深处。

女人，同样让张武备有些手足无措，他根本不知道，天底下还有这样的女人，洗过澡的丁昭珂虽然还无法脱去一路奔波的疲惫，但她年轻美丽的气息还是那么夸张有力，使张武备一下子就发现了夏天的美丽。夏天，高冈之上，有太多可以留恋的景色，五颜六色的花，绿色的草，轻风拂过，阵阵花香混合着泥土的芳香扑面而来。这些景色以前自己怎么会没有看见呢？他支支吾吾地说："你，原来是这样。"

丁昭珂说："哪样啊？我一直是这样呀。至于你，倒真的是这样，你和我想象中的那个人一模一样。"正是因为张武备流露出来的惊讶，让丁昭珂一直紧绷着的神经松弛了下来。两年之后的 A 城，当丁昭珂站在塔下，看着遥远的塔上的那个人时，她内心的幽怨绵长而深厚。那时候，她想起了他们见面时那句看似平常的玩笑。她仿佛觉得，他们仍然在山冈上，她和他，仍然面对面，能够感受到彼此的呼吸和心跳。

"什么？"此刻，张武备的不解来自于对面年轻女人优雅而有些狡黠的描述。

"目光，"丁昭珂凝神看着张武备的眼睛，"忧郁而锐利的目光，像是一把刀子，又像是两滴大大的眼泪。"

她的解释越发让张武备迷惑，他下意识地拿起了杯子，在手中转来转去。丁昭珂伸出右手，她的手指白皙纤细，她说："我想请你送我一件东西。"

"什么？"张武备警惕地去搜寻姜小红的目光。姜小红却已经不在茅草屋里了，她什么时候走的？他竟然丝毫没有察觉。他心里一阵慌乱，手中的杯子几乎要掉到地上。

"杯子，我就要你手中那个杯子。可以吗？"丁昭珂问。

张武备牢牢地攥紧了杯子："不行。"

"杯子是你的生命吗？你会一直这样握着一个普通的喝水杯子吗？骑在战马之上，周旋在平原和山林之间，杀鬼子，夺粮食，炸炮楼。"丁昭珂收回自己的手，那是一个不合时宜的请求，就像姜小红所说的，他对杯子的用处仍然心存芥蒂。

这是那年夏天，从 A 城赶来的丁昭珂与传说中的龙队长的第一次相见。他们给对方留下了很好的印象，只是，张武备在分别时才把一个无关紧要的杯子送给丁昭珂，这个年轻的女记者。但是她仍然是满意的，对于高冈之上这个神秘的人物，一个杯子，已经足以让她开始试探着走进他的内心，去窥视这个被妖魔化了的人物。

女记者在高冈之上一共待了七天，她非常珍惜在那里的每一天，每一刻，太阳是她最好的伙伴，天一亮她就来到了张武备的身边，和他谈天说地，最开始的几天是她在说，她向张武备讲发生在 A 城的故事，讲那里的人和事；讲全国的事，讲毛泽东，讲蒋介石，讲汪精卫。她说："不用给你说鬼子的事。这个你很清楚。"她的讲述带给了张武备全新的感受，他惴惴不安地问女记者："全国有多大，它比东清湾大多少？"

丁昭珂想了想说："看到这座山冈没有。"她从地下拈起一粒尘土，"东清湾，就是这粒尘埃，而中国，就像是这个山冈。"

张武备却从地上捡起了一只蚂蚁，"我是这只蚂蚁，一辈子也爬不出这个山冈。"

　　但是，A 城的故事使他着迷。他说："日本人把他们都变成了鬼。"从那时起，张武备就有了去 A 城的想法，那个想法在丁昭珂走后一个月才得以实施，只是因为他们不得不去寻找一个新的安营扎寨的地方。那是姜小红的主意，她坚持要逃离山冈，是由于对女记者深深的怀疑。她的话并不是危言耸听，她说，这是事实，我们的营地已经不安全了。除了我们，还有另外的人知道，然后还有另外的人，一传十，十传百，这里就会成为一个人所共知的集市。那个月黑风高的夜晚，当他们告别山冈之时，张武备有些流连忘返，内心有一种期待在挽留着他，那种期待是对女记者的承诺。姜小红预言道："如果她再回来，一定不是一个人，而是一队人马。"她恶毒的预言没有人去证实，因为当他们悄悄地离开山冈，转移到数十里之外的红树林时，山冈变得孤独而忧伤。

　　丁昭珂还讲到了世界，讲到了一个叫希特勒的德国人，讲到了被瓜分了的欧洲。张武备听得津津有味，她的讲述让他充满了幻想。他问丁昭珂："欧洲，有我们这样的人吗？仅仅为了夺回我们的土地和尊严。"

　　丁昭珂回答："有。他们和你一样，拿起了武器。"

　　"欧洲在哪里？"丁昭珂仿佛给他打开了一个未知的世界，那个世界比平原更广阔。

　　丁昭珂用树枝在土地上描画着世界的版图，她把欧洲的位置和中国的位置指给他看。张武备说："看上去并不太遥远。"

　　丁昭珂笑了："它比你想象得要远很多。你骑马在平原上走一天能走过多少个村庄？"

　　"四十或者五十。"

　　"要想到达欧洲，你要穿越至少一万个村庄。"

　　他的脑子里在想象着欧洲，用村庄丈量着欧洲。

　　然后是张武备。那七天之中，语言像是洪流一样突然从他的身体里奔流而出，这是从未有过的一次宣泄，它们像是获得了解放的囚徒，乐于面对一个喜欢倾听的听众。而在以前乃至以后，再没有人喜欢倾听，他们需要和敬佩的只是行动。也许，姜小红能够听到他说了些什么，因为有的时候，姜小红会是一个心怀忐忑的听者。而更多时候，她只是远远地看着，做一个诚实的旁观者。他讲到了有一条蛇，在某个夜晚爬上了他的身体，和他一起睡了整整一个夜晚，便喜欢上了他身体的凉爽，以后有许多天里它都来和他共眠。但是有一天他不小心翻身压倒了它，便招来了蛇的叮咬，他让女记者看他身上至今还有的伤痕。他告诫说："永远不要和毒蛇为伍。"

七天，张武备讲到了东清湾，讲到了东清湾令人窒息的空气，他还讲到了监狱。在他的讲述中，日本人的监狱仿佛是一个乌黑的罩子，把他的家乡重重地压在了下面。丁昭珂试探着问他："你会把它从你的家乡除掉吗？"

"这是我毕生要为之奋斗的方向。"张武备目光沉郁地投向远方，那是他家乡的方向，丛林与山冈，他目光奔跑的速度缓慢而悠长。

高高的山冈在女记者以后的回忆中甜蜜而温馨，想到山冈，自然就想到山冈之上的那个男人。想到那个名字叫作张武备的男人，丁昭珂便不自觉地感动，湿润便悄悄地模糊了她的视线。那个男人的目光在那之后似乎改变了，少了一些冷漠，多了一些温情；少了一些距离，多了一些亲近。而他的目光，似乎也能够穿越时空，来到她的梦境边缘。

听得到他讲话时略显激动的声音，听得到他强有力的呼吸，他的脸就近在咫尺，有好几次都想伸出手去摸一下那跳动着的肌肉。他是一个真实而有血有肉的男人。他像是邻居家的一个大哥。犹豫、胆怯、盲目，偶尔露出英雄气概。只是那种英雄气概有些自我、狭隘，目光短浅。他的想法，他所有远大的理想都显得那么微不足道，又那么的诚实可信。他是一个什么样的人？他和报纸上说的那个人到底是不是一个人？这都让我产生了深深的怀疑。

后来落在纸上的文字是这样来描绘她见到的张武备的。当然，这样的文字不可能见诸报端，只能珍藏在她的家中。

七天，山冈也并不仅仅因为一个年轻女性的到来而躁动，丁昭珂亲眼见证了一个另外的龙队长，一个活在另外一些人传说中的龙队长。从四面八方来投奔的年轻男人络绎不绝，山冈之上，每隔几天就会有一些年轻而生动的脸，他们远远地观看着张武备，当张武备迎面向他们走来，他们会因为激动紧张而流下热泪。那些年轻的面孔在她的回忆中闪现时，山冈就变成了一面猎猎招展的旗帜。

山冈，是兄弟，或者姐妹，它有时候庄严，有时候又柔情似水。它让人既畏惧又心存怀想。而这一切，都是因为一个男人，一个高高在上的支撑着他们信念的男人。

当她写到这里时，突然间想到了已经逝去的父亲。

　　当丁昭珂返回 A 城，长时间地陷入对那七天的回忆之中时，她仍然无法把那个令人着迷的男人的形象理出一个合理的线索。出现在她回忆中的张武备是一个矛盾的混合体，英雄，威严，瞻前顾后，优柔寡断，疑虑重重，这些似乎都能放到他的身上。她百思不得其解，到底是因为她短暂的采访出现了偏差，还是因为他本身就是这样一个复杂而多变的人？突然间，一张模糊不清的脸闪现在她的回忆之中，她暗吃一惊，姜小红，是的，这个一直被她忽视的女人，山冈之上，她充当着什么样的角色呢？为什么我忽略了她呢？丁昭珂惊奇地感觉到，在那七天之中，姜小红好像从来没有远离过他们，她好像无处不在。即使现在，姜小红的目光也充斥了她绵长的回忆。

　　山冈之上的作别有点黯然神伤的意味。张武备说："你一走，我又看不到山冈之上的风景了。"他直截了当地表述透露出了他内心的想法。

　　"我还会来的。你欢迎吗？"越过他的身体，视线捕捉到的山冈之上的夏天格外美丽。

　　张武备想了想："你随时可以来。但我不能保证，你还能找得到我。因为这里不是我的家。"

　　"就算你走到天边，我也能找得到你。"丁昭珂这句信心十足的誓言，在张武备以后动荡的游击生涯中，时刻都在激励着他，让他有所期待。而单调的战斗也因此有了一丝柔情蜜意。

　　丁昭珂告别时特意向张武备要了一件礼物，就是他手中不停把玩的杯子。她说，那只杯子，也许并没有真正的意义，喝水或者摔碎，都没有意义，仅仅是一只杯子而已。

　　一个杯子，在女记者的回忆中，也仅仅是一个杯子而已，A 城，她的家里，杯子就放在她写作的桌子上，里面盛满了她待过七天的一座虚幻而真实的山冈。

第三章

11. 塔高 85 米

以下的文字摘自《平原勇士》：

那座塔使我想到了巴别塔。与巴别塔不同的是，这是真实的塔，它耸立在我的眼前，我走上前去，甚至可以触摸到它。从城内的每一个方向，都可以望得到它。它坐落在城市的中央。它是冰凉的，没有一点温度。它还是崭新的，砖还有些湿。我到过位于华北中部正定的临济寺澄灵塔，那座塔离地三十米，塔身上布满了时间和历史留下的痕迹：荒草、残砖、断瓦，一副破败的景象。而眼前的这座新鲜而未完工的塔，等待它的将是什么呢？我曾经和那座塔的主人，张洪庭老先生，有过简短的对话，我向他讲了我们的巴别塔。我说，那座塔不可能建成。上帝不允许他的威信受到质疑。张洪庭淡淡地一笑，他对于上帝，对于那个陌生的巴别塔不屑一顾，他只说了一句：它就是我的上帝。他仰望那座塔，眼里在一瞬间竟然涌满了泪水。直到现在，我也不会明白，那座醒目而刺眼的塔对那个老人意味着什么。那个老人的固执与决定，在那个特殊时期，显得不合时宜，而且近乎疯狂。而那座一点点向天际攀登的塔，也给每个人留下了不同的印象。

张武备说到那座塔时并看不到塔的样子，他在平原的深处，一个我无法确切说出地点的地方，他眼望远方，目光中露出了杀气，不管有多高，它都会死去的。

张武历显然对我的疑问感到奇怪，那座塔？它不过是我父亲的一间屋子。

丁说，那座塔让她胆战心惊。

关于那座塔的未来，我从来都没有去揣测过，我不知道它是不是仍然存在，不知道经历过时间的磨砺，它是不是已经与历史紧紧地拥抱在一起，它的身体上是不是已经长出了青草，然后变枯。我只是觉得，那座塔，虚幻而不真实。

五十年后我母亲的心中仍然矗立着那座塔。只是随着岁月的流逝，她最后的记忆总是出现这样或者那样的偏差，她记得那是一座完整的塔，就连塔的高度她都能清楚地说出来，85 米。她说，它刺破了张家浓密的树荫，考验着我们的视线，耸立在云间，就像一根耻辱的柱子插在 A 城的心脏。而实际上，A 城那座张家大院的塔并没有完工，它最高的高度也没有达到我母亲记忆中的 85 米，而是 82 米或者 83 米。即使如此，它也保持着 A 城历史上最高建筑的纪录，只是，这个纪录的高度是残缺的，不完美的。

对于我的姥爷张洪庭而言，通向云端的塔是他辉煌生命的延续。没有任何的事情能够阻挡他建塔的决心，当塔一天天地向天空中迈进时，我的姥爷，能够感觉到他已经不再年轻的心脏跳动的声音，那声音像是在更高的天空中，召唤着他。我的姥爷夸下了海口，他要在塔建成的那一天做两件事，在最高一层也就是第十三层上祭祖，在十二层上举办一场浩大的婚礼。没有人知道婚礼的女主角是谁。但是他夸下的海口，以及越来越高的塔，倒是成了 A 城一道难得的风景，越发地引人注意了。

我母亲从来没有过登塔的想法，对塔的憎恶是因为一次荒唐的婚姻。一个西装革履的年轻人来到了张府，他自称是学习建筑的大学生，想仔细地研究一下张家砖塔的结构。他说他从天津去郑州，路过此地被这个高耸的建筑所吸引，他不得不改变了自己的行程。他和我的姥爷相谈甚欢，其间不经意地谈到他的舅舅汪精卫云云。姥爷敏锐地捕捉到了这一信息，便留下年轻人长叙，姥爷自豪地说："在 A 城，许多建筑都值得你去研究，一些宋代的寺庙至今保存完好。"年轻人欣然接受，这让我的姥爷大喜过望。他特意安排了一桌丰盛的家宴来款待这位名字叫作童风生的年轻人。

关于那场家宴，留给我母亲的记忆并不深刻。她只是模糊地记着，那个年轻人总是刻意地要把他的学识拿到桌面上，整整一个晚上，他都在炫耀着自己关于古建筑的知识，以至于我的母亲张如清，把桌子上所有的东西，碗和菜，都看成了一座座的塔，高的，矮的，方的，圆的，六角的，八角的，青砖砌的，木质的，铁铸的。当她不自觉地为那些食物分类时，我的大舅，那个有着统治一个城市的野心的副市长大人，却从年轻人的侃侃而谈中悟到了某些真谛。他偷偷地看了一眼我的母亲张如清，然后露出了会心的微笑。只有张武厉，我的二舅，注意到了那个不易察觉的微笑。他是那场家宴中最紧张的人，自从那个年轻人进入了张家大院，他警惕的心就一直紧绷着。他的眼睛就没有离开过年轻人的脸，年轻人的一举一动都在他的视线之内，包括他的健谈，他密而不漏的话语，他努力想从年轻人的嘴里得到一些有用的信息。但是年轻人口若悬河的技巧让他的努力付之东流。那些枯燥的词汇真的找不到任何的破绽。尤其是，当年轻人兴之所至，吟出一首西河大鼓绕口令《玲珑塔》时，他更加云里雾里了。年轻人吟道：

高高山上一老僧，身穿衲头，几千层。

若问老僧的年高迈，曾记得黄河九澄清。

五百年前清一澄，一共四千五百冬。

老僧倒有八个徒弟，八个徒弟，都有法名。

大徒弟名叫青头愣，二徒弟名叫愣头青，

三徒弟名叫僧三点，四徒弟名叫点三僧，

五徒弟名叫嘣呼噜吧儿，六徒弟名叫吧儿呼噜嘣，

七徒弟名叫风随化，八徒他的名字就叫化随风。

……

玲珑塔，塔玲珑，玲珑宝塔第一层，

一张高桌四条腿，一个和尚一本经。

一个铙钹一口磬。一个木落鱼子一盏灯。

一个金铃，整四两，风儿一刮响哗晰。

玲珑塔，隔过两层数三层，

三张高桌十二条腿，三个和尚三本经。

三个铙钹三口磬，三个木落鱼子三盏灯。

　　三个金铃，十二两，风儿一刮响哗晰。

　　……

　　年轻人吟唱得津津有味，姥爷听得入神。而我的二舅张武厉却身体僵硬，脸色苍白，冷汗顺着脖颈流进了领口里。坐在他身边的张如烟，即将迎来她的13岁生日，嘴巴凑到他的耳朵边，小声说："你脖子上有一条小虫子。"张武厉下意识地把手伸到脖子里，却听到了张如烟偷偷的笑声。除了我的姥爷，没有人对那个异乡人的夸夸其谈感兴趣。最先打破那个令人尴尬的场面的人是少女张如烟，她才不管年轻人与姥爷的谈话进行到什么阶段，她站起身来，推开椅子，伸了个懒腰，尖声说："我吃饱了。二哥，你要不要替我到花园里抓蜻蜓。"刚刚下过雨的窗外，偶尔会有蜻蜓飞过。张武厉翻了一下白眼，并没有回应她。张如烟不满地噘着嘴跑出去了。

　　那场漫长午宴一直持续了有两个小时，我母亲有些昏昏欲睡。年迈的姥爷却依然精神矍铄，目光炯炯。他感慨万千地说："传经送宝，传经送宝啊。你早点来啊，我这座塔的名字就早有着落了，就听你的，叫玲珑塔。"他提议他们晚宴的话题仍然以塔为核心，他朗声说："有从保定刚刚送来的白洋淀的野鸭蛋，黄里带油啊。"

　　他们走出屋子时，看到了一个奇景，在远未完工的塔上，少女张如烟探出身子来，手里摇晃着一个大大的布袋，她解开布袋上的绳子，在雨后清新的天空中，一团蜻蜓围着塔的周围漫天飞舞。酒足饭饱刚刚从饭桌上下来的人们纷纷抬头去观望这一奇景。蜻蜓的阴影快速地从一个人身上移到另一个人身上。年轻的建筑学者童风生赞叹道："蜻蜓！蜻蜓！"实际上，这样的场面在不久后的一天也出现过，只不过，那个时候的年轻建筑学者已经无法发出这样的赞叹了。我的姥爷张洪庭则把那成群飞翔的蜻蜓视作是一种神佑，有许多个夜晚，他仍能看到蜻蜓闪着光围着塔在快乐地飞舞。

　　那天下午，当我母亲的脑子里仍在浮现那个年轻人夸夸其谈各种塔时，她的命运突然间要经受一次考验了，而她自己还浑然不知。做出要改变她命运决定的是我的大舅张武通。他从年轻人的身世中嗅到了自己升迁的味道，于是在他的积极建议下，我的姥爷那个下午做出了一个匆匆的决定，把待字闺中的母亲嫁给汪精卫的外甥童风生。

这个决定传到我母亲耳中时已近黄昏。最早给她通风报信的是那个乖戾的少女张如烟，她完全是抱着一种幸灾乐祸的态度来告诉她这个消息的，她尖声尖调的嗓音像是锋利的刀子在她心头上划来划去：

花开了，花谢了。大姑娘，上轿了。

在随后的几天时间里，我母亲以各种方式表达着她反对的决心，绝食、上吊、投井，都没有成功。大哥调动了十二个人轮流值班看着母亲，以防她寻短见。而婚礼的筹备也在紧锣密鼓地进行着。兴奋的大舅张武通对姥爷说："这不是她说了算的事，这事关我们张家的荣耀。就是用枪逼着，也要把她嫁给童风生。"

姥爷沉吟良久，然后说："就按你说的办吧，但要让你妹妹同意。"

张武通说："我会做她的工作的。那个姓黄的学生有什么好？"

我母亲以死相拼的过程因为有张如烟的存在而有些曲折特别。这个令她鄙视的小女孩，神经质的表情和令人毛骨悚然的语气，有时候会突然在她悲伤欲绝时出现。少女通常能够躲开看守的人，冷不丁地站在她面前。母亲从来不想让张如烟看到她软弱的一面，她擦干眼泪问："你怎么进来的？"她指的是守在门口的护卫。少女尖声说："我给了他一块糖，糖里面放了让狗睡觉的药。"母亲不禁打了个寒战。张如烟那么热衷于来见母亲，不过是想给母亲的自寻短见提供一些帮助，她的帮助都充满了诡谲，比如她交给母亲一把尖尖的银簪，银簪子寒光闪闪，她眯着眼睛说："你把它插进自己的喉咙里，记住，一定要在夜深人静的时候，要在从窗户透进来的月光中进行。月光中，银簪子会更亮，更锋利。你慢慢地，慢慢地，向喉咙里推。这个硬硬的簪子，碰到了你嗓子眼里那么软的肉会兴奋的。记住，一定要慢，要不，你会流很多很多的血，那就不好玩了。"当少女鬼一样飘走时，银簪子就扔在桌子上，没有月光，它仍然闪着青青的光。母亲没有碰它。一股邪恶之气从簪子上散开来，飘满了屋子。整整一个晚上，张如烟鬼魅一样的声音都在母亲耳朵边回荡。再比如，她什么也没有拿，她只是暗示母亲，那个正在大建的塔是一个好的自寻短见的地方。少女伸出葱一样的手指，指向夜色轻拢的宝塔："我估算了一下，塔的高度现在大约有20米，也就是说，你从空中落下的距离是20米。20米，其实并不长，一下子就到了。"我母亲突然问在黑暗中妙语连珠的张如烟："你是你死去的妈，还是你自己？"少女的兴奋被母亲突如其来的问话给搅乱了，她坐在那里半天没有出声，然后嘤嘤地哭出声，说道："我刚才说什么了？对不起，我什么也没说。"她没有得到母亲的回应，便哭泣着挤了出去。

我母亲终于没有违背自己的意愿嫁给一个她不喜欢的人，这得归功于我的二舅——时刻充满着警惕和怀疑的张武厉。自从年轻人踏进张家大门，张武厉的怀疑就没有停止过，就在张武通想方设法想要攀上汪家这个高枝时，张武厉却在暗地里跟踪和调查年轻人的来历。他眼睛像鹰眼一样能够穿透黑暗。张武厉的努力没有白费，在某个阴雨绵绵的上午，他终于发现了年轻人的蛛丝马迹，在城南大街的葫芦口胡同，他把年轻人从一个穷困潦倒的平民家中揪了出来。年轻人痛哭流涕地承认他撒了谎，他根本不是什么汪精卫的亲外甥，他不过是对自己过于贫穷的生活厌倦了，想骗吃骗喝，顺便骗点钱给躺在床上的老母亲看看病。他发誓赌咒说他从来都没想过要娶张家的大小姐为妻。他请求我二舅张武厉能够网开一面，他可怜地说："我连你们家小姐长什么样都没瞧清楚。"也许他说的是实话，但是他一切的悔恨都晚了。

我母亲突然得到了自由却感到无比茫然，她不知道发生了什么，也没有人向她做过多的解释，那个叫作童风生的年轻人，再也没有出现过，就像是她曾经热爱的黄永年。

那个骗子童风生，下场并没有他行骗时那么风光。他从 A 城的消失一直是一个谜。有一种说法是他自己在走夜路时掉到了粪池里被熏死了，尸首始终无人认领，最后成了苍蝇的乐园。还有一种说法增加了张武厉凶残的一面，据说他把童风生带到了他的军营里，在荒郊野外的一片开阔地，他命人把拴在他脖子里的铁链取下，让他尽情奔跑。张武厉说："只要你有能耐，你能跑多远就跑多远，你就是跑到天边，那是你的本事。"实际上，张武厉把他当成了一只兔子，一个猎物。童风生就是在众多兵士的追逐中，被一枪枪地打死的。据说他死时惨不忍睹，身体像是一个筛子。更为传奇的一个说法与已经被命名了的塔有关，他死在玲珑宝塔的最高一层。那时玲珑塔才盖到第四层，距离地面已经有 20 多米。他们扒光了年轻骗子的衣服，玲珑塔的每一级台阶上都铺满了尖尖的钉子，童风生不得不赤身裸体一刻不停地奔跑，想找到能够放下脚的地方。出此主意的并不是张武厉，而是张家的大少爷张武通。可见他对骗子的行径有多愤怒。通过捷径走上市长之位的幻想破灭了，他只能把它归罪于骗子。童风生在玲珑塔上跑了整整一个夜晚，直到耗尽了他身体里所有的鲜血，他的鲜血滴在台阶上，墙壁上，渗进了青砖之中。后来张如烟说她看到了骗子奔跑的狼狈样子，她妖孽的说法没有博得大家的认可，就是张武通也在她说那句话时，捂住了自己的耳朵。张武通说："我不听，我是个有悲悯情怀的人。"不管是什么方式，死亡是不可避免的。也许对于一个扭曲的灵魂来说，这更是一个解脱。

当我母亲得到年轻人的死讯时，她内心感到了无比的愧疚，虽然这个结果与她毫无关联，虽然，那个年轻人的行径令人发指。她曾经四处打探那个年轻人的家。等她找到时，童风生的家人已经不知所终，也许他们听闻了什么风声而远远地躲开了。

有关一个骗子的故事到这里就该结束了，但是当我的母亲偶尔听到那个塔上的鲜血的情节时，那座未完工的塔，便像是一个瘟神一样。她尽量地避着它，走路都离它远远的，就连踩在塔的影子上，她都觉得，仿佛血腥之气顺着那阴凉的影子，爬到了她的肺里，让她有压抑和憋闷的感觉。

憎恶及其喜爱，还在另一个人的身体里交叉着，混合着，斗争着，纠缠着，永远也没有个尽头。即将年满13岁的少女张如烟或者杨小雪，她双重的人格开始渐渐地显现。

当我母亲仍然不死心地在城里寻找童风生的家人时，意外地碰到了张如烟，在东城，干河沟，一个下层人民聚集的地方，走街串巷叫卖的，下煤窑的，拉板车的，弹棉花的，崩爆米花的，捏泥人的，吹糖人的，卖唱的，卖笑的……几乎都住在那里。那是全城卫生状况最差的地方，我的副市长舅舅张武厉，有过辉煌的城市发展蓝图，他想把这里建成一个文明的街区，有漂亮的路灯，绿树成荫，房子都建成欧式风格的，微风一吹，银杏树叶能哗啦啦响。他要把穷人都变成警察、医生、教师、记者、作家。消灭穷人，这是充满了空想的张武通的愿望。

张如烟独自一人在那里急急地走着，我母亲尾随着她，东拐西拐，走进了一个大杂院，低矮的平房，凌乱不堪的环境，满地的垃圾，难闻的味道。在西向的一间屋子前张如烟停了下来，她轻车熟路，轻轻地推开门走了进去。很长时间她都没有出来，母亲走到门口，门是敞开着的。母亲迈步走了进去，阳光很强烈，屋内的情景一览无余：一个卧在炕上的病恹恹的老妇人，一个坐在小板凳上七八岁的小男孩，而张如烟，坐在炕沿上，手里正在慢慢地剥着鸡蛋皮。鸡蛋显然还有些烫，她一边剥一边用小嘴吹着。我母亲惊奇地看着这个令人震惊的场面，更令人震惊的是张如烟的声音，她在说："等一会儿，鸡蛋马上就能吃了。再等一会儿。"声音不再是尖尖的，冲冲的，而是柔和的、清脆的小姑娘的声音。我母亲的出现影响了屋内的视线，母亲的影子正好罩住张如烟一半的身体，阳光把她的脸映染得清澈而可爱。小男孩抬头看了看母亲，又低头去摆弄手中的一个木头削成的手枪玩具。张如烟说："弟弟，去把水拿来。娘要喝水。"她顺便看了一眼母亲惊讶的脸，然后继续喂老妇人吃鸡蛋。母亲听着张如烟与小男孩的对话。

"小雪姐姐。"

"哎，你拿枪干什么？"少女问。

"打塔。"

"什么塔呀？"

"城里最高的那个塔。"

"为什么呀？"

"我哥哥死在里边了。"

"你哥哥为啥死在里面呀？"

"我哥哥骗人家吃的喝的。"

"那他是不是该死呀？"

小男孩不说话了，眼泪啪嗒啪嗒地往下掉。

"弟弟不哭了。你哥哥没有死。"

"那他在哪里呢？"

"他在塔里头干活呢，他要让塔一天比一天高。"

"能有多高呀？"

"能通天。"

我母亲默默无语，她不忍心再看下去，她站在院子里，阳光在屋顶上肆意地飘落，却无法落进她的身体，她感觉凉意袭人，她根本不知道，一个 13 岁少女的内心有多宽广和多复杂。那是她认识的那个从来不讨人喜欢，也从来不被她承认过的小妹妹吗？

大约十几分钟后，张如烟才从屋子里走出来，她脸上闪烁着快乐的笑容。在经过母亲身边时，她轻声细语地叫了一声："姐姐。"便快速地跑了起来。我母亲追到门外，张如烟已经跑得很远了。母亲琢磨着那声姐姐的意味，心里有些苦涩。

这是罕见的杨小雪。而更多的时候是那个叫作张如烟的少女。她喜欢玲珑塔，随着塔的高度不断地向天空挺进，她瘦小的头颅里，一些意想不到的奇怪念头就会泉水般地涌现。对她来说，那是一个充满了悬念的塔，阴谋的塔，永远隐藏着秘密的塔，永远无法寻找到答案的塔。后来她在塔上跑上跑下，便时刻能嗅到浓浓的血腥之气。她问那些加班加点工作的工人们，是不是能闻到那股刺鼻的血腥之气，工人们的回答是一致的，他们说，什么也没有闻到，他们只闻到了砖的味道，泥的味道，沙子和草的味道。更令她感到兴奋的是，有时候她能在不断升高的塔里看到一只手，一只脚，半边脸，或者一只无神的眼睛。她坐在二哥张武厉的对面，平静地向他报告她所看到的一切："他们假装什么也没有看到。一只手，突然就从塔的墙壁上伸出来，打在我的胸上。那只手小小的，白白的，瘦瘦的，像是小玲的。"

小玲是前几天老爷从戏园子里领回来的一个白白静静的姑娘，她的嗓音尖细而高亢，几乎能把戏园子的顶棚给顶开。姑娘尖细的声音在张家大院只回荡了五天，她是昨天失踪的。有人说，姑娘偷偷跑回了戏园子。姥爷曾经打发人去寻找，还带着一兜子的银票，但是戏园子的那拨艺人早就人去台空了。以后的许多天里，我的姥爷都会站在玲珑塔的最高一层，在星光之中沉思默想，去思念小玲尖细的唱腔。

"我在花园的小路上碰到过小玲，她在那儿抹眼泪呢，我看到了她的手上湿乎乎的，都是泪水。那只手就是她的，一点也没错。"张武厉开始颤抖，身体向一边倾斜，就要倒下去时，张如烟把自己的身体贴上去，紧紧地贴在他的身上，像是一只壁虎，她说："你不要怕，有我在呢，我的宝宝。"张武厉慢慢地平静下来，他像是突然发现了怀里的少女张如烟，一把把她推开，"你不能胡思乱想。要出事的。"张如烟尖声说："要出什么事呢？要出什么事呢？"张武厉没有回答她，他冷酷地看着窗外。窗外，玲珑塔已经超出了张家最高的一棵白杨树。它还在拔节生长，长得比树还快。

在张如烟的坚持下，张武厉跟随着她向塔上攀登，看着眼前这个身材娇小的少女，张武厉不知为什么愿意听从她的召唤，其实他的内心深处，是极不愿意来印证她的说法的。这也是头一次，他惊奇地发现，自己可以违背自己的心愿，仅仅是因为这个小妹妹吗？仍在施工的塔上，张如烟所说的娇嫩的手并没有看见，她敲着第三层的塔壁，对二哥说："就是在这里，它就在这里，一到晚上就伸出来吓唬人。"看到张武厉露出不屑的神情，她信誓旦旦地指着那面坚硬的墙说："你趴到墙上去听一听，那只手还在里面抓挠呢。"张武厉真的趴在墙上仔细地听了听，他摇摇头，"什么也没有。"他们在塔壁里寻找一只断手或者一只眼睛的过程，对于少女张如烟来说是那么的有趣而执着，她坚持着她看到的，她感觉到的，她以为别人会和她一样，能够看到应该看到的东西，但是没有，就连可怜的二哥，也让她极为失望。但是这并不能打击她要还原一个真实的生活的信心。

夜晚，塔的生长暂告一个段落。它把巨大的阴影投在院子里，弯弯曲曲，像是一个躺倒了的巨人。而所有的人，并没有因为它的重压而改变什么，生活仍在继续。在张武厉入睡之前，张如烟必须把他带到塔上，她深信不疑断手会在那时伸出来。在夜色中，登塔时脚步很轻，像是走在云中。在任何地方，他们都没有和那只断手邂逅。他们的攀登因为看到了塔顶遥望夜空的父亲而有所收敛，他们只是从下看了看父亲伟岸的身躯，然后悄悄地返回，在张如烟坚持所说的那只断手出现的地方，张武厉的腰间突然多了些什么，他伸出去，紧紧地抓住了它，那真的是一只手，张武厉开始颤抖起来，他这样一个杀人如麻的人也不禁产生了无比的恐惧，那恐惧一浪高过一浪，他的身体因为颤抖而不得不靠在了墙壁上，那硬硬的墙像是海洋。然后是另一只手，那一只手也伸了过来，穿越了黑暗，送到了他的另一只手里，他用力地攥住那两只手，他已经分辨不清，到底是他的手，还是墙壁里伸来的两只手是僵硬而冰冷的了。他的身体渐渐在海洋之中委顿下去，他听到手在尖细地说："宝宝，有我呢。别怕，别怕。"那声音，像是海洋中漂过来的一条船，颤抖才慢慢地缓慢下来，身体也有了知觉。他小声说："有两只手，墙里伸来两只手。"黑暗中，他们两人的手仍然紧紧地握在一起。抬头向上看去，他们的父亲，我的姥爷，像是一尊雕塑，仍然立在塔上，一动也不动。

母亲与小妹妹在自己的院子里，像是两个陌生人。张如烟从来都不拿我的母亲当回事，也从来不正眼去看她一眼，仿佛我母亲根本就不是这个家庭里的成员，仿佛根本不存在似的。母亲偶尔会想到东城干河沟感人的场面，她会情不自禁地叫一声"小雪"，可是被叫的对象，丝毫没有反应，她会径直从母亲的身边走过，把母亲的叫声留在尴尬的空气之中。

那个时候，张如烟通常会走在去姥姥后窗的路上。

在我姥姥的后窗外，是一片小小的花园，那些花儿从来不需要花匠们去打理，那是倔强而任性的姥姥一块孤独的乐园，每天她都会亲自浇水施肥，松软土地。那些花儿是月季、玫瑰和牡丹，都是那些开着鲜艳花朵的科目。除了姥姥，花园只允许张如烟进出。她给这个小姑娘讲每一束花不同凡响的故事。在每一朵花下面，都有一件能发声的东西，唱片，是在牡丹花下；收音机，已经嗅到了玫瑰的花香；玻璃的碎片，能从土里映照到月季的美丽。甚至还有嘴巴，她让张如烟的耳朵离那朵最饱满欲滴的牡丹花更近一些，姥姥神秘地说："你听听，她还在土里唱戏呢。"

客观地说，姥姥的后窗花园，花朵生长得并不健康，它们的形态与张家大院里数不尽的花朵相比要逊色许多，它们看上去病怏怏的，蔫蔫的，像是经历了雨雪风霜。张如烟对那些花儿有着浓厚的兴趣，她欣赏它们，由衷地喜欢，有时候，她看着它们，眼泪都要流下来了。这个时候，我的姥姥就会把她搂在怀里，任由她恣意地悲伤，她说："你听到胡茄的声音了吧，它在那朵月季下歌唱呢，你看看，叶子在舞蹈，花儿在摇摆。"

那个时候，我的姥姥还会把这个只有 13 岁的少女当成自己生的最后一个女儿，她甚至能够清楚地记起生她那天的天气情况，周围都有什么人。她把女儿带到屋子里，给她听各种各样的声音。一听到那些嘈杂的声音，悲伤就迅速地溜走了，张如烟会成功地像泥鳅一样跑掉。

12. 突如其来的暗杀

张武备第一次看到那座塔时就有一种不祥之感。

他秘密地潜入 A 城的心理有些无法言明的复杂，那个叫作丁昭珂的女记者对 A 城的描述是其中的一部分，但更重要的原因是什么，他也说不清楚。女记者的形象，她说话的神态，随时都会冒出来，把他拉回到那个美好的山冈。七天，会改变一个人的性情，也会改变一个人生命的轨迹。

这是张武备第二次来到 A 城。距上一次相隔已经有八年，那是他跟随父亲来城里的叔叔家。A 城，在他的印象里是一个大的集市，川流不息的人，令人担心和新奇的各种各样的噪声。至于叔叔的模样，他只记得他比父亲要胖一些，面色也更红润一些。那一次在 A 城的停留十分短暂，比他们预想的要短，他隐隐觉得父亲与叔父之间发生了什么不愉快，返乡的路途上，父亲一言不发，脸色铁青。自那以后，A 城，仿佛离他们越来越远。

　　与他一起潜入 A 城的还有姜小红及五个游击队员，王海、于腾蛟、马嘶鸣、张武林、张尚青。那一次进入 A 城的经历，到底对他们以后的命运起到了什么样的影响，两个人也一直有着不同的理解。就是在冒险来到 A 城这一点上，两个人的分歧也较大。当张武备提出要去 A 城时，姜小红立即表达了激烈反对意见，她很快就给出了自己的理由，她说："那里不是我们熟悉的战场，在那里我们就像是掉进了迷宫里，我们寸步难行。我们的战场在这里，在一马平川的平原上。敌人在我们视力可及的地方。我们知道他们的弱点。可是在 A 城，我们就像是瞎子，我们将一事无成。"

　　姜小红的劝解并没有起到什么作用。此时的张武备，已经完全被一股盲目的自信鼓舞着，激荡着，他问："还有什么我们不能做到的吗？我们杀过鬼子，除过汉奸。A 城，不正是我们要去的地方？你没听丁记者说过吗？那里到处都是鬼子和汉奸，我们想杀多少就能杀多少。"他的目光中，似乎已经看到送到手的鬼子与汉奸，他的手不自觉地伸到了腰间，他说："枪呢？我的枪呢？"姜小红递给他一把猎枪，他们经常使用的武器。张武备拿过枪来，端详了良久说："要是有一只勃朗宁就好了，可以揣在兜里，没有人能发现。见到鬼子时，掏出来就能打死他。"

　　姜小红问："什么是勃朗宁？"

　　"手枪。丁记者说的。她说她见过那种手枪，很精致，很小巧，可以藏在任何地方而不被发现。枪声又脆又轻。"张武备用手比画着。

　　"那我们要在 A 城杀谁呢？"姜小红，对于他们即将奔赴的那个陌生的城市，仍然心有余悸。一股莫名的恐惧紧紧地包裹着她担忧的心。

　　"日本人吧。那个叫什么伊东正喜的吧。他杀的中国人最多，不是说他还受到过天皇的表彰吗。就杀他。"

　　"他在哪里呢？我们到哪里去找他？"

　　"日军宪兵队。"

　　"日军宪兵队在哪里呢？"

　　"到城里自然能够找得到。"张武备说这话时想到了女记者丁昭珂。女记者的形象一出来，他就感觉，A城，像是从雾里浮现了出来，街道清晰，横平竖直，有人引着他走向宪兵队，伊东正喜就站在那里等待着他来射击。这个只有小孩子才能生出的幻想，在许多天里都支撑着张武备去A城的信心，而且，信心一天比一天增强。而当那一天终于来到，A城，就踩在他的脚下时，他才真切地感觉到，幻想只能存在于脑子中，而不是现实中。

他们扑了个空。女记者并没在家，这让他们的A城之行一下子失去了方向。

张武备并不死心，他决定还是自行找到宪兵队，等待下手的机会。姜小红说："我们不能满大街地去打听宪兵队，那样太引人注意了。我们还没看到日本人，他们就会先找到我们。"

他们在南城的马市大街埋伏了下来。马市大街，看上去比较繁华，街上商埠林立，来往行人较多。更加让张武备觉得等待是值得的，是一间商店的招牌上写着一些日本字。此刻他们就坐在那个有日本字招牌的商埠对面，一间茶馆内。他们分成两桌，分别靠门的左右两个窗户。从窗户里可以看到对面商店里进出的人。但是整整两天，商店都门前冷落，没有一个人出入，更别说有日本军人了。但是从茶馆的窗口，他们能看到远远的一个高高的建筑，一个奇形怪状的东西，像是一个大大的罐子，或者一个放大了的瓶子。

第三天的早晨，他们已经失去了再去那里等待的信心。他们待在旅舍中，商量着下一步的行动方案。与张武备落寞的神情相反，姜小红看上去轻松自如，她的提议很切合实际，她说，既然我们已经来了，既然我们无法找到日军的宪兵队，为什么我们不能像一个普通老百姓那样，在城里买些我们需要的东西呢？

进城的计划突然改变，这让信心十足的张武备有些兴味索然。他没有响应姜小红去采购的临时倡议，但也没有表示反对。他们兵分两路：姜小红带三个士兵去马市大街采购，而张武备，带另两名士兵信马由缰看着那个罐子似的建筑，慢慢地靠近。

这就是张武备第一次看到那座塔。那个时候，他还不知道塔的名字，塔建在A城的什么方位。他们越靠近，张武备越觉得那些街道似曾相识。等他们已经能够清楚地看到那是一座在建的塔，张武备才突然意识到，那座塔建在他叔父的院子里。他端详着那座奇怪的塔，不一会儿脖子就累了。他觉得它的影子像是一个大大的扫把。一辆军用的吉普车开进了院子里。一个念头一下子兴奋了他的神经，像是钻进了一个小虫子。那个振奋神经的小虫子就是张武厉。

当张武备在塔的不远处决定重新规划他的刺杀目标时，姜小红却出入于绸缎庄，为自己精心挑选了一身漂亮的衣服，想把自己打扮成一个光彩照人的女人。想让女人这个词重新在自己的身体上焕发光彩的念头那么强烈，以至于她挑花了眼，不知道自己究竟要穿什么样的衣服，才能配得上女人这个词。忠诚的游击队员们，站在大街之上，望着川流不息的人群，他们开始怀念那些艰苦而快乐的日子，好像，他们和那些日子已经分离得很久很久。他们说："副队长在里面干什么呢？"

"谁知道呢。估计是有人要结婚了吧。我姐姐结婚的时候也是到 A 城来买的嫁衣。"

"会是谁呢？"

不管是谁，他们觉得，姜小红这么积极地一个店一个店地挑选，一定是一个非同一般的人物。他们甚至猜测，也许是龙队长的姐姐要结婚了，据说，一个木匠已经等得不耐烦了。但是也许是送给上次来山冈的那个女记者呢。我们来的时候什么礼物也没带，城里人喜欢别人送他们礼物，他们一见到礼物就高兴，如果他们收下来，那么，你托他的事情就十有八九了。这个理由比较充分，但是有一个人提出了相反的意见，"女记者不是没在家吗？我们买了礼物怎么送她呢？"立即就有人说："下次呀。我们找不到她就进不了宪兵队，进不了宪兵队怎么去刺杀伊东正喜小鬼子呀。队长不都说了吗，女记者好像有一个什么证，到宪兵队门口，只要晃一晃就能进去。"就在他们胡乱猜测时，姜小红在绸缎庄里已经试穿了第十九套旗袍了。她仍然不满意，各式各样的旗袍，水红色的、天蓝色的、藏青色的、灰色的、大花的、小碎花的……越看，镜子里那个穿旗袍的女人越不像是自己。如果不是听到了一声枪响，姜小红犹豫不决的挑选可能还会继续下去。那声枪响让她心神不宁，眼睛跳来跳去，她让老板匆匆地包了一件旗袍，夹在腋下，风风火火地冲出了绸缎庄。

这是 A 城，1942 年的春天响起的第一枪。正是这一枪，让平静中的 A 城，开始了恐惧的骚动；让我的舅舅张武厉，颤抖得更加猛烈；让我姥爷的玲珑塔，以更加疯狂的速度向天空中生长着。

那一枪在那之后的数天之内都萦绕在我舅舅张武厉的脑子里。有许多个夜晚，他的梦游都因此而被意外地打断。按照惯常的路线，他只穿着一条短裤，从自己的屋子里走出来，月夜是那么的幽静，他赤脚走在走廊里的声音很轻很轻。走出走廊，穿过花园中的小径，连沉睡中的花儿都凝滞不动。他走到墙根处的鸡窝旁，把鸡掏出来，此时小鸡已经长成了肥壮的母鸡，他把鸡草草地捆绑在树干上，然后做出行刑的动作。那是一整套规定的梦游动作。他必须把它们完成。可是，许多个夜晚，张如烟都见证了一个时断时续的梦游。她会发现，她的二哥，经常会突然停下来，鸡舍旁，在花园的小径上，在走廊里，他在静止了一会儿之后，身体会向一侧轰然倒下。那个时候，我的舅舅，又一次听到了那声枪响，他大叫一声："龙队长。"因此，在无数个夜晚，他醒来时要么躺在花园里，要么是走廊里，要么就是鸡舍旁。而张如烟总是和他并排躺着。天蒙蒙亮时，最先醒来的是张武厉，他摸了摸自己身上的军用毛毯，万分诧异地看着睡得十分香甜的张如烟，他便把她抱起来，送到她的屋里。躺到床上的张如烟，眼睫毛像是结了一层霜。

在 A 城之外，他们已经逃离那个令人绝望的 A 城时，张武备还在抱怨，勃朗宁，要有一支勃朗宁，我就打不偏了，我就能打死该死的张武厉了。

其实，这和一支比利时造的勃朗宁没有任何的关系。

经过长时间的等待，张武备的眼睛酸涩了，他仰头看了看那座塔，塔有点胖了。塔庞大的影子，随着时间的推移慢慢变化着。在张武备眼里，影子像是一个不祥的扫把，一点点地扫着它所到达的地方。这一次的等待远比在茶馆的等待要幸运得多，张武备看到了他的兄弟张武厉。塔影幢幢，身着米黄色军装的张武厉就走在厚厚的影子之中，塔影太强大了，这多少影响了张武备的视线，影子中的张武厉令人生疑，他几乎想不起来小时候的张武厉的模样。他来不及多想，时机不等人，他匆忙地扣动了扳机。枪响了。有一个人倒在了门前，门前一片混乱，有荷枪实弹的兵士的影子在晃动，向他们藏身的地方跑过来。

张武备扔掉了猎枪，落荒而逃。那只猎枪后来一直挂在张武厉屋子的西墙上，他看着它就想到了那个下午的一幕：倒下去的不是他，而是他的贴身侍卫常友顺。曾经做过木匠的侍卫，脸紧紧地贴在地面上，鲜血，顺着他扭曲的脸际，向我舅舅的脚下黏稠而缓慢地流过来。

一路之上，张武备他们都如几只惊弓之鸟。他们丢盔卸甲的样子从来没有被人提起过，历史忽略了这一点。只有他们几个感觉到了失败的滋味，所有的人，平原上制造和传播神话的人们，在他们的记忆里，没有失败，也没有沮丧。

在传说中，龙队长亲自枪杀了一名汉奸走狗，给 A 城的敌人以沉重的打击。在传说中，还特别提到了一点，就是龙队长袭击汉奸走狗的地点，是在那个人所共知的未完成的玲珑塔端，没有人去追究他是怎么爬上那座塔的，需要的就是一种英雄的气势，他隐藏在塔端，背后不远处就是湛蓝色的天空和雪白的云朵。

他们逃回山林的若干天后，女记者丁昭珂才回到 A 城，关于那声枪响和不成功的暗杀，以及被放大了的忧虑和恐惧，都在环绕着她的空气中快速地流动。A 城，空气骤然紧张了起来。

在回来的第一时间里丁昭珂采访到了事件的亲历者张武厉。采访被安排在张武厉的军营里。有很多天，他都不敢回家，他躲在重兵把守的军营里，身体的颤抖从来就没有停止过，他服用了大量的镇静药才能勉强进入一次梦乡。因此，当丁昭珂记者经过了无数次的安检，终于见到张武厉时，他的精神状态极差，萎靡不振。也正因为如此，她的采访断断续续，极不顺利。丁昭珂记者，她进入采访的方式和命题的角度，也决定了她的采访不会那么圆满而自如。

她问："那个人，传说中的那个游击队长，什么样子？"

"我没有看到。"张武厉说。

"那么，他的子弹为什么没有打向你，而是你的侍卫？"丁昭珂盯着他疲惫不堪的眼。

"我怎么会知道呢？子弹又不是我打的，再说，子弹上也没有写着为什么。"

"一个侍卫和一个营长，哪个死掉更有轰动效应呢？"丁昭珂步步紧逼。

张武厉眼睛突然间放了一下光，他抬起眼皮，仔细地看着丁昭珂："你是什么报的记者？"

"《实报》，还有美联社。"

"你的问题，怎么像是从延安来的记者问的？"张武厉的声音大了，眼睛也睁得大了。

"那么，我应该怎么问？"

"你应该问，我们是怎么挫败他们要袭击一个集团军营长的阴谋的。"

"如果你觉得大家对你的问题更感兴趣，好吧，请你说说吧。你们是怎么挫败的？"

张武厉开始滔滔不绝地介绍他们是如何挫败游击队的阴谋的："他们一进城，行踪就完全掌握在我们手中，他们去了哪里，想干什么，我们都一目了然……"

　　采访能够提供给丁昭珂的素材并不多，关于张武备，似乎没有人能够说得清，他像是一个影子来到了 A 城，然后又飘到了别处。至于他为什么只是刺杀了一个侍卫，而不是侍卫旁边的那个更有价值的人物，她也是百思不得其解。而这一切，似乎只有当面去向张武备求证了。

　　当刺杀事件在 A 城余波未平之时，数百里之外隐秘的山林，张武备早已经把它忘记了。他正在接待几个热情的石匠，他们并非来自东清湾，而是平原上一些并不熟悉的地方，甚至还有来自遥远的福建古田的一个南方人，他的方言艰涩难懂，但是他无比崇敬的眼神鲜明夺目。他们说，他的名声已经像蒲公英的种子一样飞遍了整个平原。而他们，是应千万人的要求，来给张武备雕刻一个石像的，他们只是无法确定，石像是找到一块完整的石材，修成一个与人同比例的雕像，还是计划更加宏伟一些。福建的石匠兴奋地说："乐山大佛知道吧。它建于唐代，依凌云山栖霞峰而建，高有 71 米。它建在崇山与河流的交汇处，仍然巍峨耸立。如果我们在平原的尽头挑选一座那样的山峰，把它雕成龙队长的形象，整个平原的人都能看到。"福建人的提议立即博得了其他石匠的随声附和，而且这个宏伟的蓝图，仿佛就在平原的西部等待着他们，他们跃跃欲试的神态溢于言表，恨不得马上起程去寻找一座临近太行的山峰。张武备也被他们远大的理想和计划鼓舞着，那一天的秘密山林，多了一些豪爽的酒气和冲天的豪气，他特意用前几日打来的野猪肉招待几个年轻的石匠。来自福建的石匠陈阿应，他令人头昏脑涨的方言在幽秘的山林间回荡，令人浮想联翩。他详细地说着他去过的那座世界著名的大佛，说着它的伟岸，说着它的荣耀，说着他们即将寻找到的那样一个伟大的山峰。那是一个可以预见的英雄的未来。另一个石匠说："等我们找到这样一座山峰，我们号召平原上所有的石匠都加入到我们的队伍。"

　　第二天一大早，石匠们每人喝了一碗张武备亲自倒上的送行酒，便迫不及待地踏上了寻找一座山峰的路程了。

　　张武备，此时的龙队长，被那样一座正在等待着石匠们的山峰所感染，它的模样，在福建人的方言之中渐渐地清晰起来，而眼前的姜小红，她的变化却被他忽略了，他丝毫没有发现，在某些时候，比如傍晚时分，当他们独处时，姜小红身上发生的某些变化。

　　变化来自于姜小红与以前不同的衣着。

匆匆逃回山林之后的第五天，姜小红才突然想到了她从 A 城买来的丝绸旗袍。她急忙找来那个已经揉得不成样子的包袱，它孤独地待在一个角落里，已经落满了灰尘。打开包袱，映入她眼帘的是一件晃人眼睛的艳丽的紫色旗袍。紫色，并不是她特别喜欢的一种颜色，在 A 城的一幕幕再一次逼真地闪现出来，她在马市大街不厌其烦地挑选，她出入于每一间绸缎庄的影子，她不记得自己挑选过这样一个紫色的旗袍。它是怎么从 A 城的绸缎庄来到山林的？这深深的疑问折磨着她。这使他们第一次的 A 城之行，蒙上了无法磨灭的混乱印迹。

旗袍，跳动的紫色。她穿上旗袍，夕阳余晖中的傍晚会突然抖一下。那件紫色的旗袍，在她身上的时间很短暂，就像是夏天的雷阵雨那样短暂，不仅张武备没有注意到，就算是他在自己的提醒之下，看到了，他仍然无动于衷，他坐在茅草屋的窗前，那只是一个不方不圆的洞，从洞里看去，是一片片茂密的树林，无尽的树林后面，是广阔平原的尽头，连绵的山脉拔地而起。张武备只是扫了一眼，"怎么了？"

"没有什么。在 A 城，我买了一件旗袍。"

"啊。"他说。他继续眺望不可能看到的远方，突然转换了话题问，"你说，石匠们什么时候能够走出平原？"

姜小红愣了愣："一个月？也许时间更短。"

她默默地脱掉了紫色的旗袍，没有镜子，她根本看不到镜子中自己的模样。

但是能看到她的真实模样的那个年轻女人，她并不喜欢。几天之后，也就是石匠们出发去寻找一座山峰的一周之后，女记者丁昭珂来到了秘密丛林。这一次，女记者不是独自一人，和她一起的还有一个金发碧眼的美国女人。女记者嘴唇干涩，只说了一句："我要喝水。"便晕倒在地。醒来后她诉说了自己饥渴的原因，在路上她们遇到了一个石匠，因为连夜的奔波，石匠昏倒在路边的草丛中。当苏醒的石匠向她们诉说着如此辛苦的理由时，她们毫不犹豫地把随身携带的所有食品和水都给了石匠。她问石匠，如果没有找到那样一座山峰，怎么办？石匠自信地说，世界上一定有这样的山峰存在，就是到死，也要找到。石匠临别时斩钉截铁地说，也许我一辈子的生命都要献给这样一项事业，找到那座山峰，然后终生在那里雕刻，我今生无悔。在丛林之中，张武备的面孔不如在山冈时那么明亮，婆娑的树影映在他的脸上，笑意盈盈。他看了一眼那个个子高高、健壮的美国女人，转头对丁昭珂说："我在 A 城里没有找到你。"

"我去了北平。"

丁记者决定在这里多待一些日子，在北平时她和美联社的记者碧昂斯谈了整整三天，她告诉张武备："我向她谈起了两个人，一个是你，另一个是你的叔伯兄弟张武厉。她对你们俩的故事非常感兴趣，一个是游击队队长，一个是和日本人合作的军人。你们同为一个姓氏，却为不同的信仰而战。她听了你们的故事，非常激动和迫切地想要见到你。"

"见我干什么？这没美国人什么事。"张武备茫然不解。

碧昂斯比丁昭珂的精神头要大得多，她左顾右盼，一点也没有疲惫之意。她友好地冲张武备点着头。

丁昭珂摇摇头："战争是全人类的事。不只是我们一个国家、一个民族的灾难。每个有正义感的人都会为此痛心疾首的。碧昂斯也一样，她不想这场战争给我们带来灾难，她要了解，在这场战争中，我们自己都在做什么。你，还有你的兄弟。两个截然相反的人，可以成为书中的两个人物。这个任务，我要和她一起完成。"

"书中的人物。"张武备默念着，"你们会把我写成什么样子？"

"真实的样子。"丁昭珂说。

立志要把真实的张武备写进历史的两个女人，从此成了游击队中的成员，张武备让游击队员们为她们搭起了茅草房，紧邻着张武备和姜小红。她们与游击队员们同吃同住。叫作碧昂斯的美国记者，蹩脚的汉语给丛林带来了许多的欢乐。碧昂斯给他们居住的丛林起了一个美国名字：得克萨斯。张武备也送给她一个中国名字：张谷雨。因为她们到来的那一天正是谷雨季节。美国女记者非常喜欢她的中国名字，她让丁昭珂教会她那三个字的写法，每天蹲在地上，用一个树枝练习着。当人们叫她的名字"谷雨"时，她都会大声地答应着："到。"她那带有美国口音的汉语，就像是林子中一个不知名的鸟儿。

1944 年在美国出版的《平原勇士》中，这样写道：

> 丛林中的生活艰苦而甜蜜。每天天一亮，我都能从窗户里看到那个神情坚定的男人，别人都叫他队长。他是个真正的农民，有时候他会种些蔬菜。他又是个猎人，我亲自看到他打猎时的样子，一只兔子，或者一头凶猛的野猪。猎杀野猪时，我看到了他内心深处的柔软和怜悯。野猪被他们

打了九枪才轰然倒地，它喘息着，挣扎着，身体痛苦地抖动着。他把奄奄一息的野猪的眼睛蒙上，让别人近距离地给了它致命的一枪。如果不是这场战争，他很可能是一个很好的猎手。

那本书直到 1987 年才有了中译本，在那本后来风靡一时的书里，有一个章节里特别写到了姜小红：

他们住在一个茅草屋里，却并不是夫妻。姜小红是个很特别也很奇怪的女人。说她是女人并不是很准确，她的打扮，说话的语气，走路的姿势，打枪时的神情，都俨然是一个地地道道的男人。那次猎杀野猪的行动中，开最后一枪的就是她，一个英姿飒爽的游击队副队长。有一个细节在若干年后都困扰着我，那就是姜小红的旗袍。旗袍是中国女人的最爱，也是最能表现一个女人成熟魅力的标志。没有人会想到，这样一个风风火火的人，也会珍藏着一件旗袍。那件旗袍好像蕴藏着一个秘密。似乎与爱情有关，我观察过她的眼神。她冷冰冰的目光，偶尔会闪现那么一点温柔，那就是在看龙队长时。目光中还透露着一丝的幽怨。我感觉到，龙队长似乎也和大家一样，并没有把她当成一个女人，他和她，他们之间的关系令人有些疑惑。看上去，姜小红更像是那个游击队的灵魂。龙队长所有的决定，似乎都与她有关。那件紫色的旗袍，我只看到过一眼。她把旗袍拿到了我和丁的茅屋里，她穿给我们看。那件紫色的旗袍穿在她的身上，确实有些不伦不类，但仍然能够衬托出她作为一个女人的风采，她完全变了一个人，既有游击队员的冷峻，又多了一丝的妩媚。可是她却流了泪。泪水滴在了旗袍上，顺着光滑的丝绸快速地滑落下去。她伤心地说：所有人都忘记了我是一个女人，连我自己。

忘掉性别的姜小红给美国记者留下的印象并不深刻，在她的记忆里，曾经想努力找到与姜小红有关的女人的痕迹，但是记忆往往在这里遇到极大的阻碍，她的思想常常把她引向另一个人，丁昭珂。她在第三章节的最后一句这样写道：

这是一个挣扎而矛盾的女人，她有细腻的内心感受，又有交织在一起的爱与恨，有时候她自己也无法分辨自己所处的位置、立场和信仰。但是，她开始学会爱一个人了。这种爱的尝试甜蜜而又危险。

而丁昭珂，已经成为美国记者笔下的这个人物，到死也没有看到过这本书，她更不知道，她的秘密已经被天下人所共知。

13. 塔端的老杨

美国女记者曾经短暂地见到过一次老杨。她在赶往 A 城的途中走错了路，汽车在一个岔路口选错了方向，她们误入了八路军的营地。她被当作奸细带到了老杨的面前。老杨戴一顶灰色的军帽，魁梧高大，脸庞棱角分明，食指和中指被烟熏得黄黄的。老杨出现在她的书中只是匆匆数笔，作为那次无意间邂逅的一个交代，对于老杨这个人，她丝毫也不了解。她的心思不在八路军的指挥官老杨身上，她完全被丁昭珂的讲述所吸引着，她只对那两个互相对立的兄弟感兴趣。她只是感觉到老杨有些神情恍惚。她写道：他像是一个正经历着一场重大的人生抉择的男人。老杨看上去和蔼可亲，他友好地请女记者碧昂斯吃了一顿野菜和一点点缴获来的美国猪肉罐头包的玉米面饺子。她吃得津津有味，直到回到美国后还在怀念那样美味的饺子。老杨亲自绘制了一张详细的路线图，告诉她如何能够走上去 A 城的道路。老杨临别时委托碧昂斯替他去登上张家那座未完工的玲珑塔，去看看那座塔是个什么样。老杨没有说这件事情是不是非常重要，也没有交代理由。女记者一心惦记着早点和丁昭珂会合，她草草地答应下来，其实心里一团糨糊，她不知道那一座未完工的塔，为何会让老杨忧心忡忡。

事实是，老杨从来没有见识过那座塔。在他上次潜入 A 城的过程中，他从来没有注意到有一座塔正在拔地而起，他只是关注着一个人，一个他自己的影子。但是，有关他登上那座塔并与张家的大少爷张武通把酒言欢的证据似乎是无法说清的，有照片为证。照片的存在他已经听说了，只是没有见到，在美国女记者突然闯入的那几天里，他正在等待着组织上来的人，等待着那张照片的到来。

在此后长达三个月的时间里，老杨都在接受组织上的严格审查。照片只是一个小小的道具，更加铁证的理由是 A 城的地下组织有些盲目乐观与自信。他们陷入狂欢似的局面令所有的工作停顿了下来，有的只是对于未来不切实际的幻想与畅想。一些地下组织的骨干成员也被秘密地处决。A 城，由老杨亲手创建的牢固的地下组织网络已经不复存在了。

那里曾是自己的指挥所，如今是他的囚笼。门口日夜有士兵把守，月光窄窄地进来，限制了他的记忆，A 城，那座叫作玲珑的塔，迟迟进入不了他的脑子里。在他三十多年的生命里，他看到的塔非常有限，而最让他记忆深刻的是延安的那座宝塔，至今他都能记得自己初次见到延安宝塔的情形，他仰望宝塔，流下了激动的泪水。而如今，一座他从来没有见过的塔，却让他黯然神伤。他不知道那座塔什么时候才能建成或者坍塌。

老杨向调查组的同志们详细介绍了另一个老杨的情况，以及他所看到的 A 城中的一切，他后悔地说："一开始我并没有太过在意，但是当我开始重视起来时，已经有些晚了。局面已经不在我们的掌握之中了。"

调查组并没有过早地下结论，他们决定派人去 A 城了解具体的情况。但是派去的人不知道出了什么状况，音信皆无。这使对老杨的审查陷入了停顿。调查组和老杨都焦急万分。老杨每天都在询问调查组的同志，派出去的同志是不是已经回来了。答案总是否定的。老杨恨不得身插双翅飞离关押着他的屋子，飞到 A 城，看看那个同志，顺便也看看那座塔。张彩芸便是此时从东清湾心急如焚地赶回驻地的。

调查组拒绝让她见老杨。调查组的王志忠，当时组织科的副科长，在延安时曾经和她有过一面之缘，是在为这些初次投奔延安的热血青年们组织的培训班上，他当时是培训班的老师。此时，王志忠铁面无私的表现令她有些伤心。张彩芸在驻地徘徊了三天，连老杨的影子都没有见到。她数次想要接近老杨的土坯房，都被拦阻了。三天，对张彩芸来说等于三年，她感觉到自己的头发在一把把地滑落，天明时，枕头上的头发有薄薄的一层。第三天的夜晚，她在老杨的院子前蹲守了整整一夜，黎明时分，趁看守的士兵打盹的机会，她用提前准备好的绳子，把士兵绑了起来，用棉布堵住了他的嘴。老杨早就听到了外面的动静，他穿衣起床，张彩芸已经开门进来了。睡眠严重不足的老杨瘦了几乎有一圈，他指责张彩芸："你犯了大错。"

张彩芸丝毫没有意识到她有什么错，看着淡淡晨曦中老杨消瘦的脸，几天来的担惊受怕突然得到了释放，泪水奔流而出。她说："我宁肯什么都不要，只要你好好地活着，不受任何的委屈。"

老杨强笑着说："我没有受任何委屈。只是敌人太狡猾了，他们的阴谋让我们遇到了一些挫折，和 A 城那些被捕的同志相比，我受到的这一点点算不得什么。你要相信党，相信组织，终有一天，我会走出这个屋子，走出这个院子，重新回到战场上去。"老杨伸了伸已经僵硬了的双臂，显露出迫不及待的表情，"这里的世界太小了。"

那是一次艰难的谈话，不管老杨如何循循善诱，如何耐心地去做解释，张彩芸都无法从他被审查这件事情的痛苦中解脱出来。更让她无法理解的是老杨要带她去向调查组认错，承认她犯了个人冒险主义错误。张彩芸没有听从老杨的说服，那也是她爱上这个英雄的男人以来，唯一的一次。她像对付士兵一样，把老杨捆绑住，只不过，她没有封住老杨的嘴，她流着泪告诉老杨："我要替你去抓一个人。"

那天清晨，身着便装的张彩芸偷偷地拿了一把驳壳枪离开了八路军驻地。她没有回东清湾继续她的工作，而是拐向东北，去了 A 城。她要替老杨抓的那个人是那个冒名顶替者。一路之上，她的心中充满着对那个假老杨的怒火。

A 城，不是东清湾，不是她的城市，这个完全陌生的城市就是一个张开的巨网，等待着冲动的张彩芸，她刚到 A 城就被捕了，身上的驳壳枪很快就失去了作用，她满腔的怒火越积越多。抓捕她的是张武厉的部队，自从上次张家门口的遇袭事件之后，A 城，在张武厉的眼中成了一个绷紧了神经的城市，各个关卡都布了重兵把守，当一排排长向他报告抓捕张彩芸的过程时，他听着甚至感觉有些可笑，排长说："那是一个愚蠢的女共党分子。她风尘仆仆的样子一看就知道是赶了很长的路，脚上还沾着山区才有的黑色泥土。一进城，就向路人打听老杨的下落。"

张彩芸不知道自己待的那个阴暗的小屋子是什么地方，直到她看到了张武厉，自己的堂兄弟，两个人都是一愣。"怎么是你？"这是两人共同的疑问。

没有人知道，在那个小屋子里，没了驳壳枪的张彩芸与荷枪实弹的堂兄弟张武厉谈了些什么。那是一次神秘的谈话，直到张彩芸死，那些话都深藏在她的心里。

一个不可否认的事实是，张彩芸真的从 A 城带回了冒名老杨的那个人。她向调查组和老杨讲述了抓到冒名者的整个过程，过程听上去丝毫不离奇，只能算得上是普通，还略微有些乏味。一个空旷的学校操场，一张桌子，一把椅子，一群群情激奋的人。对了，最重要的是一个人高亢的声音。所有的元素都很经典。她特别讲到了那个冒名者的声音，她对老杨说："有那么一刻，我真的被那个声音给迷惑了。我以为那真的是你。那声音在操场上空飘着，像是厚厚的云，久久散不去。"冒名者住在一个简陋的民房内，这让张彩芸有些意外，房子很破败。她跟踪他来到那间房子。她说："那个冒名者没有任何的防范意识，他坐在屋子里吸着烟，一根接一根，连我走进去的声音都没有听到。"

句号。这是有关一个声音的故事的结束。一个声音的离去解救了老杨，挽救了他的政治生命，把他从一个怀疑的泥潭中拽了出来。令人奇怪的是，在根据地，冒名者再也发不出与老杨一样振聋发聩的声音，他的声音胆怯而细弱。老杨特意去看了他，老杨希望再次听一听冒名者的声音，他鼓励冒名者："不要有什么顾虑，我只是听听你的声音。你是一个天才的模仿者，走上这条路有些可惜。"

冒名者不敢用正眼去看老杨，他的腮帮子红红的，还有密密麻麻的疙瘩，那显然是因为经常粘贴假胡子的缘故。他一说话，声音完全是另一回事，他说："都是假的，声音也是假的。"

"你的生活，因此而改变了吗？"这是老杨关心的一个问题。他不知道，作为一个冒名者，他内心的真实感受。

冒名者怯怯地偷看了老杨一眼，然后说："我成了你，却丢失了我自己。我尝试着去寻找回自己，回到以前的生活，但是不可能。他们不允许我那么做。"

丢失了自我的冒名者，在老杨的鼓励下，站了起来，他挥动了一下左手（这是老杨惯常的手势），挺直了腰板，绷紧双腿，张开嘴，"啊……"他只发出了这一个音节，那音节沙哑而痛苦，像是撕裂一块粗布发出的。

冒名者最后的声音没能让老杨满意。他没能让老杨感到恐惧和寒意，只让他觉得恶心和不自在。他否决了冒名者提出的更高的要求：在更多的人面前做一次演讲，像真正的老杨一样。提出这个要求的冒名者情绪非常激动，好像忘记了自己身处险境，忘记了自己是一个冒名顶替者。那天晚上，月光浓浓的，轻风从山那边吹来，在老杨的注视下，冒名者被枪决了。冒名者死时，身体蜷曲成一只虫子样，老杨看了看，踢了一脚，心里突然痛了一下，仿佛那个人就是自己。

张彩芸没有受到表彰，而是依照纪律条例受到了处分，她要为自己的鲁莽行为负责。她被送到后方的学习班。半年后才返回前线的八路军驻地。宣布这项处罚决定的不是调查组的人员，他们完成了对老杨的调查已经离开。决定是上午九时由老杨亲自宣布的，宣布后的一个小时之内，张彩芸必须在士兵的护送下出发去后方的根据地。老杨没有给她留下更多缠绵的机会。除了决定，老杨没有和她说一句话，老杨阴沉的脸看不出任何的内容。她多么希望老杨能对她说一句令人温暖的话语呀。那是一个阴冷的日子，去往后方的路程比来时显得漫长很多。在后方的半年时间里，张彩芸都没有后悔过她的所作所为。她在思念与等待重返前线的期待中快乐地过着每一天。

14. 平原勇士

在《平原勇士》中，美国女记者碧昂斯把张武厉也描绘成了一个勇士，不过，他来自城市，是个自闭而神经质的勇士。A城，在她的笔下是一个比平原更加险象环生的地方。

他敏感，像是一只兔子。紧张到了牙齿。颤抖。目光中布满了怀疑。他不会相信任何人，包括他自己。

这是她对张武厉的印象。从八路军那里出发后美国女记者便因为连日的劳累和奔波而病倒了，躺在车里的美国人就像是散了架，高烧、流鼻涕、疲惫和困顿折磨着她，若干天后当她到达A城时，头昏脑涨，根本就没有心思去注意到那座正在慢慢拔高的塔。她在丁昭珂那里躺了整整三天才动身去丛林找张武备。再次回到A城时，才注意到那座塔。她对丁昭珂说：我受一个八路军战士的委托，要去塔上看一看。那个时候，她对那座塔充满了好奇，不知道为什么一个从来都没有见到过它的那个八路军战士会对它感兴趣。而能够把她带上塔的那个人正是她要采访的另外一个勇士。

张武厉，渐渐地开始喜欢上父亲的塔。而这一切的改变，仅仅是因为他同父异母的妹妹张如烟。

张武厉曾经和他的叔伯兄弟张武备在平原上展开过一场猫捉老鼠的游戏。他的部队会同日本大佐伊东正喜的一个小队，在方圆数百里的范围内对张武备进行围追堵截，他们把此命名为"猎鹰"行动。那是一次投鼠忌器的游戏，因为他们不能完全地把心思和所有的兵力放在这一小股游击队身上，更大的威胁还在等待着他们，八路军还在虎视眈眈。A城，在张武厉看来，仍是一艘风雨飘摇的小船。猫捉老鼠的游戏持续进行了大半年，从春到秋，天气由炎热转为了寒气袭人。他们正式的交锋没有几次，大部分都是零星的遭遇战。狡猾的兄弟张武备比泥鳅还难以抓到，大半年的时间里，他都不知道是在和谁作战，他也不知道，那些向他们射来冷枪的树林中、山冈上、河汉里，有没有一个叫作张武备又叫作龙队长的年轻男人。在距A城八十里的宁晋县内，他几乎和叔伯兄弟碰面，他觉得自己已经嗅到了张武备身上的杀气。他们的战斗持续了将近一上午，在宁晋县城内城防军的增援下，游击队丢下了六具尸体落荒而逃。正是在那六具尸体之中，张武厉发现了张武备身上的杀气，于是他断定那具已经被炸得血肉模糊的尸体是他们苦苦追杀的游击队队长张武备。这是一次令人难堪的乌龙事件，在以后若干的日子里，他的哥哥张武通都在以此来取笑和挖苦他。他敏锐的感觉在疲惫的追杀之中已经耗尽了，当他固执地把那具尸体认作张武备时，其实他是已经对这场游戏失去了信心。很快，关于龙队长被击毙的消息就传遍了整个华北，从A城到北平，报纸上连篇累牍地作了报道。那具面目血肉模糊的尸体在A城的城楼上悬挂了两天便匆匆地被取了下来，因为一天半之后的傍晚，张武备的游击队袭击了位于南官县边上一个偏远的日军炮楼，打死了两个伪军和一个日本兵，还抢走了一挺机关枪。经历过那场袭击的伪军们对龙队长记忆深刻，一个人说，龙队长是两个人，也许是一个人，一匹雪青马，或者一匹黑马，两匹马像风一样，有时并驾齐驱，有时候又合二为一，当马儿分开时他们是两个人，当马儿合起来时他们成了一个人。另外一个人说："我们被搞晕了。也许是一队人马。"更多的士兵，则把失败归咎于神兵天降，他们是从天上落下来的，他们骑着天马。他们根本不允许士兵做任何的抵抗。

　　他们离张武备最接近的一次是在山口附近的左家庄。他们获悉了准确的情报，龙之队要去左家庄的财主左富贵家索要粮食。他们隐藏在左富贵家的牲口棚里，忍受着刺鼻的牲口粪便的味道，等他们走出牲口棚时，每一个人的眼睛都流着泪。他们挤在一起，像是待宰的真正的牲口，即使如此，他们也没有等来张武备。从村东头传来的消息是，他们袭击了另外一户财主王继胤家，把他们家库存了十年的粮食洗劫一空，扬长而去。看着王继胤家空空的粮仓。张武厉不禁怒从心中起，他用王继胤家赶马的鞭子，狠狠地抽打了左富贵二十下，嘴里不住地骂着："让你提供假情报。"左富贵一边求饶一边委屈地说："几天前是他的人亲自来我家，给我下的通牒。告诉我今天几时来取粮食，我没有撒谎呀。"左富贵的哭声加重了张武备心里失败的情绪，他手上的劲越来越重。

　　另外一次，十里亭镇热闹的庙会上，他们与张武备擦肩而过。张武厉带领士兵早早地赶到了马市，据说，一批从甘肃来的山丹马今天要在这里交易。在平原上与张武备无休止的游戏耗尽了士兵们的士气，同时也让那些马匹筋疲力尽。它们像是自己的士兵那样，早早地显出了颓废之态。那些从甘肃来的马匹果真像传说中的那样，剽悍，四肢健硕发达，体态优美。他立即就喜欢上了这批马。当交易完成，他们赶着马匹兴致勃勃地向集市外走时，突然不知从哪里冲过来几匹马，它们横冲直撞，把他们的马队冲得七零八落。他们惊魂未定，还没有看清马上的人时，马队已经被冲散，士兵们这才想起手中的枪，十里亭的庙会也在那个时刻突然慌乱地向终点奔去。到处是马匹奔跑的声音，人们四散逃命的惊呼声，混乱不堪的枪声。等喧嚣声戛然而止，集市突然之间消失之后，张武厉满身尘土地站在马市的中央，他的手里拎着手枪，四周空旷而慌张。他问同样感到茫然的士兵们："马呢？我们的马呢？"他们刚刚从马贩子手里买来的甘肃山丹马就这样神奇地全部失踪了。一个士兵趴在地上，倾听着越来越远的声音，他向张武厉报告："马蹄声越来越远了。"他们甚至不知道，抢走他们马匹的是谁。直到数天之后，他们在三十里之外的长顺坡与张武备的一支骑兵展开了斗智斗勇的追逐战，他的士兵才惊呼道："营长，我们的马。他们骑着我们的马，山丹马。"可想而知，那次在长顺坡的追击战，张武厉没有捞到任何的好处，相反，他丢了十七个士兵的性命，损失了八匹马，日军也折损了五人。他们根本追不上像是风一样的那个马队。他看着滚滚烟尘卷过的平原，那些马儿优美地奔驰在平原之上，它们俊美的姿势如同在画中。看着他们绝尘而去，张武厉发出了一声长叹。

　　失败，像是平原最常见的狗尾草那样滋生在每一个士兵的心间。广阔的平原，时而突起的一些隐秘的山冈、河流、湖泊、绵延的庄稼，都是令人无法忍受的袭击的阴谋。张武厉变得脾气暴躁，时常殴打士兵，士兵们则怨声载道，仿佛广阔的平原是一个人间地狱，他们盼望着早早地结束这场没有尽头的追逐与游戏。他的大哥，仍在做着市长美梦的张武通在秋天刚刚来临的时候带着市府若干部门的干部来劳军，而真实的目的不言而喻，是来看他的笑话的。他们的赌博仍在持续着。直到现在，张武通都不能原谅张武厉把自己最得意的杰作，一个与老杨一模一样的人无私地奉献给了八路军。他是在冒名老杨被带离A城后才得到弟弟的信息的。他气急败坏地派人去追赶，连个影子都没看到。在随后的几天时间里，张武通都无法接受这样一个事实，他对张武厉说："你这是在破坏规则。"张武厉辩解道："规则不是一成不变的，规则的最终目的是要把敌人消灭掉。我们的筹码也不是一成不变的。它可以换成另外的对象。"张武通对弟弟的武断仍然不能原谅，他说："那是一个很好的楔子，就像是一座石桥，一座木塔，楔子是多么重要呀。你去看看赵州桥，从隋朝一直到现在，那座桥保存多么完好。就是因为那些楔子的功劳，它们严丝合缝，才保证了赵州桥历经风雨沧桑，至今仍然能够保证畅通的原因。假老杨也是个楔子，他就像是镶在八路军内部的一个完美无瑕的楔子……"张武厉打断哥哥丰富的联想，"不要再那么天真无邪了。那样一个废物，有什么用？他能和赵州桥比吗？那不是一座简单的桥，那是一个历史，代表着悠久的文化和人民的智慧。一个冒名顶替者，能有什么大用？他能消灭掉藏在深山里、青纱帐里、村庄里的八路军、游击队吗？"他们的谈话经常无疾而终。但是张武通，仍然觉得那是一场没有终结的赌博，他仍然怀念，假老杨所带来的A城表面上的繁荣。

张武通带来了一个戏班子，河北梆子《杜十娘》。

在距离A城百里之外的洛旗镇，临时搭建起的戏台子上，哀婉幽怨的唱腔，把那个失败的夜晚渲染得悲怆而酸楚：

　　用手儿打开了百宝箱，我字字行行写端详：
　　家住在绍兴府杜家庄上，二高堂遭不幸卖女为娼。
　　进院去学会了歌舞弹唱，我的名叫杜薇排行十娘。
　　在院中我受尽了人间凄苦，一心要出苦海嫁夫从良。
　　也是我目无珠选夫不当，误嫁与小李甲薄情儿郎。
　　来至在瓜州地他把良心来丧，贼孙富设计谋陷害十娘。
　　可怜我事处在万般无奈，怀抱着百宝箱自尽长江。
　　倘有人将尸首打捞岸上，珠宝贝当谢礼与我大报冤枉！

　　那个凄惨的戏张武厉没有坚持看完，他觉得这完全是大哥的报复。这样的戏丝毫提不起士兵们的斗志，只能让他们倍加思念温柔乡里的那些事儿。他在夜晚中的营地里踽踽独行，看着满天的星光，清冷而高远，一丝忧伤慢慢浮起。那天晚上，在远离A城的令人绝望的路途中，在一个陌生的营地，四周迎风站立的玉米宽大的叶子使夜晚有一丝淡淡的孤独。戏早已散场，临时的戏台子孤零零地待在黑暗之中。难以进入的睡眠终于再次唤醒了他久违的梦游，他从行军床上爬起来，动作迅速地跑出了帐篷，寒风吹着他几乎赤裸的身体，他在军营中盲目地奔跑，其实已经失去了方向。没有以前熟悉的门、带顶篷的走廊、花园小径、鲜花的味道、圆形的拱门、鸡舍、鸡屎的味道、树干，这些通通没有。于是，一个异地而迷失的梦游注定会失败，就像他对张武备的追杀。他在犹豫，在徘徊，不知所终，最后，他进入了大哥的帐篷，大哥正搂着戏班子的一个女演员睡觉，大哥的美梦做得很香甜。梦游人一开始就是错误的，因为他的手里多了一把手枪。这和张家大院的梦游有了本质的区别，枪的出现给那样的夜晚增添了更多险象。他进入帐篷的响动率先惊动的是大哥怀中的女演员。女演员从大哥的怀中挣脱出来，坐了起来，惊恐地看着闯入者。闯入者的面目被夜色掩盖着，身后散乱的光亮只映出闯入者的轮廓，乱糟糟的头发，僵硬的肌肉，以及缓缓举起的枪。女演员尖叫了一声，枪声便响了。来自张武通帐篷的枪声惊扰了那个流动的营地，战士们还以为遭到了龙之队的袭击，慌乱地从睡梦中爬起，衣衫不整地从废弃的土墙、树下、随意支起的篷子中跑出来，没有人知道枪声来自于何处。士兵们看到了同样衣衫不整的副市长张武通，他站在自己的帐篷前，对惊慌失措的士兵们说："一颗流弹。大家注意警戒。"惊魂未定的士兵们在发现并没有什么危险之后，很快就被劳累所击倒，立即进入了下一轮的昏睡之中。他们忘记了他们的营长，并没有在枪声响过之后出现，疲惫和失意像是瘟疫一样在军营中传播着。

　　枪响之后，张武厉便轰然倒下，像是毫无生命力的某个物体，一堵墙，一棵树，被推倒了，被砍伐了。他的大哥张武通，拿过一床被子，盖在了兄弟赤裸的身上，他的手碰到了兄弟张武厉的肩膀，凉凉的硬硬的，他叹了口气，便钻出了帐篷。平息了大家的慌乱之后，张武通才找来自己贴身的护卫，把昏睡如死去的兄弟背到了他自己的帐篷。那个已经咽了气的年轻的梆子演员，后来被装进了道具箱子里，带离了那个失败气氛浓重的营地，偷偷地埋在了返回A

城的路上。

　　一直持续到秋天的"猎鹰"行动，怪异和恐惧充斥着夜晚的军营。在大哥走后的日子里，张武厉的夜晚与捆绑紧密相连。睡眠成了一个沉重的负担。行军床的两边，有三根粗粗的桩子深深地扎入地下，躺下的时候，他用事先准备好的绳子，把自己的双腿绑在桩子上，然后再用右手，把左臂绑好。最后，才是睡眠的时刻。睡眠因为有了三根粗壮木桩的帮忙而显得十分拥挤和疲劳，从乱蓬蓬的梦中苏醒也变得艰难起来。在他看来，无边无际的平原，像是一个时刻等待着他躺下的床。他的精神状态奇差，委靡不振，这也多少影响了他的作战，影响了战士们的情绪。那是一次多么漫长而又失意的行动啊。

　　还不到说结束的时候。行动仍在继续，不甘心的失败影子一样跟随着这支疲惫之师。已经开始有士兵悄悄地溜号。士兵们，像是枯败的叶子，等待着进入秋天。两个局外人，也在那浓重的失败氛围之中感受到了某种压抑，她就是丁昭珂和美国女记者碧昂斯。她们是征得张武厉的同意后才跟随着他们的部队，碧昂斯想着能够近距离地观察另一位勇士。在她眼里，她书中的另一个主角，在慢慢到来的失败之中，渐渐地失去了春天开始时的豪情。那个时候，距她离开张武备还不到一个月。张武厉本指望，让两位女记者亲身体会一下自己的胜利，可是，胜利却迟迟无法到来，这让他更加烦躁，也更加紧张不安。两位女记者来到时，正值失败所带来的绝望与沮丧开始蔓延的时候。碧昂斯在她的书里透露了她的困惑，她写道：

　　这是一场毫无道理的游戏。张武厉好像不知道在为谁而战，为什么而战。他的士兵也这样认为。我每天都看到，吃饭的人在逐渐地减少。士兵们的情绪出现了问题。而他仍在固执地想要抓到一个根本无法抓到的人，龙队长，像是一个来无影去无踪的人。无边无际的大平原，对于张武厉来说，就是一个永远也无法找到答案的大大的谜团。

　　即使四处弥漫着失败的气味，张武厉仍然对他的目标痴心不改。碧昂斯是一个中立的人，她从来不对张武厉或者张武备的行为发表任何的观点。她曾经问过张武厉几个问题，问题分别是：

　　"如果你抓到了张武备，你的兄弟，你会杀了他吗？"

　　"是的。一定。"

　　"你们有什么深仇大恨？"

张武厉想了想，"没有，我们是兄弟，还有血缘关系。"

"那为什么水火不容呢？为什么不仍旧是兄弟呢？"

女记者的提问屡屡让筋疲力尽的张武厉陷入长久的思考，"这是一个国家的悲剧。而不是我们个人的，在国家的悲剧面前，从来都没有兄弟，也没有血缘。"

"为什么会有那么多的仇恨呢？"

张武厉看看空中飞过的惊慌的鸟儿，"因为鸟儿飞的方向不同。"

女记者还要问时，张武厉的身体开始颤抖，他拼命地抓着自己的腿，想让颤抖停止下来。碧昂斯看着他痛苦不堪的样子，想上前帮他一把，可她的手一触碰到张武厉的身体，便被那股强大的颤抖的力量给震了回来。

促使张武厉不得不放弃追逐张武备的一个客观原因是突如其来的一场大雪，十月底的天气，大雪来得比较突然。漫天的大雪下了两天两夜，他们被困在距A城一百公里的崔家岭。士兵们断了粮，衣被也显得单薄了。冻疮是常有的事，甚至出现了冻死的情况。他们寸步难行，平坦的平原此时成了一望无际的雪原。张武备的游击队就像是被埋在了大雪之下。游戏再进行下去已经毫无意义。张武厉不得不仰天长叹，大叫一声：老天负我呀。

他们悄悄地返回A城时，银装素裹的A城，以一种漠然迎接着他们。为了挽回士兵们的士气，张武厉安排了一次特殊的打靶训练，在郊外空旷的打靶场上，从各地买回来的兔子被分批地放出来，张武厉告诉士兵们，不要吝惜子弹。即使有了他的命令，士兵的劲头仍然无法调动起来。他们懒懒散散地或站或蹲或观看，零星地会有一两声枪响，没有兔子中弹倒下。兔子们很快地适应了这种乏味的寂寥，它们在最初的惊慌之后，开始悠闲地散步或者寻找极佳的藏身之地，有的兔子甚至大胆地跳到士兵们中间，在他们的两腿间搜寻和觅食。失败的氛围注定要持续下去。张武厉看着遍野的兔子，骂了一句，兔子养的。

沮丧、绝望、深深的自责，这就是回到家里的张武厉的心情。他躲在自己的屋里不愿意见到任何人，像是一个受到羞辱的女人。大哥张武通从来没有去敲他的门，在这个时候去刺激自己的弟弟，他也感觉到有点不人道。没有人靠近那扇紧闭的门，因为之前已经有送饭的用人遭到了严厉的责骂。张如烟是个例外。她没有去敲门，而是爬窗而进。面朝阴面的后窗，早就是她一个人的秘密。花朵继续出现，一天清晨，枕头上是一朵粉色的芙蓉花。花朵还沾着户外的凉意，看上去楚楚可怜。花枝上系着一张小小的纸条，仍旧是歪歪斜斜的字体"献给 wlc"。张武厉刚刚从床上坐起来就看到了那束花，他并没有睡着，睡眠总是伴随着数月来疲惫的战事，像是一次难熬的病痛。他惊悸地环顾左右，这束花从哪里来的？谁是"wlc"？很多天里，都是芙蓉花。芙蓉花，芙蓉花，好一朵美丽的芙蓉花。

他更加疯狂地梦游。令人忧虑的是，梦游的路线开始变得毫无规律可言。有时候是花园、鸡舍，而有的时候，他会走到从来没有去过的地方，比如母亲后窗的小花园，大哥张武通的屋子外，从那间灯火通明的屋子里射出来的光线耀眼夺目，但是这并没有影响他梦游的节奏。他在那里停留片刻，便熟视无睹地走了过去。还有塔，一个更加重要的地方。要爬到塔端，需要付出更多的时间，因为塔不断地在向上生长，它像是一棵阳光雨露滋润的大树，每天都有一个新的变化。塔离天空越来越近，天空显得低了。在夜晚，它遮住了更多的月光，把更浓重的阴影投在院子里，一直蜿蜒曲曲爬到 A 城更多的地方，它还会爬向更多的地方，在很多 A 城人看来，他们的梦境都是压在那庞大的阴影之下的。

塔成了他最终的目的地。因为在塔上，他的梦游突然间有了全新的格局。那是花的指引，芙蓉花，在塔的每级台阶上都摆放着一朵芙蓉花，就连花朵的方向都很讲究，一律指向塔端。秋天，芙蓉的清香丰富和装点了毫无目的的梦游。而在塔的顶端，芙蓉花的尽头，是一个少女的情怀。赤裸的张武厉，脚步在塔端突然停滞，也突然间迷失了方向，他犹豫着，站立着，秋天的风强劲而寒意阵阵。站在塔端的少女张如烟，突然抛下身上披着的大衣，同样赤裸着抱住了他。那是快乐悄悄来临的开始，是沮丧开始消失的前兆。失败，潮水般退去。

以后的每个夜晚，梦游都会准时地上演，塔端，成了两个人欲望的城堡。他们像是两个饥渴的男女，梦游症的男女。他们欢愉的声音，在塔端盛开着。即使如此，夜晚已经变得珍贵而稀少，在白天，梦游有时候也会偷偷进行，只是，地点不会选择在塔端，而是张武厉紧闭的房间里。

"谁是 WLC？"

"不知道。我在你屋子里的书架上，找到了一本书，悄悄地撕下了一页纸，那上面写满了这三个字母。"

"WLC。什么书？"

"不知道。"

"那本书呢？"

"我把它埋在了花下面。"

在白昼的屋子里，一样可以有梦游般的效果，宽大的窗户被密实的窗帘遮蔽着，屋子里光线昏暗，他们完全赤裸着，在屋子里奔跑着，追逐着。他们反复模仿着杀人的游戏，行刑者永远是张武厉，这个天生的冷酷杀手。张如烟也永远是那个被杀者，站在床上，贴着墙根，跪在门口，躺在冰冷的地上，反剪着双手，头发披散在胸前，眼露可怜和哀求的目光。张武厉用手势代替了枪，啪啪啪……张如烟死在了床上、床脚、地上、门口、花盆边。数月来失败的阴影终于烟消云散。

那里不是塔顶，不是远离尘世的地点，即使房门紧闭，他们的声音仍然能够外泄，依然能够让人听到。他们淫荡的笑声、说话声、跑步声、开枪声，开始在用人中间传播。

那座塔，还与城里人的恐惧有关，莫名的飞弹会打中路人。那是张如烟的一个游戏。有一天她心血来潮，盯上了张武厉腰间的手枪。她伸手去抓那个硬硬的枪套。张武厉，本能地抓住了她的手，另一只手把她掀翻在地，脚踩在她的胸口。张如烟躺在地上哼哼唧唧。此时，张武厉才反应过来，他摔倒的那个人是张如烟。张如烟想要学习打枪，她说："为什么只有你们男人能打枪？我听说，游击队里有一个女队长，也会使枪，而且百发百中。我也想像她那样，百发百中。你和他们打了那么长时间的仗，你一定见过那个姓姜的女队长，看到过她打枪时的英姿。"

张武厉摇摇头，"没有。我从来没有见过她长得什么样。"

张如烟把枪拿在手里，做出各种姿势。塔上，成了张如烟的训练场。她是个天生无所畏惧的人，她把那支沉甸甸的枪拿在手里的时候，丝毫没有害怕与颤抖。她问张武厉："我要向哪里开枪？"那时候他们站在塔的七层上，透过窗子，街道上的风景一览无余。张武厉指着街道上行走的男女，"那就是你的目标。什么时候，你只要打中一个，你的枪法就练成了。"从那天起，张如烟疯狂地迷恋上了在塔上开枪。第一枪时，伴随着张如烟的惊叫，子弹并没有飞向张武厉给她指定的目标，位于塔西侧的灯芯大街上的行人。子弹因为手的抖动而滑出一条奇怪的曲线，惊慌地飞向了空中，惊扰了白杨树端的几只鸟。第二枪，尖叫声大了一些，子弹落在了塔里，在墙上留下了一个黑黑的坑。第三枪，尖叫声更加疯狂，在张武厉手把手的帮助下，子弹才真正地飘飘悠悠地飞向塔下的人流中。子弹并没有击中张武厉指定的目标，而是越过人流，击中了人流之外的一堵墙。对于灯芯大街上的人们，他们的惊吓与噩梦才刚刚开始。他们都听到了来自于塔上的莫名的枪声，有人还看到了打在墙上的子弹。他们纷纷抬头向塔上张望。第一天的训练至此不得不终止了，因为张如烟被子弹震麻了的手已经抬不起来。快乐的表情洋溢在脸上，她问："他们在看什么？"张武厉说："他们在看一个女神枪手的飒爽英姿。"张如烟兴奋地说："这真是一个好玩的游戏。"张武厉鼓励道："这个游戏你想玩多久就玩多久。"

他们在塔上的射击游戏，随着张如烟对动作要领的掌握，越来越熟练了，也越来越有刺激性。张如烟的叫声，也越来越响亮和尖锐。那把手枪，就像是她手中的一个玩具，她可以任意地把玩，甚至她还可以做出一些令人意想不到的潇洒的动作，让张武厉赞赏不已。子弹时常会猛不丁地飞进正在逛街或者购物的人流中，人流也因为突如其来的子弹而惊慌失措。在短短的七天时间里，张如烟一共打伤了三个人，一个被击中了小腿，一个手臂挂了彩，还有一个，被打穿了耳朵。张如烟并不满足，她问张武厉："我似乎根本就没有打中他。你看看，他还在奔跑呢。你不是说，被打中了，就会倒在地上，一动也不动了吗？"

张武厉指着自己的脑袋，还有心脏，"你只有击中了这两个部位，他们才会立即倒下。"

张如烟是个专注而认真的练习者，按照张武厉的指导，她不知疲倦地练习着瞄准的动作，她的嘴里念叨着："脑袋，脑袋。"显然，射击不是一朝一夕的事情，她的努力换来的只是大街上四散奔跑和越来越稀少的人群，在塔四周的灯芯大街、草帽大街上，已经没有人再敢轻易地在那里出现。一些临街的店面，都时刻盯着塔上的动静，一旦听到什么风吹草动，便早早地关门打烊了。那两条大街，成了A城最令人担忧的地方，一些大人们哄淘气的小孩子，也是吓唬他们："再不听话就把你放到灯芯大街上，让你吃枪子儿。"

从空中飞来的子弹制造的恐慌，持续了有一个月。

自从返回A城后，女记者要见张武厉的请求一直没有被批准。关于张武厉与自己同父异母妹妹的奸情，已在 A 城传得沸沸扬扬。这也令碧昂斯非常错愕。在那些传言之中，张武厉和她的小妹妹更加地肆无忌惮，他们似乎把整个张家大院当成了他们淫乐的天堂，尤其是那座塔，有人说，无论季节无论日夜轮转，他们都在塔端看到过他们的影子，他们赤裸的身体是整个 A 城的耻辱。在张武厉的军营里，兔子已经成了士兵们的下酒菜，没有人再看到过张武厉。整整一个月，他都躲藏在自己的深宅大院中，士兵们以为，他是在休一个漫长而失望的假期。

他的假期，在农历春节到来之前，突然中止了。让他中止假期的是他的父亲张洪庭，父亲的一个突如其来的决定，为美妙的梦游画上了一个句号。父亲对他们的行为极为震怒，他学会了用军规来处罚自己乱伦的儿子，他忍痛割爱，果断地下达了停止建塔的工作，把自己的儿子关了进去。他对张武厉说：“你需要好好地反省。除非你会飞，否则，你不要走出玲珑塔。”他另外的一个决定是要把张如烟送到位于东城的净心庵去。自从知道那件令人蒙羞的丑事之后，他再也没有见过这个最小的女儿，好像是他自己做了无法饶恕的事情似的。他躲在自己的屋子中，连享受女人的乐趣都大大地减弱了。张如烟被送到净心庵那天，天空正酝酿着一场更大的暴风雪，阴云密布，天幔低垂。负责送张如烟的是我的母亲张如清，她到父亲的屋里问他是不是见小女儿最后一面。我的姥爷，站在窗前，看着窗外风雪欲来的景象，沉默了一会儿，挥了挥手。姥爷没说一句话，是因为他无话可说。在车上，我母亲也是一言不发。而这个丑闻的主角，张如烟却并没有显出多么的忧伤，她对于那个未知的去处似乎还充满着期待。她问我母亲：“姐姐，你要把我送到哪里呀？”

母亲不置可否，含糊其辞地说：“那地方我从来没去过。”

张如烟继续着她的好奇，“那里有没有花园呀？有没有种着芙蓉花？”

母亲略微愣了一下，“不知道。”

张如烟说：“姐姐，如果没有，你一定要让他们每天给我送芙蓉花呀。”

我母亲并没有答应她这个无理的要求。在以后的日子里，芙蓉花的故事暂时告一段落。我母亲看着娇小的张如烟，心隐隐地有些痛，她说：“你喜欢哪个名字？小雪和如烟。”

张如烟摇摇头：“不知道。没有人告诉我要喜欢哪一个。你呢，姐姐？”

我母亲苦笑了一下：“我喜欢小雪。”

"那你就叫我小雪吧。"张如烟真诚地说。

我母亲点点头。她知道，也许还有另外一个名字在等待着这个令人心疼又令人痛恨的小姑娘。是的，一个小时后，张如烟有了另外一个崭新的名字：明月。

净心庵，没有人给张如烟送芙蓉花的地方，掩映在东城偏远的幽静之处，那里像是一个世外之地，听不到城市的喧嚣，透过婆娑的树影，却能看到那座塔，远处的塔正在粗野地伸向天空。

在 A 城，那件人所共知的丑闻并没有就此风平浪静，只是暂时被远处越来越响的枪炮声给淹没了。战争，还在继续着。

美国女记者碧昂斯应邀登上玲珑塔是在丑闻之后的某一天，越来越急迫的枪炮声催促着张武厉，那座塔并不能成为囚禁他的牢笼。当丑闻稍稍平息，我的姥爷，才不得不把张武厉放出来，同样躲在屋子里的姥爷，每天都透过窗子看着那座静止的塔。静止的塔像是高飞前的雄鹰，在酝酿和准备着。一旦他走出了屋子，自以为驱散了令人羞辱的空气，他便急于让静止的塔展翅高飞了。那时候张武厉在塔里待了一周的时间，惩处已经达到了目的。他问走出塔的张武厉："你在塔里看到了什么？"

张武厉不假思索地说："鹰的粪便。"

在一个人的塔端，他可能看到过暂时停留的鸟儿。没有人知道那是不是雄鹰。就是登上了塔端的美国女记者，也没有看到他所说的雄鹰，粪便更是无从谈起。他好奇地问女记者，为什么对我们张家的塔那么感兴趣。女记者如实地回答了他："一个八路军战士。我答应了他，要替他登上塔。"张武厉嘴角神经质地颤抖着："你打算如何回复他呢？"

碧昂斯怅然地说："不必回复。也许我不会再见到他。"

女记者站在塔端，地面已经远去了有四十多米，从那里俯瞰全城，A 城还算得上是一个繁华之地。这让女记者想起了自己的家乡，她对张武厉说："在我的国家，有一个最高的建筑——帝国大厦。它建在纽约曼哈顿第五大道上，381 米高。我曾经登上过帝国大厦，在那里我有一种和上帝对话的感觉，好像漫步在云间，离天堂很近。"

张武厉对她的联想兴趣不大，他不知道上帝在哪里，他只知道，地狱随时都会降临。

第四章

15. 东清湾之惑

据 1950 年修订的县志记载，在 1943 年前后这一段时间里，东清湾的青壮年（有少数女性），参加八路军的有九人，进入了 A 城绥靖军的有两人，而跟随张武备打游击的有 68 人，其中 64 人死于最后的攻打 A 城的战斗。参加八路军的九人当中，有三个活到了解放后，其中一个后来做了 A 城的第一任市长，直到"文革"时被迫害致死；另外一个死在了朝鲜战场，他的墓碑至今仍在朝鲜江原道平康郡；而另一个，跟随大部队南下，后来留在了大西南，做过西南军区某师的政委。绥靖军中的两个人，在八路军攻打 A 城的战役中被击毙，他们的名字，没有人再提起过，他们的家人，在东清湾恢复声音后遭到了集体的镇压。而另外的 64 人，他们葬在了一起，他们死于同一个时刻。他们的灵魂，和一个叫作张武备的 25 岁的灵魂一起，仍然守候着东清湾，至今未变。

还有一些人，追随着平原上石匠们的脚印，投入了寻找一座山峰的队列中。到底有多少人加入到了那个行列中，没有人知道。他们到达过多少山峰，无人能够统计。而那个山峰是不是被他们找到，也无人知晓。1988 年，几个来自上海的画家，深入太行山区的腹地去写生，意外地发现了一座类似人形的山峰，远远地望去，山峰的顶端，隐约似一个人的脸，那张脸被浓密的树木掩盖着，不知经过了多少岁月的风霜。他们历经艰险爬到了山顶，再下到一个平台之上，他们才看到了一张脸，眼睛、鼻子和嘴，都有较为清晰的经过斧凿的痕迹。据说，那是石匠们未完成的杰作。而东清湾人直到 2008 年才组织全村的人去那里参观，位于大山深处的那座山仍然没有被唤醒，它仍旧沉睡在历史的尘埃中。他们无法像那几位画家那样冒险走到雕像面前，他们透过茂密的森林，站在对面的山上，远远地看着那座处女一样的山峰，内心涌动着不可言喻的复杂情绪。没有人会去追究，那座雕像与现实中的张武备是否相似。东清湾的后人们，他们也在猜测一段早已尘封的历史。

丁昭珂曾经努力想要跟随石匠们去探究一下他们非同寻常的举动。但是一旦要付诸实施，她才感觉到难度太大了，石匠们，不是一个系统性的组织，他们的行为没有规律可循，他们完全是凭着一腔的热情。她不得不放弃了自己天真的想法，她不知道哪一个石匠能够到达最后的山峰，她同样不知道，他们需要多久才能找到那样一座山峰。但是，当她返回 A 城时，她说到的一个人却引起了我母亲张如清的注意。一个同样去寻找山峰的人，石匠，或者根本就是仅仅为了去寻找的一个人，他的样子酷似黄永年。丁昭珂所说的那个人的体貌特征与黄永年毫无二致。丁昭珂说，她当时还特意询问了一下那个年轻人，问他叫什么，家是哪里的，但那人笑而不答。我母亲急于要去印证丁昭珂的说法，她向二哥张武厉借了几匹战马和士兵，和丁昭珂一起去追赶那个人。这一次，张武厉倒是显得极为大度，他给了她一个五人的马队，他说，不消两天，你就能赶上那个人。但是，当我母亲迫切地跃上马准备起程时，张武厉说，也许你的命运和那些石匠们一样。她诧异地问二哥，什么命运？张武厉说，虚幻，缥缈。二哥的话并没有动摇母亲的决心，沿着丁昭珂所说的路线，他们星夜兼程，真的在第二天的傍晚时分赶上了那个年轻人。年轻人因为长途跋涉，正坐在路边的石头上歇息，他看着一队人马风风火火地来到他的身边，突然停了下来。我母亲只是看了那么一眼，就知道那个人不是黄永年，她失望的眼睛里有些湿润。随同而来的一个班长抡起马鞭要抽打年轻人时，母亲制止了他。那个失望的傍晚，母亲一句话也没说，都忘记了问那个年轻人的名字。他们临走时，给酷似黄永年的年轻人留下了一匹马。班长说："你小子有福吧，就因为你这张嘴脸。"

母亲对黄永年的寻找从来没有停止过。那一年的夏末，从东清湾日军监狱跑出来一个人。告诉她这个消息的是二哥张武厉。张武厉说："是个中国人，姓黄，据说是两年前参与叛乱的一个学生。"母亲的心里立即想到了黄永年，即使不是他，也能从那个学生身上得到一点什么消息吧。在她的恳求下，张武厉才让她穿上军装，混进他的队伍里来到了东清湾，张武厉忧虑万分地说："不知道会发生什么事，也许他们要血洗东清湾。"

他们赶到时，东清湾已经被日本兵围得水泄不通。同样来自 A 城的日本驻军独立步兵第二旅团的伊东正喜大佐，此时正骑在一匹高头大马上，指挥若定。那些耀眼的黄色服装像是一棵棵耀武扬威的树，种在东清湾的四周。张武厉告诫跟在他身边的妹妹张如清说："寸步不离，知道吗？要和我寸步不离，否则没有人能保证你的安全。"我的母亲，那个最小号的军装穿在她的身上，仍然显得有些宽大，她惊惧地看着满眼的黄色，愕然地点了点头。那是冬天的东清湾，一些未知的命运在等待着它。

实际上，那是一次莫须有的搜捕行动。因为在若干天之后，当我的母亲回到 A 城，躺在床上久久无法入眠时，黄永年的形象仍然停留在几年前参加父亲婚礼时的样子。我母亲想要再深入地从记忆深处打捞他的形象时，她意外地发现，已经变得十分困难，黄永年，越来越像是一个符号。而遥远的东清湾，似乎也已经归于死一般的寂静，只是恐惧，还在街巷里徘徊。

东清湾，衰败而死寂，军靴踏在地上的声音，异国的语言，使得母亲有种幻境之中的感觉。透过压得低低的帽檐，母亲眼中的东清湾，令人心碎地战栗着。荷枪实弹的日军挨家挨户地搜索，想要找到他们所说的那个逃离监狱的黄姓男子。除了深藏于内心的语言，东清湾再没有什么可以隐藏的了，每家每户，几乎都是洞开的大门，搜查并不是一件艰难的事情。对了，还有，还有张洪儒，已经两年隐匿于黑暗屋子中的老人，他终于不得不重见天日，不得不再次地面对这个让他愧对的东清湾了。

这是那次搜查的终点，他们停在了张家大院里。伊东正喜与几个日本军官在窃窃私语，排成一行的日本兵把枪口对准了被钉得死死的石屋房门。母亲听到了枪栓拉动的声音，挨着她的张武厉上前几步，和伊东正喜低语着，伊东正喜的脸色像是被铁铲子拍过，毫无表情。二哥无奈地退后几步，对着母亲眨了一下眼，摇了摇头。伊东正喜举起了手中的马刀，此时，拥挤的院子里突然人影闪动，一个人跑到了石屋前，用弱小的身躯护住了石屋的门，母亲惊讶地看着她，她的堂妹张彩虹。她把自己的身体摆成一个大字，毫无所惧地站在门前，眼睛瞪得大大的，没有一丝的恐惧。张彩虹的举动让举起马刀的伊东正喜很烦

躁，他不得不放下手臂，走到张彩虹面前，对她说了句什么，语言对于张彩虹
起不到任何作用，她站在那里一动也不动。军官的声调提高了八度，但是他的
声音对于东清湾的人来说，有点太吵了。张彩虹仍旧无动于衷。提马刀的日本
军官的声音已经无法再升高了，他的声音在东清湾的上空停留得很短暂，尖锐
而刺耳。张武厉的眉头皱得更紧了，母亲看到了二哥脸上的表情，她想要上前
去把堂妹拉到一边，可是她的手被二哥张武厉紧紧地攥住了。二哥用目光阻止
了她。日本军官的脸都憋得紫了，他终于失去了耐性，他退回来，再次举起了马
刀，然后快速地落了下来。有人发出了惊叫。张彩虹被劈成了两半，她的脑袋
和整个上半身，鲜血喷涌而出，把石屋的门染成了暗红色。她的两半身体，慢
慢地委顿下来，像是两件什么硬硬的东西掉到了地上。然后才是枪声，才是大
门被打成稀烂的景象。大门上布满了大大小小的枪眼。枪声停止后，满身创伤
的门停顿了一下，然后突然一下子散开了，一个黑洞洞的世界出现在人们的眼
前。那之后的世界对我的母亲来说，是红色的。她看到的一切，村庄、天空、
树木、人，都是红色的。那是张彩虹的血，是她的血把母亲的世界染红了。张
彩虹的血，不仅把母亲的世界染红了，东清湾，在之后的两年时间里，都被那
碎裂的红色所浸染着，就是二姥爷张洪儒，当他从被打破的门里走出来时，仿
佛莫测的黑暗还披在他的身上，他的身上也是红色的。他衣服的前襟，布满了
星星点点的红色。时隔两年，张洪儒仿佛出了一趟远门，他像是刚刚跋涉了很
远的距离才回到了家乡，他站在门口，目光中满是茫然。他声音洪亮地问："谁
打扰了我？"院子里突然安静了一会儿，张彩妮的尖叫声也顿然消失了，我的
母亲、张武厉，他们都把惊奇的目光投在了老人的脸上，不可思议的事情就在
那张他们曾经熟悉的脸上，如今，那不是一张老人的脸，而是一张令他们完全
感到震惊而陌生的脸，头发乌黑，面色红润，目光如炬，比他的兄弟张洪庭要
年轻十几岁。有很多人想起了他把自己关在石屋前的样子，怯懦，苍老。我母
亲张了张嘴，想要喊出"叔叔"那两个字，却没有发出来。那时，日本兵在没
有得到任何有用的线索后已经悄悄地撤离了，院子里重新变得空旷，张武厉也
怀揣着对叔父面貌的疑问，带领队伍返回了，我的母亲留在那里，她甚至忘记
了脱下自己身上那套宽大的军服。张洪儒，他年轻的面庞留给大家的疑问会在
以后的日子里继续，如今，时间不允许东清湾过度地沉迷于此，还有更多的情
感使他们变得慌乱和仓促。张彩虹的死，让悲伤占据了太多的空间。他们扑到

了她的身边，暂时忘掉了一个老人相貌的变化，至于张洪儒是什么时候重新返回到石屋内的，至于他看到了什么，没有人知道。

　　村子里所有的人都来看望张彩虹，他们每个人手里都拿着一朵蒲公英，他们把它放在她的身体上，她被分成两半的身体，被厚厚的衣服包裹着，身上盖着一层薄薄的棉被，被蒲公英覆盖着，像是夏季美丽的田野。她被砍成两半的脸被擦洗得很干净，张彩妮已经做了很大的努力，可是她的两半脸，仍然无法正确地拼接到一起，有些错落。两边的嘴角都保持着上翘的姿势，像是一副知足安乐的模样，张彩妮，屡次想要把妹妹的嘴角抹平了，可没有办到。村里人觉得，张彩虹在蒲公英的映衬下，娇艳而美丽，像是一个仙女。

　　三天之后的葬礼，没有如期举行，因为在那天夜里，张彩虹消失不见了。具体的时间可能永远是一个谜，大约是午夜时分，我的母亲发现床板上的薄被子塌了下去。她刚刚从一个梦境里醒来，梦里她看到了黄永年，他一会儿穿着日本兵的军服，端着机枪在扫射，他的脸上都是血，像是张彩虹身上绽开的血一样；一会儿他又变成了以前的模样，他对我母亲说，我爱革命。她冲到床板前，用手摸了摸，然后尖声叫道："彩妮姐，彩妮姐。"张彩妮从身边缓缓地坐起来，她看着空空的床板，幽幽地说："我看到她走了。"母亲着急地问："她去哪儿？她怎么会走呢？"张彩妮摇摇头："没有人知道她去了哪儿。她把花儿都带走了，她是笑着走的。"按张彩妮的说法，她看到分成两半的张彩虹身披满身的蒲公英轻轻地飘了出去，蒲公英蓝荧荧、亮闪闪的，照得她的脸晶莹剔透。她是飞在半空中的，她的身体像蒲公英一样轻柔。她还回头看了看自己的姐姐，向她招了招手。一到院子里，蒲公英就随风飘逝，飞向空中。张彩妮说，她分成两半的身体，一前一后，一左一右，一只手向姐姐招手，另一只做着同样的动作。她像是两个一模一样的人，又像是一个人。张彩妮若有所思："她可能变成了蒲公英，也让风吹走了。"我母亲回头再注意一下昏暗油灯下的床板，张彩妮说得一点也没错，满满一床板的蒲公英竟然一朵也不见了。我的母亲，不禁吸了一口凉气，她看着空空的床板，再看看悲伤的张彩妮，仿佛一切都没有发生似的。那个匪夷所思的夜晚，那个充满了蒲公英而又化为乌有的夜晚，悲伤似乎充满着一种神奇的力量，它并不存在于人们的哭号之中，寂静和无声使张彩虹的消失变得似乎顺理成章。下半夜的母亲，再也无法入眠。她的脑子里，满是张彩虹的形象，她的形象突然之间就发生了变化，以前那个羞涩而胆怯的姑娘，此时变成了两半人，两半人飘飘忽忽，一会儿是半张脸，一会儿又是毛茸茸的蒲公英。

关于张彩虹的神奇离去，还有两个说法需要补充一下，一是说我的二姥爷张洪儒把她藏到了自己的石屋里，但是这个理由并不充分，因为当两年后他从石屋中走出来时，屋子里除了他头脑中子虚乌有的想法，空荡荡的；二是她的哥哥，游击队长张武备，在那个夜晚悄悄骑马返回了东清湾，用马载着妹妹离去，把她埋在了他曾经杀死过日本兵的地方。这个说法得到大家的一致认可是因为在不久后的未来，伊东正喜大佐被发现死在他自己的床上。死亡的方式与张彩虹的一模一样，他被劈成了两半，鲜血染红了整张床。伊东正喜大佐的军刀，悬挂在床头，已经凝住的血把锋利的刀刃包裹住，看上去，军刀像是一个玩具。A城的警报声一直持续到天明。日军、伪军、警察全部出动，他们几乎把A城翻了个底朝天，但是仍旧一无所获，寻找不到刺客的影子。令人惊奇的是，刺杀伊东的人是如何躲过了日军宪兵队的重重关卡的。伊东神秘的死亡被记在了张武备的身上，这给他传奇式的故事又增加了浓浓的一笔。这次在A城的传说把他形容成了一个会隐形、会飞檐走壁的侠客。

但是，张彩虹化成了蒲公英，这一说法渐渐地被大家所认可，因此，在我的家乡东清湾，蒲公英似乎特别的茂盛，在田野之中摇曳生姿，即使它的种子漫天飞舞，它也会留恋这块地方，他们说，那是因为张彩虹是蒲公英仙子，她不愿意到别处去。

在张彩虹化蒲公英而去的那个晚上，二姥爷张洪儒的石屋重新关上了，他变得年轻的面庞和身躯，只是短暂地出现在人们痛苦的回忆之中，而张武厉在返回A城的途中，一直在思考着这个问题，是什么使年迈的叔父返老还童呢？当他把看到的讲给自己的父亲时，张洪庭一口断定，他自己的兄弟，在那个黑黑的屋子里研制什么返老还童丹。张武厉并不认可父亲的猜忌，他说，那是因为他把混乱的世界挡在了外面，心中没有了仇恨，没有了情感，心无旁骛，所以他才可以躲避衰老。

"胡扯。"姥爷说，"一派胡言。除非他死了。"

张武通若有所思地说："爹，你不要不相信二弟的话，我觉得有一定的道理。就像您说的那样，他把自己关在石屋子里，不见人，不见阳光，外面的世界发生的任何事情都与自己无关。从某种意义上来说，他真的是死了。如果他死了，当然他不会变老。"

姥爷愤恨地说："真是无聊透顶，迂腐至极。"

实际上，关于我的二姥爷张洪儒如何变得年轻在东清湾一直是一个禁忌。张彩虹被刀劈的那天，张洪儒的意外现身，他变得年轻的模样，就像他本人一样，深藏于人们的内心深处，没有人去思考和讨论这样的问题，这仅仅是两年，三年、四年、十年呢，他会变成什么样？一个少年，或者婴儿吗？真是一个难解的问题。东清湾，不需要答案。他们需要什么呢？

我母亲张如清离开东清湾时，是一个微风吹拂的午后，一朵蒲公英一直在跟随着她，在她的身前身后轻盈地舞蹈，母亲说，彩虹，如果你真的是彩虹，就请你替我把黄永年找回来。蒲公英，突然间告别了缠绵的舞蹈，直飞向空中，转眼间就不见了。母亲叹了口气，她不知道，她的寻找是不是还有意义。

16.恋爱中的女人

美国女记者碧昂斯在自己的书中透露了对丁昭珂感情的忧虑，她写道：

就像是A城那座在建的玲珑塔，它既不是一座佛教意义上的供奉舍利的建筑，又不是用于瞭望敌情的高地，它的意思模糊而不清，就是那座塔的发起者，张洪庭老先生也无法说出它确切的含义，在他的心目中，它可能只是一个标志，一个渴望，一个无法言明的概念。所以它注定只能成为一个空中的楼阁，一个无法建成的巴别塔。同样，对于丁的那份感情，我持一种怀疑的态度。在跟随张武厉的部队围剿张武备的过程中，丁的表现让我感到惊讶，和我同住在一个帐篷里的丁在长达一个月的时间里，始终心神不宁。在失败弥漫的夜晚里，我看到她会在月光中低低地祷告，她还会在帐篷里偷偷地燃上几炷香，来保佑被追杀的张武备。我说，如果他像传说中的一样那么神通广大，他就能逢凶化吉。我问过她，希望这场围剿行动哪一方取得胜利。她的回答有些模棱两可，她说不希望任何一方失败。她说这本身就是一场毫无意义的游戏，只有失败者而没有胜利者。

丁的心目中，张武备并不是一个实实在在的人，他是虚幻的，像是平原上的一匹烈马。越虚幻越令人心旌摇荡。丁说，他好像时刻就在你的面前，能够看到他的脸，他的笑容，但是你好像又永远触摸不到他。若即若离。一个若即若离的男人在快速地俘获一个年轻女人的心。有时候我替她感到高兴，而更多的时候，我为此感到疑惑和担忧。张武备是一个独行侠，他不同于八路军，他似乎不代表更多人的利益，而只是代表着他自己。当然，他这种个人英雄主义土生土长，在很大程度上更让百姓们浮想联翩，更与他们内心深处的某个神灵相似。就像是他们每家每户都供奉的灶王爷、关老爷，以及门上的尉迟敬德和秦叔宝。

　　丁昭珂的生活因为那场毫无意义的围剿而乱了套。那场完全与自己无关的失败的围剿，使她自己的生活也受到了很大的影响，寒冷、绝望、腐朽，充斥着生活的点点滴滴。她对同样感到灰心的碧昂斯说："真不知道，那些士兵们是如何熬过这个漫长而寒冷的冬天的。"那个冬天里，碧昂斯正在怀念着得克萨斯的阳光和海滩。丁昭珂说："你还记得那个贵州籍的排长吧，姓徐，他说话的腔调经常遭到其他士兵的嘲笑。从战场上回来后，他怀念他家乡的大山，他说他可以随时躲在某一个山里，而不用把自己暴露在龙之队的枪口下。他仍旧觉得是在寒冷的平原上奔跑，好像他要跑出那个平原似的，所以他仍然在奔跑，他提着枪，支着耳朵，在军营里奔跑，对他来说，军营里太狭小了。他从军营里跑出来，在大街小巷中奔跑，他跑过了市政大院，跑过了东城和西城，跑过了南城和北城，他甚至想跑到他们营长家的那座塔上，只不过，在张府的门口，守卫们阻挡了异想天开的贵州籍士兵。他一刻不停地在奔跑着，不管夜晚还是白昼，他把自己内心的挣扎跑丢了，把自己的恐惧跑掉了，把自己身上的军装也跑没了。他像个疯子似的。全城的人都能听到他奔跑的声音，他一边跑一边还喊着，快跑吧，快跑吧。最后，还是他们营长为他解脱了，在某一天的清晨，张武厉在东城大街的路口，等待着他从那里跑过，近距离开枪把他打死了。有人看到张武厉还在他身上踢了几脚，就像踢一只死狗。"碧昂斯不解地问："为什么非要打死他呢？他又没错。"丁昭珂想了想说："也许是他们营长怕那种失败的氛围继续扩大吧。"

　　为了摆脱仍然残存在她心中的阴影，丁昭珂踏上了去寻找石匠们的道路。当张武备的模样浮现在他的脑子中，失败的氛围就会像潮水般向后退。

　　距离石匠们出发去寻找一座山峰的日子已经过去了许久。他们是不是已经找到了那样一座山峰？是不是已经开始了他们宏伟的雕刻计划？从石匠们的嘴里得到的却是互相矛盾的说法。齐小柱是丁昭珂最早见到的一个石匠。他在距离A城不远的一个叫杨庄的村子里，已经彻底放弃了雕刻一座山的幻想，丁昭珂见到他时，他正在给一个财主家的影壁雕刻一条龙，他放下手中的工具，他的脸上蒙着薄薄的石粉，头发、眉毛全是白的。他说："没有几个人能真正地到达那样一座山。我想那是一个理想中的山峰，它不存在于现实之中。我是在遭到土匪的抢劫之后才悟出这个道理的。和我一起去的还有一个，我们同村的，他在那次抢劫中丢失了性命。当我看着他血肉模糊的身体，想着我们出发前一起发过的誓言，突然觉得万念俱灰，什么崇高，什么理想，都在那次抢劫中随风而逝了。"

"那么，你对龙队长也失去了信心吗？"丁昭珂小心翼翼地问。

"没有。"齐石匠斩钉截铁地说，"从来没有。他在我心中的地位永远是不可替代的。我没有见过他，但是我见过他的部队。它像风一样从这里吹到那里，又像风一样从那里吹到这里。凡是它经过的地方，日本人，还有那些汉奸们，都吓得胆战心惊呢。但是，我不是龙队长，我也不是那些坚强的石匠们，我是一个普通人。我既要照顾好自己的家庭，还要让死去的同伴能够安息。两个家庭的重担，已经足够我来扛了。"

第二个石匠，已经长眠于地下。他的坟头上，还没有长出青草。他死于西去的路上，痢疾，他的妻子带领三个未成年的孩子指着地下的丈夫对丁昭珂说："他死时把一个口信留给了我们，他要求这三个孩子，把手艺学好，长大后一定要走完他没有走完的路。"丁昭珂看着未成年的孩子，他们稚嫩的脸上还看不出一丝一毫的追求和理想，她小心地问："你打算按他的遗嘱去做吗？"他妻子的表情和回答似乎让丁昭珂看到了那个死去的石匠："当然。不然我如何去地下见他。"

第三个石匠，在路上养伤，他的梦想被阻隔在一个偏僻的小村落中。一颗流弹击中了他的腰。在石匠之中流传着一个说法，那就是在寻访的路上存在着一个阴谋，张武厉已经暗中派出一个小分队，把石匠们愚蠢的行动扼杀在路途之上。不时有石匠被暗处打来的子弹击中的传言在平原上游荡。一些石匠停下了脚步，而另外一些，继续在流言的裹挟下前行。鲁石匠，在床上已经躺了有半个月之久。他的神情坦然，他对丁记者说："所以你才能赶得上我。那些心急的石匠们，或许已经到达了。"

实际上，丁昭珂所能找到的石匠是极为有限的。躲过了病痛、流弹、土匪、饥饿、意志、风雨考验的石匠们已经绝尘而去。丁昭珂曾经来到过平原的尽头，一些山峰出现在她的视野之中，但是她没有找到任何一座正在雕刻的山峰。满怀幻想的石匠们，隐匿于某个未知而无法到达的山峰中了。而在她追踪石匠们的过程中，那个曾经清晰的张武备，也像是一座云中的山峰一样，渐渐模糊了。

丁昭珂在经历了一个秋天的艰难寻找之后回到了 A 城，却意外地看到了姜小红。经过刻意伪装的姜小红，像是一个男子，她在丁昭珂家附近已经等了一周左右。她说："他在城外，等着要见你。"丁昭珂顾不上舟车劳顿，立即和姜小红出城去见张武备。在路上，姜小红告诉丁昭珂，他要去完成一件不可能完成的任务，她希望丁昭珂能够劝说张武备放弃。丁昭珂奇怪地问姜小红："我的话会管用吗？"

姜小红说："他只听你的。"姜小红的这句话让丁昭珂备感温暖，她一个秋天的疲惫仿佛一下子因为这句话而彻底地消失了。

张武备在城外的赵王庄等待着她们。一见面，丁昭珂无论如何也无法把眼前的这个人与人们传说中的那个人联系在一起，但她还是觉得仿佛期待这一刻已经很久，甚至，有一些泪花在眼睛里闪烁。

他跃跃欲试地说："大汉奸汪精卫要来 A 城了，时间是冬天的某一天。我需要确切的时间，你能办到吗？"

丁昭珂说："我想可以。这么大的事，一定要有记者参与的。"

关于汪精卫要来视察 A 城的清乡运动的消息，张武备是从意外抓捕的从北平来的伪警察口中得知的。"他是回来给他爹办丧事的。我们在他爹的葬礼上逮住了他。他吓得把孝帽子都掉到地上了，把他知道的都说出来了。"

"那你要怎么办？"盯着张武备兴奋的脸，丁昭珂感觉到那个她寻访的张武备还在高高的山峰上。

"为民除害。"张武备不假思索地说。

丁昭珂说："那可不是一件简单的事，你不可能接近他的。这么大的一个人物，保安措施非常严密。"

"伊东怎么样？还不是一样被我们杀掉了。"张武备自信地说。他坐在赵王庄一处民宅内，屋外的光线迟疑地探进来，照到他的脚上，他的整个脸都隐在暗处，但是他脸上的憧憬仍然非常逼真地映入了丁昭珂的眼中。那是一个无所畏惧的男人。她扭头看到了姜小红，坐在桌子另一头的姜小红，目光投向了窗外，阳光正好照在她脸的一侧，她的脸整个地转向丁昭珂时，目光里忧虑重重，"我不同意他的计划。但是我说服不了他。汪精卫跟我们有什么关系？我都不知道他干过什么，他长什么样。"

张武备拿出了报纸，那些报纸全是丁昭珂拿给他的，"他的罪行都在这上面呢。"

"我能够为你做什么？"当丁昭珂说出这句话时，姜小红诧异地看了看她。丁昭珂假装没有看到她质疑的目光，她的思想还停留在一座山峰上，她想，她应该让那座山峰更加真实可信。

张武备站起来，拍拍手，像是拍掉了最后的一丝动摇："我需要你的支持。仅此而已。"得到了丁昭珂支持的张武备，兴奋得像个孩子。

让丁昭珂也感到幸福的是，她的一句话竟然带给了张武备极大的鼓舞，他无法抑制住自己内心的兴奋，他问丁昭珂想不想去体验一下战斗的快乐。丁昭珂眼睛一亮："战斗？"

随后他们从那间民宅里出来，跃上了停在院子里的两匹马，丁昭珂与姜小红同乘一匹马。两匹马跑出了赵王庄，向村西跑去。那是丁昭珂第一次骑马奔驰在辽阔的平原之上，腾空的感觉像在梦中，风在耳边飞，姜小红的话无法听得清，她大声喊着："你说什么？"姜小红大声重复着："他再也不会回头了。"丁昭珂高声回应："为什么要回头呢？"姜小红的叹息声在风中停留的时间极其短暂，很快就被风吹去了。丁昭珂抬头看着跑在她们稍前的张武备，他年轻而充满着传奇的背影那么生动，那么令人心旌摇荡，她真希望，奔跑能一直持续下去。风的日子，风的感觉，风的快乐与幸福。

马儿一刻不停地奔跑了半个小时，绕过了一片枣树林，远远地先是看到一个坟头似的黑点，黑点慢慢地变大，在颠簸的视线中，丁昭珂分辨出那是一个看似平常的炮楼，他们渐渐地靠近了炮楼，丁昭珂感觉到了姜小红的一只手已经抬了起来，她看到了从她的侧面伸出去的一支枪管。然后是清脆的枪声，她的耳朵在枪声中失去了辨别的能力，她不知道那次由于张武备无法发泄的兴奋中的袭击，他们到底开了多少枪。他们很快就跑过了炮楼，炮楼上响起慌乱的枪声，那枪声在急骤的马蹄声中，渐渐变远。直到听不到炮楼方向传来的枪声了，他们才停下来，张武备问姜小红："我们干掉了几个？"姜小红说："三个。"

他们把丁昭珂送到 A 城的边上，临别时丁昭珂有些依依不舍，她看着张武备："什么时候再见呀？"张武备说："赵王庄的赵老汉家，随时都可以。"

看着两匹马消失在地平线以后，丁昭珂觉得自己的心也随他们而去了。

那个冬天来临以后的若干天中，她和张武备又在赵王庄见过几次，有的时候，他们一起策马在平原上奔跑一阵，漫无目的，没有枪声，也没有靠近炮楼，只是为了拥有在一起并排奔跑的感觉。平原上的空气变得干燥了，草儿开始枯黄，风更烈了。等马儿跑得累了，他们才停下来，相视一笑，再任马儿悠闲地向回跑。有的时候，他们只是在赵王庄老汉家坐着谈论一下 A 城的形势。丁昭珂说："他们开始紧张起来了，因为汪精卫的到来，他们的警戒明显地提高了，街道上巡逻的士兵也明显多了。"张武备轻松地一笑："虚张声势，再坚硬的石头山上也能长出大树来，再坚固的堤坝也能被蚂蚁摧毁。"他强大的自信让丁昭珂从来没有感觉到害怕，只是让他的形象更加高大，当那个最后的节日来临，她看着被高高挂起的张武备时，她才第一次意识到，那种高高在上的孤傲与信心是多么的令人惊惧。

不管是在平原上奔跑，还是在赵老汉家，姜小红并没有缺席，平原上，她往往自觉地落在后边很远的地方；在赵老汉家，她坐在角落里，听着他们的谈话。但是当丁昭珂用自己悠长的一生回忆那段令人刻骨铭心的往事时，仿佛只有他们两个人，偌大的平原，两匹马，两个人。而安静的屋子里，光线有时候明亮，有时候昏暗，只有他们两人的声音，像是两条光线那样交织错落。

就在张武备满怀信心地要去刺杀汪精卫时，一个久违了的人突然出现了。

秋天渐渐地远去了，A 城，一片肃杀的景象。风更加地让人关注了，它把旁边墙上的招贴画吹掉了一个角，招贴画上画着一个露着强健胳膊的男人。在招贴画的下方，有一对母女坐在风中的街道边，母亲凌乱的头发被风吹着飘向一边，小女孩露出惊恐的眼神，盯着从报馆回来的我的母亲张如清。母亲不忍地走上前，把兜里的零钱交给了小女孩。此时，她突然听到有人轻轻地叫了一声"如清"。母亲并没有转头，但是一阵战栗传遍了她的全身，那是太让人熟悉的声音了，眼泪无法扼制地流了下来。是的，那个在街边喊着母亲名字的人就是黄永年，他在消失四年之后，突然间现身了。

母亲泪眼模糊地转过身来。黄永年，那个朝思暮想的人，就笑意盈盈地站在她的身后，她一下子就瘫倒在他的怀中。那是冬天来临时的 A 城，那是我母亲熬过了四个冬天后迎来的第一个春天。黄永年几乎是把她抱着来到了不远处的一间茶楼里，在那里稍作休息的母亲，缓缓地从太虚境界中苏醒过来，母亲看着对面那个人，虽然，黄永年的模样与四年前相比已经大相径庭，身材壮了，头发长长的，盖住了额头，左颊上有一道深深的伤疤，眼睛凹进去许多，完全是另一个人。但他还是那个人，他的样子，他微微的笑容，都如同是四年之前的某一天，某一刻。在那间飘着浓浓茶香的小馆子里，黄永年向我母亲讲述着他这几年的生活。

下面是黄永年有关声音消失的故事：

你还一眼就能认出我来。我以为，在 A 城不会有人认得出我了。

我逃离了 A 城，也就逃离了各种声音的迷局。在 A 城时，有太多的声音让我兴奋，让我沉醉，让我愤怒，让我迷茫。老杨的声音，你哥哥们的声音，城市中糜烂的声音，呻吟的声音，低吼的声音，叹息的声音，应有尽有。我不知道，为什么那个时候 A 城聚集着那么复杂的声音。A 城，像是一个声音的集散地，它们在我脑子里交织着，争斗着，让我无所适从。那些声音终于有一天在我的脑子里爆发了。我说的那一天你应该清楚，是的，南门大街，那是梦结束的地方，也是声音踏上漫漫回归之路的开始。今天一大早，我去了南门大街，我站在那里，我以为自己能够听到四年前的那些声音，我以为那些声音会让我感动或者悲伤，但是很奇怪，一点也没有。我站了很久，我看着那些熟悉的房子，熟悉的街道，甚至是表情熟悉的人们，却感觉麻木。我暗自庆幸，那些声音终于从我的内心深处彻底地消失了，它们连根都没有剩。好了，南门大街，就是在那里，我开始感觉到内心太多的声音汇聚而来的痛苦，我有些想哭，可是，根本无法哭出来，哭泣拥堵在我的头脑里，没有发泄的渠道。我只能选择逃离。

我不辞而别时，除了你，没有任何的留恋。我特意等在你家门口，只是为了看一眼你。你从张家出来，你安静的样子真的让我有些不舍。在以后逃亡的四年时间里，你反复地出现在我的脑海里，像是一幅图画。你从来都是那样温顺而安静，完全徘徊在所有聒噪的声音之外。如果不是另外的声音吵得我头脑发胀，我一定不会舍得离开你的。

从 A 城逃离后我一路向南。先是在河南的一个煤矿下了一年多的煤窑，之所以选择那样一个暗无天日的环境，纯粹是想把 A 城的所有声音都一股脑地摆脱掉。我喜欢在矿井下的生活，那是属于你自己的天地，你可以只专注和重复于一件事，就是采煤。你听到的只有一种声音，手锤敲击的声音，那声音沉闷而单调，一锤锤的，就像是落在你的心里，每一次敲打，我身体里这种单调的声音就会多一分，而原来的声音就会少一些。我争着能在井下待足够长的时间，矿工们都说我是要钱不要命了。其实，那些钱对我有什么用。每当我身体里以前的声音减弱一分，我内心就感觉到轻松一分。离开煤矿时，除了留下我的盘缠之外，把我挣的钱全都给了那些患难与共的工友们，他们惊奇地看着我，就像是看一个傻子。我告别他们时，已经忘掉了你哥哥们的声音。那是我最大的收获。我继续向南。在湖北，我在长江上做了半年多的纤夫。在那里我忘掉了家人的声音。他们的声音都沉到了滚滚的长江底了。在安徽，我做了一年的挑夫，我从山下往海拔三百米的山上运水和粮食。当我的汗水落在弯弯曲曲的山道上时，我忘掉了老杨的声音。后来我又去了上海、广州、福州等地，不管在哪里，我都无法忘掉你。你安静的声音，是我保存下来的唯一的美好记忆。

我母亲早已泣不成声："你不要说了，不要说了。你要是把我也彻底忘了该有多好，那样你就不会回来了。在这个世上我也就从此一无牵挂了。"

说归说，我母亲对于黄永年的回来还是感到了长久寻找后的突然的停顿，那种停顿让她一下子感觉放下了一个重重的东西，身心感到了无比的轻松。她问黄永年为什么选择了回来。

黄永年说："是你的声音把我召唤回来的。"

"你住在家里？"

黄永年摇摇头："不，我说过了。我把聚积在我身体和头脑里的声音已经全部清除掉了，我不想再回到以前的生活中。除了你，在 A 城我不想见任何人，我想，除了你，也许没有人能认出我来。"

我母亲叹了口气："就算是你化成灰，我也能认出你来。"

黄永年抓住了母亲的手，他深情地看着母亲，那种目光和母亲记忆中的完全不一样。母亲说："永年，我觉得你变了。"

"人总是要变的。不可能永远那么幼稚可笑。"黄永年说，"在 A 城，我只想见到你。"

那个冬天，是我母亲真正的恋爱季节。而黄永年，回到 A 城的目的，似乎也仅仅是为了我母亲。他们几乎每天都在约会，在 A 城的许多地方都留下了他们甜蜜的身影。就像黄永年自己所说的那样，没有人能够认得出他，就连一向谨慎而紧张的张武厉，都没有认出他来。他们在张家门口有一次邂逅。黄永年送我母亲回家，正好碰到了张武厉。张武厉狠狠地盯了几眼黄永年。黄永年甚至还伸出手来，礼貌地说了一声"你好"。张武厉没有伸手回应。进了院子，他问母亲："那个人是谁？"母亲生气地说："你想让我一辈子都烂在家里呀！"张武厉皱了皱眉头，便不再作声。他之所以没有对我母亲的男友提起兴致，是因为有更大的事情正让他焦头烂额，关于汪精卫要来的安保问题让他一刻也停不下来，他根本无暇去管妹妹的恋爱。

A 城的冬天属于我的母亲，幸福使寒冷退却，使季节的色彩褪色。突然而至的爱情使我的母亲对那些曾经充斥着她的耳朵，让她内心感到煎熬的声音的影响减弱了。她甚至觉得 A 城变得有些可爱了，街道充满了温馨，路旁的白杨树，落叶缤纷，枯黄的色彩，把街道染得诗情画意。我母亲靠在黄永年的肩头，惬意地说："冬天多美好呀！"

黄永年说："春天和秋天也很美好。它们会一直陪伴着我们。"

"每一个季节？"

"是的，每一个季节。"黄永年信誓旦旦地说。

就是在那样的时刻，沉浸于爱情喜悦之中的母亲，也没有问及黄永年对于未来的打算。爱情有时候会让思想停滞，会让思维固定在一个点上。直到枪声响后，直到母亲意识到，这一次黄永年是真的彻底地离开了她，在她无尽的悲伤之余，才会有一丝的遗憾袭来。在冬天的甜蜜之中，我母亲从来没有想过下一步，也许她预感到了这种突如其来的幸福来之不易，也许她仍旧把黄永年的归来当成是一个梦境。

在我母亲希望冬天延续的时候，另一个女人，姜小红却盼着这个冬天能早点结束。她最大的一个愿望是，当一觉醒来，春天已经来临。因为，当冬天结束的时候，所有应该在冬天发生的事情已然结束。

可是，冬天，仍在缓慢地前行着。她时常坐在屋子的一角，观察着张武备的神情，他经常会翻看那些旧报纸，有时候他会盯着报纸愣老半天，一动也不动，忘记了抽烟，也忘记了喝水。她偶尔会走上前，问他上面都写些什么。有时候张武备怒不可遏地骂道："狗日的鬼子。"有时候他则不回答，微笑着继续盯着报纸的某一处看。不识字的姜小红偷偷地把他盯着的那个地方记住，然后等他不看报纸的时候把报纸拿走，去询问曾经做过私塾先生的张六斤。张六斤说："那是来咱们这儿那个女记者写的文章。"姜小红就黯然神伤。她没有把报纸偷偷地销毁，而是原封不动地放回到原处，她发现，等张武备再拿起报纸时，仍旧盯着那一处在看。她真的不明白，那个女记者的文章就那么好看？她问过张六斤："文章是怎么吸引人的？"张六斤挠了挠头："语言生动，表达的意思能打动人。你比如汉代的乐府诗《孔雀东南飞》，里面就这样写着，孔雀东南飞，五里一徘徊。你听着就觉得动听。"她接着问："报纸上也有这样的诗吗？"张六斤不解地说："什么报纸？"姜小红说："就我拿给你的报纸。"张六斤摇摇头说："没有，那上面都是给鬼子汉奸歌功颂德的，很肉麻。我看着替他们脸红。"姜小红点点头："我知道了。"张六斤问："你是不是想学字了，我可以教你的。"姜小红眼睛一亮，随即又黯淡下来："算了，我不想学。我又不看报纸。"

更加令人忧心的是张武备日益膨胀的那颗英雄的心，不知道从何时开始，张武备忘掉了以前的胆怯和犹疑，忘掉了对血腥和死亡的恐惧。姜小红尽量地想要延长那个终点的到来。在将近半个月的时间里，作为一个特殊的信使，她数度进城，和丁昭珂见面。

"时间已经确定下来了，大年三十的上午十时。只是地点还没有确定下来，只有到跟前才会通知。"

姜小红若有所思地说："大年三十。他可真会挑选时间。怎么才能接近他呢？"

丁昭珂说："如果汪精卫来视察，记者们一定会到场的。这个你放心。我可以搞到两张记者证。"

"汪精卫不是一般的汉奸走狗，他来 A 城。是天大的一件事。要接近他真是比登天还难，更别说开枪射击了。"姜小红终于向丁昭珂说了自己的忧虑。

丁昭珂想都没想就说："他总有办法的。"她想到了伊东被杀时的情景，想到了传说中的那个会隐身、会飞檐走壁的人。她感觉到，自己说话时内心的强大就像是那些石匠。她问自己，我是一个石匠吗？

"你觉得他什么都能做到吗？"姜小红幽怨地问。

丁昭珂对于姜小红的犹豫与彷徨感到不解："这不是我以为的，而是事实。

以前的事实不是都摆在那里吗？"

　　姜小红重重地叹口气："他成了一个神了，想要成为一个普通人都难了。"

　　丁昭珂说："你不想他成为神吗？"

　　姜小红忧伤地说："我现在只想着他能在来年的春天里还能和我并肩作战。"

　　丁昭珂说："会的。一定会的。"

　　丁昭珂看着她那张坚毅而有些淡淡忧虑的脸，羡慕地说："你能陪在他的身边，真是一种幸福。"

　　姜小红微微一愣："你觉得是幸福吗？"

　　丁昭珂毫不掩饰地点点头，问："你不觉得幸福吗？"

　　姜小红没有回答，她淡然一笑，说："时间不早了，我得走了。"

　　丁昭珂对那个未知的刺杀行动的热情极度地高涨，她已经从寻访石匠的疲惫中解脱出来，她像是一个运筹帷幄的将军，对一个宏大的计划烂熟于心；她也像是一个绣花姑娘，编织着自己最美的花朵；当然，她更是一个记者，在她就要写下的那篇有关爱情的文章里，她想要表达的思想和想要产生的结局，似乎都已经无关紧要了。她甚至把张武备刺杀的场面都想好了。在众人的簇拥中，大汉奸春风得意，而经过掩饰的张武备，戴着一副眼镜，隐藏在众人之中。当姜小红听到丁昭珂为张武备设想的那个形象时，不禁笑出了声，你让他戴眼镜？这不可能的。不管姜小红如何表态。在丁昭珂的心里，那样的形象已经固定下来。他会分开记者，从人群中脱颖而出，镇定自若地靠近大汉奸。他的枪隐藏在他随手拿着的一卷报纸中，报纸成了一个最好的掩护工具，也许报纸的某一个版面上，有一篇丁昭珂定的文章。子弹从圆筒状的报纸中轻盈地飞出来，声音很小，却很勇敢，而且冒着一股青烟。大汉奸应声倒地。张武备趁乱逃脱，然后是在她家里喝酒庆贺。在她设想的那些画面中，她没有看到一丝一毫的血迹。

　　呼啸而来的不仅仅是对一个人的爱，还有与石匠们一样的冲动和仰视。张武备，他多面的形象在她的思想里聚集、燃烧，随时都有要爆炸的可能，有一个致命的冲动，就是她想要和别人一起分享她内心无法扑灭的那团火。那是一个禁忌，她不能把之写成文字，她也不能和周围的同事分享，但是仍然有一个人，她可以诉说，美国女记者碧昂斯。她是一个局外人。因此，这段日子她和碧昂斯的谈话让美国人预感到某些即将发生的事情，她在《平原勇士》中这样写道：

　　丁不停地诉说，内容只有一个人，讲石匠们的故事，讲平原上那些风一样流传的故事。那个人仿佛就在她的面前，我感觉到她的冲动，想要去见那个游击队长的冲动。她说，我多么想成为和他并肩作战的战友啊。我发觉她在忙碌着，她对日本人的动向有着极大的兴趣，肯定要有什么重大的事情发生。

　　冬天里，汪精卫要来 A 城的消息越来越现实。从张武厉忙碌的身影就可以看到，从 A 城，越来越紧的盘查同样可以感到，身在旅馆中的黄永年便遭到了这样的严格检查，并被带到了警察局。多亏了我母亲，及时地赶到，才把他从警察局里领回来，张武通当着黄永年的面问我母亲："这个人是谁？"母亲自豪地说："我要嫁的人。"

　　就是那天，黄永年向母亲提起了他想要一份维持基本生活保障的要求。他说："你哥哥张武厉那里，需要一个像我这样无欲无求的士兵吗？"

　　母亲本来不想让他去参军，但是看着刚刚从警察局里出来的黄永年，她叹了口气，"你既然不想回家，那总得有个安身立命的地方。"

　　没隔几天，重归 A 城的黄永年成了张武厉手下的一名班长。张武厉还不能立即叫得上他的名字，"康……什么，你去到马市大街巡逻。"黄永年大声回答："营长，我叫康顺利。"张武厉盯着他看了一会儿："康顺利。我们以前在哪里见过吗？"黄永年说："营长，没有。我早就跟随父母离开了 A 城，要不是他们都客死异乡，我还回不了这里呢。"

17. 姜小红之死

　　汪精卫访问 A 城的日子越来越近了。只是地点还无法确定，丁昭珂为此做好了充分的准备，两张记者证，一张是她的，另一张，写着报社另外一个男记者小唐的名字。她盯着小唐那张记者证，把那上面的名字看成了张武备的形象。她不禁心猿意马："你会成为一个民族英雄的。"

　　那个充实而美丽的冬天，春节的来临那么值得期待，一场细雪让 A 城披上银白色的外衣。在丁昭珂看来，一切都是美好的，她看着留在白雪之上的脚印，设想着哪一行是张武备的，他的脚印从平原的深处，一直能够延伸到城里，那串脚印会是漫长的，却很扎实有力。当那串脚印来到她的脚下时，她觉得自己的脚印会和他并排而行，然后一起来到某个地点。两行脚印。那是浪漫的 A 城，那是战争中最美好的事情。可是提前到来的脚印并不是张武备的，而是姜小红的。她的脚印，孤单而令人充满了困惑。比约定的时间早了几天，姜小红将近中午时分敲开了丁昭珂的门，像以往来城里探听情况一样，她只身一人。丁昭珂说："我没想到是你。"

姜小红凄然一笑："我想到了。这个人必须是我。"

姜小红是来替张武备完成刺杀汪精卫的任务的。姜小红告诉丁昭珂，她根本就没有告诉张武备，她们俩已经谋划好的刺杀计划。那个计划，落入了她的思想，然后再没有释放出来。而张武备，一直在等待着机会的到来。她告诉张武备，等待是通向目标的唯一方式，虽然等待会带来焦躁不安，她提醒张武备，我们不能打无准备的战斗，丁昭珂一直在为此而努力。这个意外的消息令丁昭珂有些愤怒："你是说，他不知道汪精卫来 A 城的时间？他根本不知道我为此付出的努力？他一直蒙在鼓里，他一无所知？"

姜小红力图平息丁昭珂的怒火："不，恰恰相反，他知道。他每天都在浏览我从你这里拿回去的报纸，他看得很仔细，我知道，他是在那上面找你的名字。"

"我的名字？"

"是的，你的名字。每一次，当他找到你的名字时，我会发现，他的脸上会露出难得的笑容。"姜小红的表情矛盾而复杂。

丁昭珂的愤怒被那个温馨的场面所感染了一会儿，随即她继续质问："你没有告诉他，他就不会知道。他不会知道我为了这个计划操了多少心，他不知道我为了他牺牲了多少，他不知道，我对他的到来有多渴望。"越说越伤心，她呜咽着说不下去。

"他知道。"姜小红说，"如果他知道你已经有了刺杀的计划，如果他知道了你为此所做的努力，现在，站在你面前的那个人就是他，但是你想过后果吗？你想想，他能活着回去吗？你以后还能见到他吗？"

"这是个完美的计划。"丁昭珂喃喃自语道。

"不，没有完美的计划。"姜小红说，"自从我们俩开始打游击，打鬼子以来，就没有过完美的计划。"

张武备的缺席仍然令丁昭珂落寞和忧伤，她问姜小红："你能确保杀死汪精卫吗？"

姜小红摇摇头："不能，但是我能确保武备是安全的。"

距离春节前的招待酒会，还有五天。谈起早到的目的，姜小红直言不讳地说，她要寻找一个合适的机会，替张武备弄到一把勃朗宁手枪，比利时造的。她告诉丁昭珂，这是张武备最想得到的一件礼物。在随后的两天时间里，姜小红在日本军官经常出没的城西一带寻找着合适的时机，时机真的让她给碰上了，第二天的夜晚，当她带着一团的寒意和血腥敲开丁昭珂的门时，她的手里，真的握有一把特别精致的手枪，她气喘吁吁，显然是奔跑而来。她说，她碰到了两个喝醉的日本军官。此时，外面已经响起了刺耳的警报声。丁昭珂大吃一惊："那日本军官呢？"姜小红说："我没用枪，用这个结果了一个。另一个跑得快。"她亮了亮藏在绑腿里的匕首。这是计划之外的。姜小红请丁昭珂替她做一件事，就是把勃朗宁交给张武备。丁昭珂纳闷地问："为什么你不亲手交给他？"姜小红从容地说："我从来没有想过要活着回去。"姜小红告别时突然又想起了什么，她折返身郑重其事地对丁昭珂说："上次你不是问我幸福吗？我现在告诉你，为他死是最大的幸福。"丁昭珂还在回味着她那句话的含义时，姜小红已经匆匆地离开了。之后没多久，枪声就把 A 城的夜给吵醒了。整整一个晚上，她都在后悔没有把姜小红留下。

实际上，第二天就有消息说，击毙了龙之队的重要头目，而且是个女的，尸首被悬挂在最热闹的马市广场上示众呢。丁昭珂急匆匆地赶到马市广场时，只看了一眼那个血肉模糊的尸首，泪水便模糊了双眼，那个时刻，她想起了姜小红说的那句话"我能确保武备是安全的"的意义。

姜小红的尸首在马市大街仅仅悬挂了一天的时间，便莫名其妙地消失了。在美国女记者碧昂斯的书中，记录下了当时惨烈的一幕。那张照片与后来张武备被缚在塔上的照片放了一起，在雪白的背景中，已经无法辨别姜小红的性别，她的身体像是一件冻成冰的厚厚的棉衣挂在那里。张武厉还奉命在全城搜捕过姜小红的尸首，但是一无所获。有人说是张武备偷偷进城抢走了她的尸首，他们在深夜里看到过一个马队呼啸着从城中穿过，枪杀了看守尸体的士兵，但这个说法并不可靠，因为仅仅几天之后，张武备就成了阶下之囚；有人说，是不知名的市民在深夜里把她偷偷地埋在了自己家的后院里。好在，这个谜底保持的时间不太长，八路军攻下 A 城后，姜小红尸首的下落才真相大白。

18. 夜奔

在净心庵里，也时常能听到枪声。有时候近，有时候则很远。但是枪声并不能影响张如烟沉静下来的心。所有的声音，当它们越过净心庵那低低的、爬满了枯草的墙头，在庙宇间游走时，它们会被迫地慢下来，静下来，声音会变成一丝的雾霭，一株青草，一个静止的风铃，一张毫无表情的脸，一颗没有欲念的心，一片夕阳中的阴影。

芙蓉花早已凋谢。张如烟开始像一个正常的十四五岁的孩子那样生活，思考、读书、念经文、刺绣、种菜。矮矮的墙，似乎把她和以往三四年的生活完全隔绝了。她暂时学会了忘记。忘记使她变得比实际年龄还要小，仿佛回到了童年。但是当夜晚来临，当夜色浓重地涂满了整个世界，那些声音会慢慢地重新生长出来，白天里安静下来的声音，此时，会像幽灵一样从草丛中、石头台阶上、经书里、佛像旁、枕头边，缓缓地爬出来，爬进她的耳朵里、神经里，声音渐渐地大了，把她由一个孩子变回一个成人。她会听到一个人在月夜中喘息，看到一个人在黑暗中僵硬地行走。她会突然从沉寂的夜晚中坐起来，侧耳细听，是的，在那些潮水般的声音的裹挟中，一个特殊的声音会变得更加清晰异常。啪嗒啪嗒。她从床上爬起来，像是那些声音一样。她偷偷地打开了院门，张武厉骑在马上，全副武装地顺着院墙在徘徊。张武厉说："我本可以用枪把院门轰开。"张如烟斥责他："不许在这里撒野。"他把张如烟抱上马，拥着这个瘦小的身体扬长而去。那是无法阻止的梦游。夜晚守城的士兵，总会看到他们的营长，把夜色当成自己的风衣，风卷残云般地奔出城去，没有人看得清马上还有另外的人。当夜色即将消失，营长会风卷残云般地返回。营长的马蹄声，也无法扰乱他们困顿的睡意。他们懒得理会营长这个特殊的嗜好。

城外是另一番天地，他们纵马奔跑的样子，除了广阔无边的夜色，没有人能够看到。被张武厉拥在怀里的张如烟，像是一个进入梦乡的孩子，在颠簸与枪声之中，她睡得格外香甜。梦游会在某个地点结束，张武厉的枪声传到城里时会变得像是掉到地上的一个杯子。子弹会穿透一棵树，或者打在一只夜晚觅食的动物身上。在那些日子里，城外的居民，时常能够在清晨捡拾到一只野味，兔子、野鸡，甚至猫头鹰。

一场毛茸茸的雪，使夜色变得透明而稀薄，行走在街道中的马儿，声音会隐藏于雪中。净心庵的墙外，马蹄的印迹已经被一条没有雪的小路所淹没。那个落雪的夜晚，张武厉的梦游会有太多的焦躁和不安发生，墙头里边寂静无声。庵门迟迟不能打开，多少次他已经掏出了手枪，可是想起了一句话"不许在这里撒野"。一个女孩子的话会使他变得安静下来，再安静下来，仿佛他自己成了净心庵里的一员。当马儿开始为毫无意义的踱步而直想大声嘶鸣时，张武厉只好选择了放弃。马儿在夜晚的城市里撒欢地奔跑，马蹄声因为雪的缘故并不清脆，有些闷，没有多大的回音。郁郁寡欢的张武厉看到了一个奔跑的人，就像是他在城外梦游中的一个猎物，眼中的猎物奔跑的速度并不快，在雪地里很清晰，影子是阴黑色的。焦躁立即得到了释放，他的双腿夹紧了马肚子，马儿快速地向人影靠近。手伸向腰间，掏枪，举枪，连贯的动作一气呵成，只是怀里少了一个人，感到空落落的。深夜的城市变得似乎小了许多，转眼间，人影就接近了，从奔跑的马上看那个同样在奔跑的人影，人影似乎变得比较缓慢。人影晃动着，并不剧烈，和黑暗中的一只兔子没有什么区别。一丝梦游中的兴奋从身体上传达到他的手指上，枪声响了。不是一声，而是连续的五声。枪声划破了Ａ城的夜空。仿佛比城外的回音时间更长。被打中的人影与城外的猎物略有不同，没有立即倒地，而是继续向前迈了几步，晃了几晃才栽倒在地上。远远地看去，被打倒的猎物一动也不动，就是一个小小的黑影。欢快的马儿随即就来到了面前，马儿低下头，用它的鼻子嗅了嗅倒在那儿的人影，马儿呼出的气把张武厉的视线挡住了，一个女的。像是城外的梦游一样，他只是匆匆地看了看被打倒的猎物，便策马而去。在空寂而寒冷的街道上，那团黑暗渐渐地不再动弹。

那天晚上，在净心庵里忍受着恶心的煎熬，张如烟听到了那几声枪响。恶心和伴随而来的呕吐，使声音躲进了黑暗之中。第二天，张如烟也赶到了马市广场，她看到了悬挂在那里的那个女人。她端详着悬挂着的女人，女人的脸低垂着，像是在盯着她。女人的眼睛是睁开的，女人牢牢地看着她，目光随着她身体的移动而转动。她怎么躲也躲不开。即使她匆匆地逃离了马市广场，女人的目光仍然跟随着她，从广场到净心庵。她突然好像听到了一丝的哭声。那哭声像是从悠远的地方缓缓飘来，唤起了她久违的一些记忆。

19. 谢幕

我母亲也目睹了马市广场上姜小红的惨状。

她的心情很压抑，便约丁昭珂一起出来走走。两个心有默契的女人，时常会聚在一起。有关张武备的几乎所有的传说和故事，都是她从丁昭珂那里得到的。她说："你比我更了解我的那位堂兄。在我看来，他更像是平原上的一阵风，飘忽不定。"

"那是因为他值得去了解。"丁昭珂的目光仿佛能透过时空看到平原中策马奔驰的那个人。

我母亲，早已察觉了好友的心思，她说："你是不是爱上他了？"

丁昭珂没有害羞，她迎接着母亲的目光："是的。我已经无法自拔了。"

我的母亲，当听到这个确切的回答后，重重地叹了口气。不知道她是为他们不可知的前途担忧，还是联想到了自己。

此时，姜小红死去的样子还在母亲的头脑中徘徊。她问："这个女人和我的表哥什么关系？"

丁昭珂略微犹豫了一下说："她是为武备而死的。"

说完她失声痛哭，她突然间想到了旗袍，想到了姜小红那件紫色的旗袍，那件根本不适合穿在她身上的旗袍。她不知道，那件不合身的旗袍，此刻待在哪个角落里。她特意让我母亲陪着她去了一趟绸缎庄，一边走，一边给我母亲讲述姜小红的旗袍的故事。

"这个女人，真令人悲伤。"我母亲说。

在那里她左挑右选，母亲问她："你要做什么？"丁昭珂说："姜小红的嫁衣。"最后她挑选的是一件大红色的鲜艳欲滴的旗袍，上面绣着大朵的玫瑰花，她设想着那跳跃的颜色穿在姜小红身上的情景，然后说："是的，她可以出嫁了。"那件旗袍，虽然最终没能穿在姜小红的身上，但是在半年之后，当姜小红的尸首重见天日之时，丁昭珂还是把这件红红火火的旗袍和她合葬在了一起，她希望姜小红会喜欢它，会在天堂里穿上它。

　　因为发生了姜小红事件，欢迎汪精卫的酒会临时改在了位于城墙根下的绥靖军兵营，张武厉带领着士兵们正在紧张地布防。我母亲说："我觉得我二哥像是热锅上的蚂蚁，整天不着家。什么时候他一忙起来，我心里就发怵，发慌。我就知道要出大事了。我真的不希望再有人死，马市大街上的悲剧不要再重演了。"

　　丁昭珂说："我也是。没有人盼望着死亡。可是，一个寂寞英雄的心，我们是永远猜不透的。"

　　母亲告别丁昭珂去了二哥的兵营。她在那里等着见黄永年。可是等了半天也不见他的面，便直接去找张武厉。张武厉责怪她到处乱跑，并且吓唬我母亲："小心把你当八路军奸细抓起来。现在牢房里可空着呢。"张武厉拗不过母亲死缠烂打，便叫一个卫兵带着她去找黄永年。在一个大大的像是车间工厂的房子里，母亲看到了黄永年。那个像是棚子一样的房子，屋顶很高，抬头能看到粗粗的横梁，黄永年正站在一辆军用的吉普车上，指挥着爬在房梁上的士兵悬挂两条宽大的欢迎的条幅。卫兵说："他就在那儿。"说完便把母亲一个人留在那里。那是母亲最后一次见到黄永年。屋子里很乱，人很多，声音很嘈杂，不时有人经过母亲的身边，并向她身上投下狐疑的目光。看得母亲脸都红了。她轻声喊了一声，黄永年并没有听到，他继续站在那里，仰着头看他们，黄永年在和士兵们说："往左一点，再往右一点。"母亲一连喊了三声都没有回应，便站在那里观看黄永年干活。黄永年穿着一身的黄色军装，母亲极不喜欢。母亲一直在那里站了有一个多小时，黄永年都没有停下来，母亲最后只能失望地离开。连母亲也不知道，那一天她那么迫切地想要见到黄永年是什么原因。当她失落地走出兵营时，她的脑子里浮现的是寒冷雪地里凄惨的姜小红，而不是黄永年。

　　就像丁昭珂预言的那样，她无法阻止张武备永远向前奔跑的心。姜小红的尸首出现在马市广场的当天深夜，张武备就潜入了 A 城。他是从城墙上爬上来的，他把爬墙用的工具放在了丁昭珂的贮藏室里。昏暗的灯光下，他的眼睛通红，他说："我想去看看她。"既感到惊喜又悲伤的丁昭珂阻止了他。她说，马市广场附近，布满了便衣和警察，你没等接近她，就已经暴露了。

　　躲藏在丁昭珂家的张武备，心情极度低落，失去了广阔的平原，张武备等于是鱼儿离开了水。即使姜小红用生命为他换来的勃朗宁，也无法抚平他悲伤的心。因为缺少睡眠，他的眼睛始终有些肿，眼丝发红，不像是一个令人闻风丧胆的游击队队长。但是他坚持要完成刺杀的任务："为了小红，也为了我。"丁昭珂坚决不同意，她说，姜小红之所以不告诉他整个的刺杀计划，之所以单枪匹马地独闯虎穴，是因为她知道这里面蕴藏着多大的风险，丁昭珂说："她希望你活下去。她希望平原上还有那个威风凛凛的龙队长，那样的平原才是她最希望看到的大平原，你不能辜负她的期望。那样的话，她的死就一点儿意义也没了。"

"你不知道，她对我多么重要。"张武备，第一次向其他人讲述姜小红，讲述他心中的那个女人，讲述那个容易被人忽略，同样也一直被自己忽略的女人，"是她造就了现在的我。可以说，如果没有她，就没有我。在逃离东清湾前，我是个胆怯的孩子，就连我的父亲，也对我这种懦弱的个性深恶痛绝。在最初的日子里，只有我们两个人，我们用简陋的猎枪去对付装备精良的鬼子和汉奸。老实说，我不喜欢战争，不喜欢血腥，更不喜欢死亡。它们都让我感到窒息。这样的一个我，是不可能成为一个游击队的队长，更不可能成为一个人人赞扬的英雄，但是我做到了。确切地说，不是我做到的，而是她，姜小红。她是我的影子，但更应该说，我是她的影子，她的所作所为，都是在为我铺路，而她自己，完全隐在了幕后。我想，龙队长，或者英雄的称号，是应该送给她的。但是对于我，她又那么柔顺，丝毫也不强势，她喜欢躲在我的身后，她喜欢把我推到前台的感觉。我不会恐惧她，却往往忽视她。现在想来，她是在塑造我，也是在纵容我，放纵我。渐渐地，我的思想发生了变化。我开始有了自信，有了身份的归属感，有了队长的威严，有了所谓英雄的高高在上的感觉。"

"哪一个张武备更好呢？"丁昭珂小心翼翼地问。

张武备的眼睛迷离而恍惚，他看着墙上的一只挂钟，仿佛在思量自己短暂的游击生涯。短暂却很漫长，像是过了很多年，有太多的往事拥挤着来到他的思量之中，它们争斗着，纠缠着，"我不知道。我真的不知道。"他重重地叹了口气。

他的头发有些乱，像是他的眼神，丁昭珂很想站起来，靠近他，把他的头抱在怀里，抚摸他乱乱的头发，她没有。她坐在那里，一动也不动，烛光开始摇曳，其实屋子里并没有风。张武备在沉默。烛光把两人的影子映在墙壁上，因为烛光在两人中间的缘故，所以两人的影子分别投在了两侧的墙上，丁昭珂正好可以看到张武备的影子。一颗不屈的头颅和浑厚的身躯。随着烛光的摇晃，影子会突然变得倾斜一些，然后再纠正过来。看着那不断变换的影子，丁昭珂问："你知道吗？姜小红，她也是个女人。"

"女人？"张武备低声说，显得很犹豫。这个词，他似乎从来没有想过，但是明显的，在这间陌生的屋子里，他的思想有些摇摆。他开始觉得有许多以前没有过的东西在屋子里流淌着，很湿润。

"你还记得上次你们来城里，你来找我，而我去了北平，去和碧昂斯会面。你在城里突发奇想地想要找到一个目标射杀，也许你对这个城市里的人都充满了怨恨，这个城市让你感到了不舒服，你想要制造一些属于你的记号。让这个城市也融入你的大平原的游击之中。也许，这都是我猜测的。你还有另外的想法……"

"你怎么那么清楚，对我的事情？"张武备没有抬起头，那个夜晚，他感觉到这个女人的目光比在山冈上时更加深邃。

平原其实已经远离了这间夜晚的屋子，平原在远处，在遥远的地方，它是一个点，模糊的点，它隐藏了起来，在黑暗中。而对面的这个人，脱离了平原的这个传奇似的人物，他显得局促悲伤，焦躁不安，甚至有一丝的迷茫。是的，远离了广阔平原的龙只能像一条蛇那样蜷曲着。丁昭珂叹了口气："也许是我的错，真的不应该把你们引到城市里来。"

"为什么？"

"因为这里污浊而狭窄，容不下你自由的心。"

张武备低头沉思着。

"女人，我接着说女人的话题。"马市广场上的姜小红的样子始终在丁昭珂的眼前晃荡，"你从来没有发现过，姜小红是个女人。也许她自己也没意识到这一点。当她意识到这一点的时候可能已经晚了。就是那次你们的 A 城之行，她买了一件旗袍，紫色的旗袍。我和碧昂斯在山冈上时，她穿给我们看过。说实话，那件旗袍穿在她身上并不合身，也和她不相配，不知道她当初是如何挑选的。"

"旗袍？紫色的？"张武备陷入了记忆的盲点之中，无论如何，他都无法从记忆的河流中打捞到旗袍的印迹，"她为什么要买旗袍？"

"因为你。"丁昭珂看着他乱乱的头发，想要上去抚摸头发的念头越来越强，有一股力量在手上快速地聚集着。

"那件旗袍在哪里？"张武备突然抬起了头。

丁昭珂摇摇头："我不知道。当时在山冈之上一个包袱里。后来去了哪里，我就不得而知了。但是，现在我这里有一个。是我专门为她买的。我觉得穿在她身上一定很合身。"

她把那件大红色的旗袍展示给张武备看。在烛光中，那件旗袍的颜色有些阴沉，红色变成了暗红色，夺人的光芒收敛了许多，但仍然让张武备透过那暗红看到了姜小红。他含着泪说："我看不到她。"

"因为在你眼里，她从来都不是一个女人。"丁昭珂说。

张武备很喜欢丁昭珂挑选的这件旗袍。他把旗袍拿在手里，丝绸旗袍所散发出来的味道扑鼻而来，有点像是夏天平原上的麦子的味道，香甜而透出一股暑热。旗袍在飘，黑暗中它的颜色已经看不出来了，整个夜晚都是一样的颜色。

丁昭珂在张武备的那间屋子外面拦住了他，雪后的夜色映衬着，能够看得到他脸上的轮廓。"你要去哪里？已经是后半夜了。城里不安全。"丁昭珂关切地说。

他手里提着一个小包裹，"我不能不去看她。谢谢你的旗袍。我要替她穿上。你说过，在我眼里她从来没做过女人，这个时候，如果再不给她穿上，恐怕再也没有机会了。"

丁昭珂最终还是无法劝阻打定主意的张武备，被浓重夜色包裹着的游击队长，已经忽略了城市的局限，他平原般的野心已经飞到了姜小红的身边。因此，在凌晨时分的 A 城，他们慢慢地靠近马市广场。寒气把 A 城冻得仿佛缩小了许多，就连那座塔，在雪夜之中也显得细长细长的，天空更近，更压抑。但是那个夜晚，注定不是属于张武备的，他的一腔热血也注定只能深深地埋藏在内心。他们离马市广场还很远时就听到了稀稀落落的枪声，马市广场也很快被越聚越多的士兵包围住了。他们没有看到悬挂着的姜小红，他们也不知道，枪声和姜小红有什么关系。张武备想要给姜小红穿上旗袍的梦想也无法实现。整整后半夜，无法入睡的张武备都试图在旗袍的引领下看到一个容光焕发的女人姜小红的模样，但是他的努力屡屡无功而返。直到天光大亮，丁昭珂才得到了消息，示众的姜小红不见了。丁昭珂十分严肃地说："统一的口径是你深夜带着马队进城，抢走了姜小红。"

深深地感到悲伤之后，张武备问："是谁？"

丁昭珂的目光一样迷惑不解："除了你还有谁，如果你不在我身边，我也会以为是你。"

"是谁？"张武备低吼着，像是困在笼子里的一头野兽的吼声。

丁昭珂安慰他："不管是谁，都是出于好意。没有谁想看到一个同胞那样悬挂在那里。可能是任何一个人，这个城里的任何一个人。放心吧。就算穿不上这件旗袍，她的灵魂也能够在天堂里安歇。"

这个意外，加快了他实施刺杀的计划。新年前的最后一晚，丁昭珂一直以来强大的自信突然消失了，她看着这个痛苦的男人，那个英雄画面的憧憬，慢慢地后撤了。她发觉自己有点像是临终前的姜小红，开始替一个男人的生命着想，而不是一个崇高的目标。丁昭珂已经知道自己不可能说服他放弃，她的任何理由，在悲伤而自信的张武备面前都显得苍白无力。在最后一个夜晚，她重提女人这个话题，她终于无法忍受想去抚摸他乱乱的头发的念头，冥冥之中，仿佛是姜小红在牵引着她走近了枯坐着的张武备，她把手放到了他的头发上，纤细的手指伸进了浓密而乌黑的发丝里，真硬啊！她在心里说。

"一个女人。"她的话像是从心底里溢出来的水，"还在等待。"

张武备默声不语，只有在丁昭珂面前，他才能感觉到好久未有过的羞涩和战栗，那显然是她所说的女人的作用。

丁昭珂继续让水从身体里向外流淌："你能让她的等待停止下来吗？"

张武备盯着昏暗光线中的影子，此时，他们的影子被烛光绞在了一起，看上去纠缠不清，"我也在等待。我在等待着一场振奋的战斗。"

那是一次十分艰难的摊牌，当丁昭珂终于在那个难忘的夜晚吐出她心中郁结很久的感情时，那个夜晚并没有像以往那样正点到达黎明，相反，它显得悠长而缓慢。她的手紧紧地抓着那硬硬的头发，仿佛抓住了一个男人传奇般的故事，它们凝结成一根根粗壮的头发，此刻就在她的手心里，她觉得很实在，它们就在她的掌握之中，她说："我喜欢你。你也喜欢我吗？"

张武备的双手搭在他的腿上，旗袍就在他的双手上，闪着沉郁的光，沉默，然后才说："这个问题那么重要吗？"

"对我来说，非常重要。"丁昭珂说。她觉得自己的心就在那光滑的旗袍上跳，滑动。

他想了想。他思考的样子，在两天之后就永远地留在了丁昭珂的心里，她觉得他已经有了答案，只是这个答案可能在姜小红的死面前，显得太不合时宜了，他拍了拍手上的旗袍说："那么好吧。等我把汪精卫杀死，等我重新回到你这里。我再回答你。"

丁昭珂无奈地说："好吧。我等着。"

丁昭珂等待着的回答失去了最佳的时机，也就再也没有机会了。因为当黎明终于缓缓到来后，张武备却踏上了一条不归路。

那是中国农历年的大年三十。酒会开始的时间是上午的十时。一大早，雪已经彻底地停了，街道上已经有三三两两的人，因为姜小红事件，和即将到来的酒会，主要街道上巡逻的士兵多了一些。这给城市带来了一些紧张的气氛。从窗户向外张望，张府那座未完工的塔，在清冷的空气中显得笔直而坚挺，多了一些阴森的意味，少了一些霸气。因此，她忧心忡忡地对张武备说："我已经后悔了，我并不认为这是个好主意。也许以后还有机会。"

"我没法等待。那样我会发疯的。"张武备的精神并不好，他的脸色因连日的睡眠不足而有些发灰。

那天清晨，雪霁之后的阳光透过窗子照进来，照亮了屋子的一小片。张武备老实地坐在那片阳光中，那是丁昭珂要求的。他像个听话的孩子。丁昭珂用梳子为他精心梳理着头发，一下，两下，三下……他的头发很硬，很不听话。丁昭珂问他："如果此时，我让你放弃一切，放弃你的游击队，放弃平原上的梦想，你能答应吗？"

张武备摇着头："不能。"

丁昭珂笑了："我知道了。如果你能学会放弃，也许我就不会爱你。我不会阻止你了。你想怎么延续你的梦想你就做吧，你想怎么延续你的传奇，我都不会拦着你。"

好吧，这是冗长的两天。在结束的那个清晨，梳理头发，使张武备第一次感受到了女人的温柔，一些留恋的念头只是转瞬间的事，随即，便消失了。同样，丁昭珂，她女人的天性也在那个清晨全部地释放了。那些坚硬的头发，在她轻柔的梳理中，慢慢地顺滑了，变得乖巧了，它贴在坚强的头颅之上，像是随时待命的士兵。在此后长达数十年的时间里，她女人的天性都被包裹起来，留给了一个人。她也一直记得，那个被雪装点的大年三十的上午，明晃晃的阳光，缓缓移动的梳子，整齐的头发。

还有衣服、领带、皮鞋，当然，还有眼镜。这些是早就准备好的。丁昭珂，甜蜜的准备。无数次的遐想。一个英雄的整装待发。一个完美的任务的结束。幻想中的好消息。传奇会从平原延续到城市。张武备，极不习惯身上的西装，对那样一副平镜非常不适应。他说他想起戏里边的那些小丑。

丁昭珂说："你要杀的那些人才是小丑。"

时针开始变得快起来。冗长的等待突然开始了加速。他们一起走出了丁家的院子。塔的影子开始偏向西，它的一半，看上去有些发青，像是有水从塔顶向下泄。街道上，马车、汽车，开始向一个地方汇集。丁昭珂有些紧张地抓住了张武备的衣袖。张武备笑着安慰她："没事。他们比我们更紧张，更害怕。"

后来丁昭珂向碧昂斯描述那天上午的整个过程时，神情丝毫也不忧伤，她的自豪与骄傲令碧昂斯感到困惑。碧昂斯在《平原勇士》中写到了那个她缺席了的酒会：

> 丁的描述与后来报纸上所报道出来的有一些出入。因为我曾翻阅那个时期华北临时政府所出的报纸，但是我宁愿相信一个热恋中的女人的话。她的话虽然经过了思想的过滤和华美的修饰，但更接近真实。我书中最重要的一个人物，就要匆匆地谢幕了，他的谢幕有些悲壮，更有些莽撞。而丁却并没有加以阻拦。她知道，如果让一个斗士，龟缩在一个女人的卧室里，等于谋杀了一个英雄。丁说，那是我看到的他最伟大的英雄壮举，所以我此生不后悔。她的脸上还微微地有一丝的笑容。那天上午，张武备并没有能够进入兵营，在兵营外面，张武备刚一掏出通行证便被一拥而上的士兵们包围住了。他们对此早有防备，一个早就织就的大网正等待着他。丁被他们分隔开来，她只能隔着不断晃动的人，偶尔看到张武备的身影。丁说他掏出了勃朗宁，这比他预想得要早。他一连打倒了五个士兵，几乎要冲出一条血路。显然提前有一个命令，不能一枪打死他。所以命令成了士兵们的顾忌。士兵们的束手束脚给了张武备展示他英雄本色的机会。丁说，他左突右挡，如入无人之境。包围住他的士兵渐渐地抵挡不住，包围圈被他撕开了一个口子。丁断言，如果是在广阔的平原上，他能得到更大的空间和自由。他会轻易逃脱的。他的身手比一只兔子还矫健。从远处的炮楼上打出来的黑枪成了他谢幕的标志。子弹出自张武厉手中的那管猎枪。

而那管猎枪，正是张武备在张家门口打死常友顺时丢弃的。张武备捂着腿歪在了那里，士兵们蜂拥而上，把他摁倒在地。丁说，她看到了一副眼镜，它从人群中飞出来，飞到空中，然后落入了惊慌失措的人群之中。眼镜的光芒只是闪了那么一下。张武厉分开众人，走到张武备的面前，用猎枪顶着他的身体说，老天是公正的，不能总是你赢的。老实说，张武备的被捕并不算是十分的曲折和生动，也并不惊天地泣鬼神，但丁反复说，那是她看到的最伟大的，一个传奇英雄的表演。

在张武厉兵营发生的故事远没有结束。欢迎仪式并没有因为张武备的被捕而受到影响，相反，不久之后，在布置一新的兵营里，汪精卫在众人的簇拥下出现在了记者们的闪光灯下。丁昭珂几乎没有看到汪精卫长什么样，她的脑子已经完全被悲伤所占据，眼泪在心里流淌，淹没了她的视线。她只是听到了密集的枪声。那个隆重而热烈的欢迎仪式就突然中断了。她既没有看到汪精卫被击中的场面，同样也没有看到，身着军服的黄永年被乱枪打死的样子。只是后来，从我母亲的嘴里，她才知道，那个开枪袭击汪精卫的人是黄永年，而黄永年身中数十枪，母亲泪眼模糊地说："他就像是一个靶子。"母亲说他见过二哥兵营里的靶子，它们伤痕累累，全是枪眼。

黄永年的身份始终是一个待解的谜团。张武厉后来曾严厉地询问过他的妹妹，他指责母亲隐瞒了康顺利的真实身份。母亲并没有揭开那个隐藏在她内心的秘密，她坚持说他叫康顺利，是她经别人的介绍才互相认识的。母亲哭着说："如果我知道他要刺杀汪精卫，我还会和他谈恋爱吗？"我的母亲，把自己关在屋子里，不吃不喝，独自承受着这无法解释的打击。哭泣一直持续了三天三夜。对我母亲来说，这三天三夜，才是真正的声音消失的过程，不过，与黄永年所说的缓慢而痛苦的过程相比，母亲告别声音的时间很短暂。在寂静的屋子里，弥漫着死亡的味道，浓厚而密集，就是在这样的氛围之中，我的母亲产生了一种幻觉，她觉得，那个叫作黄永年的恋人，仍然是停留在四年前的那个人，他意气风发的形象，他喜欢冲动的性格，他脆弱的神经，都无比清晰，它们越过时间和空间的距离，来到她的面前。而随着冬天来到的那个人，那个左颊上有着一道深深的疤痕、头发长长的人，真的叫康顺利，他来自哪里，他要来干什么，她一无所知，这个叫康顺利的人，快速地从她的思想里潮水般地退去，冬天的爱情，好像从来没有发生过一样。而以前的那个人，站在她屋子里的每一处。

第五章

20. 生与死

在县志上，关于那年春节的战斗只提到了几个数字：毙敌若干，东清湾村壮士牺牲 64 人，其他乡镇壮士牺牲六十余人。除了东清湾村的死亡人数有据可查，因为那个没有话语的村庄里，他们用心去记住了每一个出走的人。总的阵亡数字无法考证，只能有一个大概，一百二十多人。那是农历的大年初一，在 A 城的城墙下面，屈死的冤魂的数量。

A 城，大年初一来得比往年偏晚一些。或许是因为一连串的令人眼花缭乱的枪杀消息仍在人们的心头游荡；或许，是因为关于这个城市命运的忧虑，没有人知道，A 城将向何处去。据说，受伤的汪精卫已经被火速地送往上海。而另一条消息，也让 A 城处于风雨飘摇之中，有关八路军正在秘密地集结并准备攻城的小道消息甚嚣尘上，有人还提到一个名字，那个名字曾经与一次大规模的全城搜捕紧密相连，老杨，据说是攻城部队的总指挥。

仍然有一些零星的鞭炮声，春节的气味渐渐地有一些了。但是随即而来的更加响亮的声音，使这个特殊的春节有了另外复杂的含义。声音来自城外，当声音突然响起时，没有人意识到那是一次攻城略地的大举动。就连仍然交织于昨日抓捕到张武备的喜悦和因汪精卫被刺的失职而悔恨中的张武厉也没有想到，那声音有什么特别，他更不会想到，这场有组织的攻打城池的战斗与张武备有关。当他急匆匆地赶到城墙上时，发现城下已经是战火纷飞了。城下，数十米开外的地方，已经黑压压得满是长长的枪支了。不知道从夜里何时起，一些马车、草料、土堆，形成了一个蹩脚而并不坚固的掩体，那支不知从哪里来的未知的队伍躲在掩体后，拼命地向城头放枪，扔手榴弹，子弹沿着混乱的轨迹像是被惊扰的鸟儿从耳边划过。守城的士兵刚刚从睡梦中惊醒。他们还不明白是怎么回事，有的士兵还以为是春节的礼炮呢。等他们明白过来是一次突如其来的袭击时，已经有守城的士兵中弹了。大年初一，便被那些慌乱的子弹给彻底地搅乱了。

A 城迅速地从睡梦中、从年关中苏醒了。人们从家里跑出来，在拜年的路上掉转方向，向城头跑去，城头已经被匆忙赶来的士兵们挤满了，绥靖军、日本兵，甚至警察，倾巢出动。放弃了过年的人们，等在城里，侧耳倾听着密集的枪声，揣测着是什么样的部队在攻打 A 城，他们忐忑不安地互相交流着 A 城的命运。莫名的惆怅和忧虑写在每一个人的脸上，春节就在一种未知的茫然若失中悄悄地结束了。

攻城的战斗仍在继续。而实际上，战斗持续的时间并不长，因为一旦守城的士兵们反应过来，一旦城内的子弹和炮弹不停歇地像雨点一样向城外倾洒，城外的火力便明显地处于下风了。半个小时，这是后来人们记住的战斗的全部时间。

清点城外的战场时，才知道攻城的人是些什么人，他们头箍红色的头巾，张武厉说："是来救张武备的。"

死亡的魂灵不会说话，没有一个人能够把他们心里的想法说出来，所以，那几乎是一场无声的战斗，没有人知道，他们是如何获得了张武备——他们的队长被捕的消息的；没有人知道，他们是如何一致决定要来解救龙队长的；更没有人知道，他们是如何经过一夜的长途奔袭，在大年刚刚拉开序幕之时到达 A 城的；同样，也没有人知道，他们疲惫的身体里蕴藏着多大的能量和信心。

一百二十多人，无一幸免地把生命留在了城外还未散尽的硝烟之中。守城的士兵们看着仍然握在他们手中的那些粗笨的武器，真不明白他们竟然来攻城的勇气从哪里来。所以当士兵们把他们葬在城外的一个大大的土坑中时，他们向天鸣枪十六响，表达了对他们的敬意。后来那些参加过 A 城之战的护城士兵每每谈起那些一心赴死的人，总是说："他们的脑子里根本没想过死，他们从来没有想到过退缩。有一些骑在马上的人，他们的战马一直向前冲，有的马倒在了刚刚出发的地方，有的马和人翻到了护城河里，还有的马和人，被打倒后痛苦地纠缠在一起，人从马的辗压下站起来，仍然向城里奔跑，直到再次被击中。"

直到八路军攻打下 A 城之后，在陌生的 A 城城郊的那些冤魂才被请回了东清湾，他们和自己的队长一起长眠于东清湾的村东头，他们的亲人们，为他们竖起了一座座刻着他们名字的石碑。春天里他们能够嗅到平原上麦子成熟的芳香；冬天，他们能够听到刮过整个平原的强劲的风。无论春夏，他们都能听到他们的队伍驰骋在广阔平原上的铿锵有力的声音。

这是龙之队彻底地以悲壮的方式与他们深爱的平原诀别，与他们深爱着的队长说再见。张武备第一时间里知道这个消息是从张武厉的嘴里，战斗一结束，张武厉就迫不及待地来到了关押张武备的大牢里，他脸上挂着欣喜的笑容，对身着沉重镣铐的张武备炫耀着："你的队伍被彻底地消失了。从此以后，没有你龙队长，也没有了龙之队。"

张武备没有回答，他紧紧地闭上眼，泪水顷刻间流了下来。

"如果你想看看他们。看在我们是兄弟的情分上，我可以徇情枉法一次。"张武厉看着流泪的张武备，心情良好。他时刻记着躺倒在他脚下的侍卫的血，还有猎鹰行动的失败。"平原上你是一个精灵，你可以自由驰骋，我无法奈你何，可是现在是在 A 城，我的地盘。在这里，每一条街道都是我的神经，每一棵树都是我的手臂。"

不管张武厉如何挖苦和讥讽，张武备都没有说一句话。在那个潮湿而黑暗的屋子里，他第一次开始想念自己的父亲。父亲的形象，在很长时间里已经模糊了，他甚至想不起父亲头上的头发是不是已经稀少，想不起父亲的眼睛是不是已经花了。而此刻，当辽阔的平原退到黑暗的另一方，他分明看到了平原向他敞开的光明的道路，他看到了父亲正在向他走来，父亲的模样清晰异常，他像一个年轻人一样健步如飞，像一个孩子那样快乐地大笑着，他又像是一个沉思的老人那样严肃地盯着他看。在父亲的注视下，他感到了羞愧，感到了脸红心跳。他情不自禁地叫了一声："父亲。"他洪亮的声音吓了张武厉一跳。

张武厉永远不知道他的兄弟心中所想的内容。除了令他感到痛快淋漓的复仇的快感，居然还有一丝的恐惧，就算是在那样的环境中，就算是张武备已经完全失去了行动的自由，完全被解除了武装，仍然有让他胆寒的东西在屋子里飘落，这让张武厉神情一紧。身体不自觉地颤抖起来。他匆匆地告别几乎哑巴了的张武备，回到了值得自豪的已经结束了的战场上。只有在那里，张武厉才彻底地摆脱掉身体深处的寒意。

张武备的生命，到了倒计时的起点。从初一到十五，除了日军宪兵队和市政大院偶尔响起聒噪的鞭炮声之外，整个 A 城陷入死寂一般的沉默。就连张灯结彩的张府，也失去了往年的热闹和喜庆。大年初二的早晨，来到监狱里看望张武备的是他的伯父张洪庭。伯父和他一样沉默寡言。监狱里的光线很弱，伯父的身影一动也不动，他在伯父的身上看到了父亲的影子，于是便情不自禁地叫了一声："大伯。"

张洪庭有些老泪纵横，他突然间打开了感情的闸门，"这都是命。没有人能够违抗命运的安排。你也认了吧。虽然命运让我们有着千丝万缕的血缘关系，可是又安排你和你的兄弟们走在不同的道路上。你不能怪他们。"

张武备伸出手抓住了伯父的手："我谁也不怪。大伯，你还记得我们村子里有一年闹鼠疫吗，我还只有四五岁，我们村有一大半的人都死于那场鼠疫。从那以后，我一见到老鼠就怕得要命。但是昨天晚上，我的身边有一群老鼠，我一点儿也不怕了，我用手腕和脚腕上的铁链子，砸死了有五只。你看看，大伯，它们就躺在你脚下。"

张洪庭没有低头看死了的老鼠，他伸出手抚摸了一下张武备的头，叹了口气："我们会想念你的。"

临走的时候，张武备突然说："大伯，我有一个请求，您能答应我吗？"

张洪庭不假思索地说："什么事情我都能答应。"

张武备说："我不可能见到我爹了。他也不可能亲耳听到我再叫他一声爹了。我想叫您一声，可以吗？"

这个请求让张洪庭稍感意外，但他还是说："好吧，孩子。"

"爹。"张武备动情地叫道，声音有些哽咽。

张洪庭虽然有些不太习惯，还是勉强答应道："哎。"

直到走出空气污浊的监狱，张洪庭还在回味着张武备那声呼唤。突然一只老鼠蹿出来，他用脚去踢，没有踢到，便狠狠地骂了句："该死的老鼠。"

第二个来的是张武通，他的大堂兄，他是最匆忙的一个，只待了有五分钟。他和这个大堂哥从来没有说过多少话。所以，当他站在自己的面前时，他也不知道如何与他对话。张武通看上去心事重重，出于礼貌，他是来做最后的告别的，他小心地开腔了："老实说，我们没有什么共同语言。之所以我还站在这里，只是因为我们血液里流淌的那东西出自同一血脉。血脉这个东西，有什么值得我们顶礼膜拜呢？我不大相信。我只相信秩序。秩序不是靠鲜血，靠打打杀杀来实现的，而是靠自觉地遵守。"他丢下了这套含糊的话扬长而去。是怪罪，还是自说自话，张武备就闹不明白了。

我母亲也见到了最后的张武备。我母亲在那里待的时间最长，哭得也最伤心。丁昭珂想和她一起去，但是没有得到允许。母亲一见张武备就哭了："这是怎么了，先是彩虹，现在又轮到了你。"

张武备笑着说："真是可惜，没有杀掉大汉奸。"

母亲告诉张武备，已经有人替他做了这件事。

张武备略微感到有些意外："有人做了？是谁？大汉奸死了吗？"

母亲犹豫片刻说道："刺杀汪精卫的人已经被他们乱枪打死了。不知道是干什么的。汪精卫生死未卜。"

张武备仰天大笑："苍天有眼啊。"

母亲问他还需要一些什么。

张武备说："什么也不需要。只是有一些牵挂，我的兄弟们还好吧？"

母亲略微愣了一下，才明白他问的是游击队的那些兄弟们，她摇摇头："我只看到了他们逝去的样子。他们的手里握着枪、手榴弹，还有大刀。眼睛都睁得大大的，看着城里的方向。"

张武备笑了笑："他们在等我呢。过不了几天，我就去和他们会合了，像以往每一次一样，我们又可以自由地在平原上驰骋，在河流里游泳，在树林里乘凉，在山冈上歌唱了。"

我母亲想起了丁昭珂的叮嘱，这是大年初三的早晨，昨天一天一夜，她们俩都在一起。她像是有太多的话想要让我母亲替她转述，但是又翻来覆去地重复着那些故事，石匠呀，山冈呀，平原呀。她甚至都不知道自己要说些什么。天亮了她才意识到这一点，她问我母亲："我对你说了些什么？"母亲打了个哈欠说："你什么都说了，但又什么也没说。"

母亲说："我代替一个人来的，她想对你说，她爱你。"

在一次不可能的爱情面前，张武备显露出了他的本性，怯懦而软弱，那是本来的那个张武备，连他自己都不知道，此时的这个坐在牢狱里的人是谁，于是他问我母亲："我是谁？"

母亲错愕地看了看他黑黑的脸，长长的头发盖住了他的眼睛："你是龙队长，你是游击队的队长，你是平原上百姓心中的神。"

"我忘了我是谁。"张武备茫然地说。

从监狱里出来之后，母亲并没有把张武备对自己的怀疑告诉丁昭珂，她只是草草地编织了一个谎言，她告诉丁昭珂，他会带着甜蜜的爱情去死。丁昭珂哑摸着那句话："带着甜蜜的爱情去死！"她发誓说："这一辈子，我已经有过一次轰轰烈烈的爱情了，以后不会再有。"

21. 闹花灯

张武备的刑期定在正月十五。

"没有一点儿过年的气氛。大年三十，正月初一，都被这些讨厌的乡下人给搅了。十五，我们总得办得漂漂亮亮的，给老百姓有一个交代吧？"张武厉对他的哥哥说。

张武通愁眉不展："汪主席那里好像有寿终正寝的意思。日本人据说在太平洋上也是节节败退，兄弟，我怎么有一种不祥的预感。这年啊，好像也不是时候啊。"

颤抖重新回到了张武厉的身上，像是风中的树："这不像是你一个副市长说的话呀，你的理想呢？你空想中的城市之邦呢？"

"关键的问题在于，命运并不在我们自己手里。"张武通沮丧地说。

张武厉反驳他的哥哥："现在，还在我们手里。打起精神吧。让我们畅谈一下正月十五吧，想想那个日子，我就兴奋不已。"

"你是不是特别恨武备？"张武通问。

张武厉觉得自己的牙像是变成了装满子弹的枪："是他让我尝尽了失败的痛苦。你根本不知道，当我在平原上和他周旋，找不到他的影踪，我就感觉自己像是一个被遗弃在茫茫大海上的婴儿。"

张武通仍然心神不定："我不知道这是不是最后的狂欢……"

狂欢在张武通的惶惑与狐疑交织中仍然开始了。以市政府的名义，发布了一则公告，公告内容如下：

公告

匪首张武备，两年多来纠结游民过百，聚众闹事，滋扰乡里，已成方圆之患。今缉拿归案，拟严惩以儆效尤。特征集适合刑罚，望仁士贤达贡献才智，录用者奖。

华北临时政府Ａ城市政府

民国三十三年（1944）

这则公告遍布春节期间的大街小巷，像是一块大大的牛皮癣长在每个人的皮肤上，奇痒难耐。但是公告停留在墙上的时间并不长久，背面的糨糊还未干透，公告便不翼而飞了。因此，那则公告的模样并没有给人们留下什么印象，只是上面的内容像是针一样，很长时间里都悬在Ａ城的上空。

公告的作用没有显现出来，前来贡献聪明才智的人寥寥无几。这让张武通很是扫兴。为了不断丢失的公告，他特意嘱咐警察局日夜坚守岗位，以防公告被人撕去。因此，在特定的地点，公告在警察的严密值守下，获得了与墙壁搞好关系的机会，糨糊由湿变干，但是仍然没有人靠近，他们看到警察便远远地躲开了。因此，刑罚的出台在很大程度上只能是少数人的一厢情愿。张武通在此方面的天分得到了充分的挖掘，他滔滔不绝地卖弄着自己的学识，他对自己的弟弟说："这是维持秩序的灵丹妙药。从古至今，从来没有离开过，它推动着历史的车轮滚滚向前。如果没有了刑罚，别说一个国家，就是一个城市，也会出现混乱，海淫海盗，杀人越货，就无法得到有力的抑制。"市长的位置迟迟无法到来的失意，让他把所有的精力集中到了制定一个崭新的刑罚上，他彻夜不眠，制定出了严格而细致的刑罚。那个春节，平日里观点不一致的兄弟二人，竟然达到了合二为一的默契。大年初七的晚上，当他把详细的方案拿给张武历时，还得到了弟弟一个难得的拥抱。

碧昂斯就没有看到那则公告。她是接到丁昭珂的电话，急匆匆地从北平赶到Ａ城的。本来她已经准备回国了，听到丁昭珂说张武备被他的堂兄抓住，她立即决定推迟回国。她赶到Ａ城时，冬天仍在继续，凛冽的寒风在Ａ城的街道上肆意地游荡，已经是大年初八。Ａ城，一点儿没有节日的气氛，大街上出奇的冷清。公告的内容还是丁昭珂向她转述的，丁昭珂愁容满面，她说："他们这是在往人们受伤的心口上撒盐呢。"

碧昂斯后来在书中写到那个最令她痛苦不堪的中国的节日，她说那是她所遇到的最不人道的一周，她宁愿那一周从她的记忆中抹去，当它从来没有发生过。

但是从初七到十五的整整一周时间里，她的记忆可以出现断裂和遗忘，其他人不能。A 城的人们永远记着痛苦而难熬的一周，因为他们不能离开，这是他们的城市，他们耻辱的城市。

正月初九的午时三刻，枪刑，受刑者来自东清湾监狱，地点是热闹的马市大街。受刑者是个中年男人，胡子拉碴，面呈菜色，中年男子临死前喊了一句口号"打倒日本帝国主义"。子弹从左侧的太阳穴进去，从右侧的太阳穴出来。他的太阳穴居然看不到什么血迹，只是他的嘴角，有鲜血涌出。

正月初十，缢刑，地点选在了东城，干河沟。一根大大的白蜡杆竖在一块空地上，周围的土已经被踩得坚硬，这是干河沟一带著名的一个演练杂耍的场地。平日里他们经常看到的是从河南和吴桥来的杂耍艺人们在白蜡杆上像旗帜一样地转来转去，但是正月初十，威风凛凛的白蜡杆上，悬挂着一根粗大的麻绳，从离地三尺的空中一直悬垂至坚硬的地面。受刑者同样来自东清湾监狱，一个略微年轻的男人。男人有些胆怯，临死前没有出一声，裤裆里湿了一片。

正月十一，斩首，地点是北城滹沱河畔。枯黄色的芦苇是行刑场地的背景，风一吹，芦苇飘动的样子让人有些感伤。这里以前人烟稀少，行刑那天，仍然有大批围观的人。同样来自东清湾监狱的受刑者个头不高，是个光头，看不出具体的年龄。临死前光头唱了一首歌，似乎是个南方的小调，咿咿呀呀的，没有人能听得懂。

正月十二，地点改在了城外的绥靖军打靶场，逐刑。受刑者可能是几个人当中体力最好的，体格魁梧而健壮，他被放在偌大的打靶场中，松开了镣铐，让他自由地奔跑，后面是十个持枪的士兵。他像只兔子一样向前跑，他必须跑到打靶场最前方的一片树林里才能够安全。不管他体力多好，不管他跑得多快，树林永远只能在梦中到达了。男子最后身中数十枪，身体基本成了一个筛子。

正月十三，马刑，地点是城东的大街上。受刑者是个奄奄一息的老年人，身体虚弱而瘦小。老人被绑在一匹烈马的尾巴上，被它拖行着在 A 城的大街上奔跑了足足有一个小时。当烈马停下疲惫的奔跑时，尾巴上只剩下了一条绳子。老人身体的各个部位据说散落在 A 城的大街小巷。

正月十四，淹刑，地点是城中央的十字路口，那一天，交通管制，路口中央放置着六口黑瓷大缸，这一次受刑者是六个。六个人分别站于大缸的旁边，一声枪响，被士兵扔进大缸，并死死地按住他们的头，看谁先奔赴黄泉。据说，最胖的那个人是最先死的，最瘦的那个人坚持得时间最长。

我母亲没有去各个行刑的现场去，她躲在家里，把耳朵捂上，眼睛紧闭，房门紧闭，但是她说她仍然能听到枪声，看到他们临死前痛苦的样子。丁昭珂去了，因为她不知道哪一天是张武备，哪一天是她和一个梦中的人永别的日子。因此，从那年八路军攻下 A 城之后，她就告别了这个留下了太多血腥之气的城市，从此再也没有踏上半步。A 城成了她永远的梦魇。和她一起去的有美国女记者碧昂斯，丁昭珂本来想阻止碧昂斯去。她说："这是个耻辱的城市。但它偏偏是我自己的城市。我感到悲哀。"她没有说服碧昂斯，碧昂斯还是来到了行刑的现场，她目睹了各种五花八门的行刑过程。20 世纪的 80 年代，当《平原勇士》一书漂洋过海来到中国时，那段历史已经尘封了四十年。但是当我读到那个春节所发生的一切，看到那些照片时，我忍不住掩面而泣。我觉得我的心情与四十年前的丁昭珂毫无二致，仿佛我身临其境。我也感受到了那个正月的一切，虽然经过大雪冲刷的城市空气清新，我和丁昭珂一样觉得呼吸困难。从马市广场到南城大街，从东城到西城，从南城到北城，张武备始终没有露面，丁昭珂感觉到，他就鲜血淋淋地躲在某处，等到她精神快要崩溃时突然落到他的面前。

正月十五，最不愿意到来的一个节日到来了。午时，A 城像是经过一个冬天的蛰伏，突然苏醒了，大街上的人明显比往日增多了。人流像是无头的苍蝇，东游西撞，城市的街道成了一条人的河流，无数条河流从午时起就开始不停地流淌，从东到西，从南到北，A 城，好像活过来了。午时的行刑并没有按时举行，直到近黄昏时分，人流突然间开始向同一个方向流淌，玲珑之塔，张府的那座未完工的塔。人们仰头望去，玲珑塔已经建到了第十二层，它高耸入云。雪后的天空高远而宁静，还有几朵灰色的云停留在塔的上方。"看哪，塔上，在塔上呢。"突然有人惊呼道。人们的目光纷纷从云朵上转移到塔上，是的，在塔的第十层，张武备在塔的第十层，在塔的外面，他被缚在塔的外壁上，呈十字形，一根绳子，系着他的头颅，攀缘到第十二层的顶端，另四根绳子，系着他的手和脚，分别消失于他身体左右两侧空洞的窗口。张武备，像是壁虎一样脸朝外悬挂在塔的外壁上。张武备，背北朝南。隔着遥远的空间，张武备只是一个点，一个无法看清楚脸上表情的点，一个象形的"大"字。从四面八方汇聚而来的人流开始喧嚣和骚动，城市像一条龙炽热地扭动起来。在张府大门以外十米的地方，有大批荷枪实弹的士兵站成一排，以防人流靠近。喧闹持续了大约有半个小时，此时，塔上空的云朵由灰色变成了深灰色，云朵的四周渐渐地淡了，与蓝黑色的天空似乎要融为一体了。然后是突然而至的沉寂，仿佛声音在一刹那间被一个强大的磁场吸走了，而那个磁场就在天空之中，在塔的第十层，在塔的外壁。不，还有声音，那是目光的声音，那是所有的目光齐刷刷地转向塔的外壁的声音，目光的声音，汇聚到一个点，一个人身上。那声音像是划过砂纸，像是划过黑暗，像是划过了所有人的心。那声音越来越响亮，从塔上返回到每个人的心里，从一个人传递到另一个人，传向了更远的地方。A城，就是被那个声音，在那个黄昏团结到了一起。那是一个令我的母亲感到陌生的时刻，四十多年后，当她忆起那个黄昏时，她都觉得那个时刻的A城，获得了片刻的美丽。

黑夜一丝丝地降临了。

那真是一个令人眩晕的节日啊。正月十五，往年A城最热闹也最令人期待的一个节日。塔上的张武备，渐渐地没入了黑暗之中，从一个实实在在的象形文字变成了模糊的一个点，再由一点逐渐地消失于庞大的黑暗之中。无数次的后来，当有人提起那个十五的夜晚时，都会提起花灯，十五的花灯，所有提及此事的人都会感觉到脊背发凉。我的母亲，即使身处张府之内，她也没有想到随着黑夜的来临，会有意想不到的事情发生，她说，在平静之中，早就蕴藏着一个阴谋，只是在等待，等待正月十五，那个特别的夜晚才绽放。母亲所说的绽放是花灯，当夜晚完全地淹没了一切，当A城彻底告别了白昼，张府的玲珑塔，突然间绽放了耀眼的光明。沉默的人们，仍然停留在街道中的人们，脖子都酸了，他们还在固执地盯着黑暗中塔的方向。塔猛然间就亮了，塔先是跃然跳出来，像是黎明时刻的日出，然后才是清晰的轮廓。人们慢慢地才看清，塔被密密麻麻的花灯装饰着，从上到下，张武备也从黑暗中脱颖而出，他的四周，那些红红的灯笼，用红色的光组成了一个象形的"大"字。

啊！这是全城人的惊呼。

这就是行刑的终点，用花灯装点的张武备，在塔的上方。在随后的许多天里，悬挂在塔上的张武备，他的周围被灯笼散发出来的淡淡红光所映衬着，光怪陆离，夜晚中的张武备便像是飘浮在云中，轻飘飘的。而那座塔则完全隐没在了黑暗之中，被人们遗忘了。更为壮观的光芒并不仅仅局限于塔上，城市里，那些移动的人流，也很快地加入到了光芒之中，一只花灯，两只，三只，十只，一百只……像是光芒的传递，城市被一只只的灯笼激活了，它们提在人们的手里，挂在庭院的门口，挑在屋顶，从塔上，向全城的四处蔓延，光的线路，铺满了每一个角落。花灯，彻夜长明，A城，成了灯的海洋。

登上塔的最顶端的张武厉与张武通，看着星星点点的A城，有些不能自持。张武通说："此时，我才感觉这个城市是透明的。我有些陶醉了。这是秩序的力量。你看看，我们的刑罚起到了多大的作用。"

张武厉仍然不那么自信，他反问自己的哥哥："挂在塔上面的那个人真的是那个叱咤风云的游击队长吗？"

张武通拍拍老弟的肩膀，"放松点吧，享受这个美妙的假期吧。别总是那么紧张，神经别总绷得那么紧。"

那天晚上，他们破例在塔端享受了那个花灯的海洋，他们喝得酩酊大醉。这是紧张的张武厉第一次被酒精击垮了意志，被浓浓的醉意所模糊的视线，歪歪斜斜的，有一点儿超然。

喝得大醉的张武厉，想要策马过城去东城的净心庵变得极其困难，所有人都认得他那匹高头大马，所有人也都认识张家的二少爷。所以他放弃了骑马，他还忍痛割爱地舍弃了军装，他穿着便装，一身酒气地穿行在灯光闪烁的大街上，那些光，汇成一条河，他感觉自己从塔上一下来，就像划着船在走。他的梦游，因为遍布全城的花灯，是一次明亮的梦游。他几乎走了一整夜，才来到净心庵外，他看到，净心庵的门外，也挂着两盏红红的灯笼。

从正月十五一直持续到正月二十八的花灯，把城市的夜晚照亮了十四天。光明像是一条条的小溪，在玲珑塔上汇成了一条光的大河。大河滔滔不绝，直到张武备的突然消失。张武备的突然消失没有任何的征兆，全城的人都以为他会一直挂在那里，呈一个象形的"大"字。而花灯也会一直地存在着。

"他去了哪里？"

"他去了天堂。"

"不对，他去了平原。平原才是他的家。"

我母亲说，她看到他们在黎明之前偷偷地把他放了下来，据我母亲讲，她听到哥哥们在说，是日本人感到了非比寻常的恐惧，他们被城里那种昂扬的光明震慑了，于是下令仍陶醉在胜利的喜悦中的张氏兄弟结束这场毫无意义的花灯表演。我母亲亲眼看到了被放下来的张武备，她说，像是从庙里拆除一尊佛像，硬硬的，直直的，像是一个标本。他们赶在天亮之前把他运出了城外，在荒郊野地里埋葬了他。

丁昭珂说，他变成了一只雄鹰。我看到了。那是正月二十八的夜晚，他从塔壁上腾空而起，飞向了乌黑的天空。他飞过的痕迹，留下了美丽而明亮的轨迹。在长达十四天的时间里，丁昭珂的眼睛就没有离开过塔上的张武备，她强迫自己不要睡觉，要一直盯着他。她说他一定能看到她，感觉到她的目光。

美国女记者碧昂斯在书中说：

> 他就那么一直悬挂着，保留在我永远的记忆中。每每想到中国，想到他，他都是保持着那样的姿势，好像他一直就那么生活在那座塔上，不，确切地说是悬挂在那座塔上。他在那里战斗、生活，高高在上，脱离大地，却又痛苦不堪。他使我想到了两个人物，一个是伊卡洛斯，那个希腊神话中的人物，他和父亲代达罗斯，用蜡和羽毛做成翼逃离了克里特岛，而他却因为飞得离太阳太近，双翼上的蜡在炽热的太阳光照射下融化而落入水中丧生。另一个是中国本土神话传说中的夸父。善于奔跑，并立志要追赶上太阳，他与太阳一起赛跑，追赶到太阳落下的地方，焦渴难耐，喝干了黄河和渭河的水，又去北方的大湖喝水，未赶到大湖，便渴死在路上。

但是没有人去深究他是不是还活着。张武备，终于从塔上消失，走出了 A 城所有人的视线。而他消失后的那个夜晚，A 城，遍布的花灯也突然地消失了。春节终于在忧伤与怀念之中戛然而止了。丁昭珂说，他把所有的光明都带走了。

碧昂斯没有看到张武备从塔上消失，连续目睹了六场杀人的游戏之后，碧昂斯再也无法忍受，她开始厌食、恶心和呕吐，满眼都是人死前扭曲和挣扎的痛苦样子。她已经无法正常地走到大街上，也感觉整个城市都像是一个杀戮的刑场。她不得不提前离开了 A 城。离开时她的神情黯然，身体虚弱，像是得了大病似的。同样，面对送行的丁昭珂，她看到的那个人与她几乎差不多。碧昂斯说起她们合作的那部书，有关两个兄弟的战争和他们各自的故事。丁昭珂摇了摇头，说："我已经改变主意了。我不想去写任何人，任何事了。就让一切留在我的心里吧。"碧昂斯看着哀伤的丁昭珂，对丁昭珂说，希望她们能早点见面，也希望她独立完成的那本两兄弟的书能够早日让她看到。她不知道，A 城的匆匆一别，竟是最后的诀别。当碧昂斯的书来到中国时，丁昭珂早已经先我母亲而逝去，她不知道碧昂斯在那本书里，会把她写成一个把炽烈的爱深埋在心里的人，书中说："一直到张武备被悬挂在塔上，他们的爱还在山冈上徘徊。"后来的丁昭珂终生未嫁，活到了六十岁。

22. 游荡的灵魂

张武备被悬挂在塔上的消息迅速地在平原上流传着，如同以前的每一个动人的传说。

有一个人的死并没有引起人们的注意。那个人就是塔的设计和建造者佟才老师傅。他在看到塔建到最后一层时，看到了塔的大致模样后把自己吊在了塔的顶层。目睹了他的死亡的只有他的徒弟段力鹏。是他亲自替师傅绑好了上吊的绳子，在他泪水汪汪地绑着绳子时，师傅安详地坐在塔顶，风把他的白发吹乱了。可是他的心丝毫没有乱。段力鹏说："我师傅明白得很，他心里明镜一样。他对我说，他终于可以卸下心头的一个重重的包袱，安详地离去了。"在段力鹏的叙述中，那个神奇的建塔师傅是一个内心交织着矛盾的老人，一方面他想实现自己终生的梦想，造一个精美而高耸的塔；另一方面，他又一直被塔上发生的种种事情所困扰着，他对徒弟说，他每天都睡不着觉，那是塔的一天天的生长所带来的兴奋与塔上发生的一桩桩羞耻的事情互相交织作用的结果。师傅说，他做了一件天大的事情，那件事情值得他一生为之骄傲，却同时做了一件天大的错事，终生无法挽回。"师傅说，他只有以死来谢天下。"段力鹏哭着说。张家人并不知道佟老师傅是如何死的，他们还以为他只是负气出走。没有人告诉张家人真相。佟老师傅的失踪直到 A 城解放后才为人所知。那个时候，段力鹏已经成了一名解放军战士，他说，他的师傅被铸到了塔里。他和建塔的工人们在塔端为师傅守了三天的灵，然后遵师傅的遗嘱，把他的身体铸进了塔的第十三层。当塔从高空轰然坠地时，段力鹏悄悄地收集了一些较为完整的砖块，他说他能从那些砖块里听到师傅的声音，那些砖块一直跟随着他，直到"文革"时被红卫兵砸碎。

张彩芸在从根据地返回前线的路上，听到了弟弟张武备的消息，她临时改变了路线来到了 A 城。进城的时候是个午后，天气晴好。一进城，她就能看到塔，她一直盯着它，向它靠近，塔上的那个点渐渐地大了，清晰一些了，但是当她已经无法前行时，她看到的那个人形，也无法辨认出是不是她的弟弟张武备。她端详着云中的弟弟，她感觉到弟弟在对着她微笑，那是很久以前的表情，微笑，还是个孩子的微笑。微笑着的眼睛，流下了泪水，显然是因为亲人的注视。后来她对老杨说，我弟弟回到了从前，一遇到困难就向我和彩妮哭泣。这一次，他也向我哭了。他的眼睛红红的，肿肿的。老杨说，那是你的幻觉，你的弟弟不会哭。张彩芸坚持说，他真的哭了，他一看到我就哭了。老杨说，那么远的距离，他怎么可能看到你？张彩芸说，以前，他没有在我们身边，他在平原上奔波拼命，那么远，我都能看到他，那个时候他从来没有哭过。但是现在他哭了。他多想回到从前呀。老杨看着远方的 A 城，自言自语道："总有一天，A 城会回到人民的手中的。"

张彩芸没有看到夜色降临后被花灯簇拥着的张武备。当天她就匆匆地赶回了离开长达半年的前线营地。她热爱的人，还在那里筹划着一场大战。

东清湾人没有看到塔上的张武备。但是他们同样听到了他哭泣的声音。张武备被挂在塔上的那个节日，正月二十八，夜晚的到来与平时没有什么两样，但是声音，在时隔两年多之后，异乎寻常地降临到了这个沉寂的小村庄。最先发出声音的是那个石屋中的人，张武备的父亲张洪儒。他像是一只蝉从蛹里边破茧而出，他一走出石屋，对张彩妮说的第一句话是："我听到了武备的哭声。"

张彩妮吓了一跳。她早已经习惯了没有声音的世界，她习惯了用她超强的听力去感知和掌控这个村庄。父亲睡醒了的声音像是来自幽深的地方，有些寒冷，有些狂躁。她瑟缩着看着父亲，父亲隐在黑暗之中。她能清楚地听到父亲呼吸的声音，强劲有力。她还感觉到了不真实，伸手去摸了一下父亲的脸。

张武备的眼睛，他和张彩芸看到的是一致的。他说："他在流泪。他告诉我说，爹，我要回家。"

东清湾的夜色比平日要黑许多，没有月光，更没有节日的灯光，张洪儒大声说："彩妮，灯呢？"张彩妮慌乱之中拿来了油灯，灯亮了，弱小的昏黄的光散开来，慌张，躲闪。就像是张彩妮此时的心情，面对一个开口说话的父亲，她仍然无法适应过来。张洪儒声音明显地大了，"怎么没有灯呢？灯呢？"张彩妮只好又去厢房里翻找，她找到了一个麦收时用的火把，点亮，巨大的火苗一下子把院子炸亮了。张彩妮惊讶地说："爹？"张洪儒声如洪钟："怎么了？"张彩妮指着父亲的脸："你变了，你变得像是个小伙子。"

这不是张彩妮的幻觉，而是真切的现实。相比于前次父亲意外地被请出石屋，父亲的样子更加年轻，他的头发黑了，皮肤变得光滑而紧绷，目光炯炯有神，腰板也直了，说话的声音铿锵有力，富有节奏。那天晚上，闻讯而来的乡亲们也被张洪儒的形象震惊了，他们异口同声地喊出一个字："啊？！"那声音整齐划一，洪亮而高亢，那是久违了的声音，那不是东清湾的奢侈品，而是必需品。现在，当他们重新听到自己喉咙里发出的那个声音时，他们先是被那低沉的声音吓住了，他们怀疑、揣测，刚才的声音到底是不是自己发出来的。因此声音很快地又消失了，沉默在院子里如一个巨大的影子潜伏着。张洪儒，在众多火把的照耀下，那个年轻了的老人，他鼓励人们："来，和我一起读。"于是，在张家的院落里，人们把张洪儒围在中央，开始诵读《礼记》："何谓人情？喜，怒，哀，惧，爱，恶，欲，七者，弗学而能。"众人略微犹豫了一下，跟着张开嘴，令他们惊奇的是，语言竟然顺畅地流了出来，他们的声音起先是试探着的，是轻缓的，他们跟着张洪儒念道："何谓人义？父慈，子孝，兄良，弟弟，夫义，妇听，长惠，幼顺，君仁，臣忠，十者，谓之人义。"院子里人越来越多，是声音，把他们的心牵引到了这里。他们的声音越来越响亮，越来越发自内心和肺腑，"讲信修睦，谓之人利。争夺相杀，谓之人患。故圣人之所以治人七情，修十义，讲信修睦，尚辞让，去争夺，舍礼何以治之？饮食男女，人之大欲存焉。死亡贫苦，人之大恶存焉。故欲恶者，心之大端也。人藏其心，不可测度也。美恶皆在其心，不见其色也。欲一以穷之，舍礼何以哉？故人者，其天地之德。阴阳之交，鬼神之会，五行之秀气也……"

对于东清湾来说，正月十五，没有花灯，只有熊熊燃烧的火把。那是一个喜悦与悲伤同在的节日。他们亲切的声音，响彻天际，悲亢，而又昂扬，"故人者，天地之心也，五行之端也，食味，别声，被色，而生者也。故圣人作则，必以天地为本，以阴阳为端，以四时为柄，以日星为纪。月以为量，鬼神以为徒，五行以为质，礼义以为器，人情以为田，四灵以为畜。以天地为本，故物可举也；以阴阳为端，故情可睹也；以四时为柄，故事可劝也；以日星为纪，故事可列也；月以为量，故功有艺也；鬼神以为徒，故事有守也；五行以为质，故事可复也；礼义以为器，故事行有考也；人情以为田，故人以为奥也；四灵以为畜，故饮食有由也。”

只需要一个夜晚，只需要一个人的领读，声音就轻松地回到了东清湾。张彩妮，开始时和众人一样迷茫，但随后，她融入了众人的声音之中，她和他们一起热泪盈眶，仿佛她和他们一样，经历了一次声音迷失的航程。在他们的诵读声中其实经历了一个噩梦般的轮回，声音的返航，显得那么庄严而凝重。天色渐渐地亮了，他们能看到彼此因为悲壮而红润的脸，他们像是刚刚认识，那样充满了新奇和陌生。

诵读结束了。张洪儒大手一挥，那是多么熟悉的动作啊。他清了清嗓子，“我听到了武备的哭泣声。他对我哀求，让我把他带回家。那声音很大，让我无法安生，无法苟且。我想把他的灵魂带回家。”那个老迈的张洪儒已经彻底地埋葬在了石屋之中，如今，站在众人之中的这个年轻的老人，他是二十年前的那个张洪儒，他精力充沛，斗志旺盛。

“我也听到了张颂功的哭声。”

“我听到了我丈夫的哭声。”

“我儿子，他的哭声把我吵醒了。”

“我听到他的手指在土里抓挠的声音，像是用长长的指甲抓着我的心。”

在正月二十九的早晨，他们返回各自的家里，沐浴更衣，把以前祠堂里供奉的列祖列宗们请出来，他们要带着他们上路，去招魂，去把东清湾失去的孩子们的灵魂带回来。那支特殊的队伍，打着各色各样的幡，悲伤地上路了。

没有人知道他们的灵魂在哪里。张洪儒带着一队人马踏上招魂的漫漫路途时，未知的方向并没有阻挡他们的意志。六十八个家庭，这比龙之队的队伍还要浩荡。他们沿着那些孩子们从东清湾逃离的路线，沿着他们飘忽不定的战斗路线，在平原上寻找，越山冈，跨河流，风餐露宿。

在前田峪，三个仍在游荡的孤魂在向他们诉说，他们来自遥远的海外之国。他们幽怨地说，他们永远不会回到那个樱花盛开的国度了，他们想念那里。但是他们也充满了恨。他们恨另外一个灵魂，龙队长，他们也在寻找他。他们以为这庞大的队伍是龙之队的旧地重游。三个游魂，他们向大队的人马诉说了他们的怨恨，诉说那场突然降临的袭击。一颗手榴弹，一个土制的地雷。突袭发生在清晨，空气中还有浓浓的湿气，还没有走到前田峪，他们的鞋就都湿了。他们是来清乡的。其中一个游魂说，他喜欢家乡的女友松板幸子。他现在都能记得她俏丽的模样，就是在前田峪，他看到了一个姑娘，那姑娘长得和幸子姑娘真是像啊。他无法控制自己的欲望，把姑娘拉到了一个麦秸垛里。游魂说，当他站起来时，他看到姑娘已经死了，嘴唇边流着血。她把自己的舌头咬掉了。他吓坏了，一边提裤子边说，幸子，我是爱你的，我太想你了。他还没有表达完对幸子姑娘的爱，一颗子弹从后边钻入了他的脑壳。游魂说，是龙队长。另一个游魂说，没有人见过龙队长，他只是一个代号，一个令人毛骨悚然的符号。

在毛儿寨，有十多个游魂找不到回家的路。他们仍然喜欢穿着一身土黄色的军装，他们觉得那个叫张武厉的人做派虽然令人作呕，但总比龙队长想要他们的命强。他们是在那次著名的猎鹰行动中被打死的。我们真的是那种十恶不赦的人吗？其中一个说，我们偷偷地去过城外的苏庄，那里有一个抠得要命的土财主，自己的老婆死了好几年了，也不舍得再娶一个，他害怕后老婆把自己的钱财都偷偷地拿回娘家。他每天就守着那些钱财兴奋，没承想让我们给盯上了。我在半夜的时候摸进了他的家，他不喜欢搂着女人睡觉，却搂着一袋子钱在做梦。我们把他的钱抢走时，他都哭不出声来了，只剩下在那里倒气了。另一个说，这叫罪孽吗？我当上兵之后，有一年过年我回村，一枪就崩了我爹的一个远房表叔。他竟然为了一点点旧账动手打了我爹。另一个说，为什么偏偏是我们，难道是龙队长知道了我们作的孽？另一个安慰他们，不会的，不过是碰巧而已。营长，他比我们做的孽要多许多，按说，他最应该此时和我们在一起呀。小点声，小点声，小心让营长听到，另一个小心地说，营长的耳朵每天都紧张地支棱着，他想听到每一个人心里在想什么呢。

在插树岭，一个寄居在那里的游魂说，龙队长是一个女的，冷酷无情。

他们招魂的终点最后来到了 A 城的城门外，攻城的地点。那里异常安静，没有了大年初一时的枪炮声，喊杀声。但是他们听到了，他们静止在那里，幡被风卷起，发出猎猎之声。他们听到了各自亲人发自内心的呼喊，他们看到了亲人们英勇杀敌的面孔，那一刻，所有的人仿佛都成了那次战役的参与者。他们嗅到了硝烟，闻到了令人振奋的鲜血。他们流着泪说，孩子，和我们回家。

　　张武备的灵魂，仍然飘荡在高高的塔上。在长达数月的时间里，张武厉时常能看到自己的堂兄弟。第一次是在一个夜晚，他看到张武备从塔的某一层探出身来，手里举着一支长枪。他本能地趴在了地上，他再抬头向塔上张望时，却什么也没有看到。张武厉仍然不放心，他掏出枪，拿着手电，警惕地向塔上攀登。当他大汗淋漓、失望地从塔上下来，再回头向塔上望去，张武备居然再次挑衅地从塔的某一层探出了身。他再次跑上去，仍然一无所获。如是三次。当张武厉已经累得虚脱时，他再也没有了向塔上张望的力气了。不仅仅是夜晚，就算是阳光灿烂，他也能看到从塔上探出身来的张武备。张武备好像随时都要拿枪指着他。张武厉魂飞魄散。所以，他尽量地避免自己抬头向塔上张望。即使在离家很远的地方，他的目光也在躲避着玲珑塔。那座塔像是他独自的瘟疫。从那个时候起，他也开始憎恶那座塔。那座塔也头一次搅扰了他并不踏实的睡眠，出现在了他的梦境中。

　　实际上，在 A 城的城外，张洪儒有过一次寻找到张武备魂灵的最佳时机，但是被他毅然决然地放弃了。他和他的大哥张洪庭有过一次短暂的会面。张洪庭从城里急匆匆地赶来，他也为自己弟弟突然年轻了的容颜而大为惊讶，他说："我听说你躲在黑屋子里炼长生不老的仙丹呢？果真？"

　　张洪儒没有正面回答大哥的问话，"我是来找武备的。"

　　"我劝过他。可是他不听我的。"张洪庭无奈地说，"我劝说让他归降。战场上不就是这样吗，胜者王侯败者贼。大丈夫当能屈能伸，只伸而不屈不算什么大丈夫。可是他不听我的。"

　　"他只听从他的内心。"张洪儒说。

　　他们的谈话仍然是不欢而散。张洪儒谢绝了邀他进城的美意，他说，那个城市从来不是我们的。

　　张洪庭指给弟弟看那座塔，他有点兴奋地说："还有一层，只要有一层它就建成了，高度会达到 85 米。它会是方圆数百里之内最高的建筑。张家的祖宗会供奉在最顶端，他们可以高瞻远瞩，胸怀广阔，前知五百年，后看五百年。"他还邀请自己的弟弟登塔远眺。

　　张洪儒抬头看了看那座塔。"上面有浓重的妖气。"正是这句话，让张洪庭勃然大怒，他愤恨地告别了自己的弟弟，他告诫弟弟说："你永远不知道，站在高处的胸襟。"

那是一次不算成功的招魂之旅。张武备的魂灵仍然在玲珑塔上游荡。当次年的春天他们返回时，他们听到了从 A 城传来的密集的枪炮声。那是一个仍然信心饱满的队伍。只是他们看到，张洪儒，在短短的一个多月的时间里，容貌迅速地重新苍老了，那个年轻的人突然又消失了。

23. 你

你背叛了革命。

在老杨和张彩芸之间，只隔着一张枣木的桌子，桌子又脏又破，就像是隔着万重的山。老杨脸色凝重，他的胡子已经很长时间没有刮了。张彩芸想着上前去替他刮一下，以前，她经常替他刮胡子，用那种很快的剃刀。但是今天不行了，以后也不会有了。一张桌子，把他们分成了两个阵营。

从哪里说起呢？好吧，就从你从后方的根据地回来说起吧，你在那里学了有半年时间吧，这半年时间里，我收到过你的六十封信，平均一个月有十封。我都珍藏着，我也给你回过信，一个月大概有一封吧，基本上是这样。和你的信比较起来，我的信相对比较简练，向你介绍一下部队的基本情况，天气。每一封信我都仔细地保存着，把它们放在一个枣木盒子里。我以为我会珍藏一辈子，可是那天，敌人轰炸时，炮弹正好落在我的院子里。幸亏我当时去和区里的同志们开会没有在，否则，今天我也不会坐在这里和你谈心。这样的日子好像已经很久远了，大概是在延安有过，对吧？但是，那些信都没了，炮弹摧毁了它。也好，记忆在一定时刻需要毁灭时，就让它随风而逝吧。你不要哭，你说过的话，你信上的那些文字，我都记在心里。

你回来了，但是你没有按照原有的路线走，你临时改变了方向，你拐到了A 城。你进了城，你先是在塔上看到了你的弟弟张武备，他当时被悬挂在塔上，全城的人，或者方圆多少里的人都能看到他。那是敌人的心理战，他们想威慑和吓唬所有正义的中国人。很可笑，怎么可能呢？历史并不能因为一个挂在塔上的人而停滞下来，它还要沿着既定的方向继续前行，这是不可阻挡的潮流。你告诉我说，你听到了张武备的哭泣，你想要把他救下来。其实有这种想法的人不在少数。我们的部队里，也大有人在。他们主张去城里实施营救。毕竟，他们也是抗日的一部分。不是我没有答应，而是全盘的军事部署和计划没有答应，还不到打进 A 城的时机，任何的风吹草动，都会破坏我们原有的计划，那是牵一发而动全身的担忧，你还记得上次城里的那个假冒我的人吧，不正是他，让我们平原大战推迟了吗？不能再有差池了。不能了。

你去后方的时候，我和张武备有过一次秘密的接触。我们在阅马台见过，但是相谈不欢。我们的相见颇费周折，他一直不想与我见面。所以在相约的地点，他全副武装，像是对付日本鬼子和伪军。远远地，我就看见了一团尘土，马声由远至近。从马上跳下来的张武备像是个还未长大的孩子。他是个刚愎自用的人，态度很不友好，对我们充满了警觉。他根本听不进我们的话。我们是想把他收编进来，我们把当前的形势和以后形势的判断都讲给他听了，我告诉他，你们就像是断了线的风筝，飞得再高，也是和大地脱离关系的，最终只能被雨雪雷电击得粉身碎骨。他不听我的，他说他向往自由，向往无拘无束的生活。他身边的那个姜小红，像个男人，其实她有着很好的成为一个坚定的革命者的素质，但是可惜，她对你弟弟言听计从，或者是反过来，你弟弟对她言听计从，他们的关系很令我费解。大部分的时间里，讲话的那个人是姜小红，而不是张武备，你弟弟。他显得沉默，却极端的自信。他居然和我提起石匠们的事情。我知道他想说什么，他想说，如果他做得不好，那些石匠们会自发地去寻找一座山峰给他雕像吗？真是天大的滑稽呀。实际上，在那次会面时，我就感觉到他会出事，他这种莽撞而没有任何的组织纪律约束的人，出事是迟早的。

好了，说说你在 A 城的事情吧。你是当天的傍晚回到营地的。可是拐到 A 城，不仅仅就是为了看一眼塔上的弟弟的。你还有另外更重要的事要办。对，你要见一个人。那个人显然不是已经被悬挂起来的张武备，你看得到他，但是无法和他说话，无法和他交流。你不得不要见的那个人正在一个旅馆里等着你。张武厉，正是他把你的弟弟挂在那里，但是你必须要见他，因为你和他之间有过承诺。你们在那里待了大约有两刻钟，然后你从旅馆里出来，最后看了一眼塔上的张武备，出了城。

你一定想过要杀掉张武厉，你一直有这个想法。但是你没有，他的戒备心理很严，防备措施也很严密。你根本不可能有下手的机会。如果你能杀掉他，就是两全其美的事了。既为弟弟报了仇，又能了却你心里的一个巨大的阴影，彻底洗刷掉你对革命的背叛。可是你无法办得到。你的把柄就永远抓在他的手里。你就是在这样矛盾的心理之中离开 A 城的。

如果我们把记忆的书向前翻。回到我遭受不白之冤的那些日子。你也进过一次Ａ城，那一次是为了爱，为了我。就是因为你擅自的行动，你被送回了大后方，离开我们有半年之久。虽然你受到了惩罚，但你第一次进城的结果还不错，你把假冒者带了回来，替我洗清了无端的罪名。我们把那个假冒者处决了。其实，我对那个有天才的模仿能力的人是很羡慕的。这个世界就是这样，你不能宽容和怜悯任何一个人，哪怕是你的亲人。自从处决那个假冒者以后，我对自己演讲的才能开始有所怀疑。这是那个假冒者给我留下的永远无法抹掉的伤痕。似乎完美的结局并不能掩盖一切，轻而易举所带来的是怀疑和猜测。事实证明，这些都不是空穴来风，事实是你一进城就被抓了起来，然后你很快地与前来审讯你的张武厉达成了一个君子协议。他需要八路军的情报。不管他与张武备争得多么不可开交，他最怕的还是我们。他怕我们攻城，所以他要掌握最快的信息。我想，你当时是处在一个矛盾的心理状态中的，你一定有过激烈地思想斗争。你不喜欢张武厉，虽然你和他有着血缘关系，虽然你应该叫他一声哥哥。可是你和你的弟弟张武备一样恨他，讨厌他。在这一点上，你的立场是正确的，包括你的弟弟张武备，之所以我们想争取他，就是因为我们的立场是一致的。我们一致反抗日本鬼子的侵略，一致反对伪军的无耻行径。你内心斗争过。这说明你并没有完全变质。但是在大是大非与感情互相交织中，感情战胜了理智。你一定想到了仍在山上接受严厉审查的我。你对我的爱我一辈子都不会忘记。但是同样，对你在关键时刻的选择我也一辈子不会忘记。所以，你答应了，你换来了假冒者。你救了我，却背叛了革命。这是不可原谅的。

在后方的学习班里，你还算是个让人放心的人。

从后方回来后你没再去Ａ城，那样就太过明显，太令人生疑了。每隔半个月，总有一个人化装成走村串镇的郎中，从山下经过，在一棵被雷劈过的松树前徘徊。他把你事先放在那里的情报取走。那些情报对张武厉来说，没有一点儿用处。我知道你在做这件事时是痛苦的，矛盾的，你害怕一旦你不听从张武厉的安排，他会把你在Ａ城的所作所为公之于众。因此，在这段时间里，你的精神状况很不好，你时常在夜晚失眠，一想到自己的过失，你就会不自觉地叹气。别人都睡下后，你会走到外面，对着夜空偷偷地哭泣。你是在后悔，却无法挽回。你让我可怜又可恨。现在，攻城的准备已经就绪，Ａ城，就要得到解放了。这一天终于到来了。所以，你也要接受党和人民的审判了。

"我从来没有背叛过你。"这是张彩芸最后的表白。她的表白软弱无力。她还是抱着残存的一点希望看了看老杨，她的眼神里，有太多的请求与悔恨。但是老杨，根本没去看她的眼神，他从桌子后站了起来，径直走到了门口，对一直笔直站在那里的卫兵说："把门锁上吧。"

她被关押了两天。两天的时间里，她想到最多的还是老杨，她已经忘记了东清湾什么样子，忘记了 A 城，忘记了玲珑塔上的张武备，她只记得老杨。她记得与老杨的第一次邂逅，记得他们在延安的每一天每一刻，她记得老杨的每一句令人振奋的话。老杨的话在她的耳边萦绕，在她的脑子里生长。她要写信。她请求给她纸和笔，还有蜡烛。这一切都得到了满足。两天的时间，她坐在地上，把纸铺在自己的膝盖上，写啊写，两天两夜，她都没有合眼，睡眠仿佛已经远离了她。她根本不感到疲倦，她不停地写，她要给老杨写信，她要从他们俩偶然的相遇写起，她要把被炸没了的信全部都补上，她要写对一个男人刻骨铭心的爱。在泉涌一般的文字里，以前的生活点点滴滴地浮现出来，逼真地塞满了小小的屋子，那间不大的屋子，就是她生命的全部，就是她爱情的全部，就是她记忆的终结。

当她从关押室走出来时，并不强烈的光线像是针一样刺痛了她的眼睛。她的身体晃了晃，被旁边的老杨扶了一下。在执刑之前，她把一大摞信交给了老杨，她淡然一笑说，其实还有很多话没有写，没有时间了，只有来世了。临死前她只有一个要求，就是让老杨再抱一抱他。老杨犹豫了一下，还是挥了挥手，"算了吧。"他说。

那天黄昏时分，张彩芸被当成叛徒处决了。老杨没有去处决的现场，他呆呆地坐在自己的指挥室里，听到了山背后传来的沉闷的枪声。他的身体因为枪声而抖了一下，也许他想到了什么，也许，脑子里只是一片空白。

新中国成立后，我母亲曾经陪同张彩妮去那座山上寻找过张彩芸的坟茔，却没有找到。

24. A 城的节日

A 城，风雨欲来。

张洪庭站在张府的院落之中，他的神情落寞而感伤，他抬头看了看那座高耸的塔。建塔的工人们，因为风闻八路军就要攻城的消息，早就逃得无影无踪了。他一生中最辉煌的事业只剩下一个塔尖。不一会儿，他的脖子就酸了，塔太高了，站在塔下面，都看不到塔顶的样子，似乎是一座已经完成的塔。"武厉，武厉。"他大声喊着。他的声音在院子里来回转了几个圈，却没有人回应。他明明看到了院子里人影幢幢。他叫住了管家老刘。管家满头大汗，哭丧着脸说："老爷，家人都跑了一半。他们都说……"张洪庭严词问："说什么？"管家嗫嚅道："都说，都说，城破了，老爷一家可要遭殃了。"张洪庭抬手就给了管家一耳光，"你这乌鸦嘴。遭什么殃？老爷一没偷二没抢，我的家产都是我一生奋斗得来的，我遭什么殃？谁能把我怎么样？他八路军也得讲理呀。"管家捂着脸："老爷，做两手准备总是好的。你看看城里那几家富户，都快跑光了。听说绸缎庄的李老板，跑到了香港。"张洪庭说："我哪儿也不去，我守着我的塔。去把武厉给我叫来。我找他有事儿。"

临近中午，张武厉才面色阴沉地回到张府。"爹，找我有什么事儿。八路军快要攻城了，我有很多事需要做。士兵们军心不稳，一不留神，他们就会趁机溜号，少几个人就少了战斗力。这个时候，正需要人手。"

张洪庭又抬头看了看未完工的塔，"我不管谁攻城不攻城，不管你人手紧张不紧张。你看看这个烂摊子，眼看要封顶的塔，多可惜。你得给我筹措些人，把工人们没有完工的活都干完。就是八路军攻进来了，就是世界末日来了，我也要把我的塔建好。"

张武厉面露难色，"爹。这不可能。塔重要还是城重要。您老可得好好考虑考虑。"他说着便不辞而别。

刚出张府，张武厉看到了张武通的军用吉普车疾驰而来。吉普车在他面前猛地一个急刹车。尘土溅了他一身。车玻璃摇下来，露出张武通的脸，"老弟，你还在为汪主席卖命啊？汪主席可都死在日本了。临时政府也早就名存实亡了，绥靖军也没了。齐司令也跑得无影无踪了。听说，日本人正准备投降呢。"

"那又怎么样？"张武厉说。

张武通恨铁不成钢地说："树倒猢狲散。我的傻老弟，你醒醒吧。还守什么城，快回家收拾收拾，把金银细软什么的赶快打包，准备跑吧。"

张武厉的身体颤抖着，"我哪儿也不去。人在城在，人不在，城也不在了。"

张武通摇了摇头，"真是个迂腐的军人。我不管你了。我回家问问老爹走不走。你们要是不走，我可谁也管不了了。"

"你的城市梦想呢？"张武厉问哥哥。

张武通苦笑了一下，"留得青山在，不怕没柴烧。保重了老弟。"说完，吉普车一加油门，冲进了张府。

张洪庭拦住了张武通的吉普车。他把对张武厉说的那番话重复了一遍，他说："我迫切地想看到一个完整的塔。"

张武通仰头看了看，他忧郁地问："爹，这座塔对你就那么重要吗？"

张洪庭点点头，"重要。它比我的命还重要。"

张武通说："好吧，我去给你找工人。"

当张洪庭等着儿子张武通给他找来工人时，张武通实际上已经带着自己的老婆孩子，偷偷地出了城，一路狂奔着向河南方向逃去。他一路辗转到了郑州，在一个军用机场，乘坐飞机去了重庆。张武通逃过了在 A 城的审判，却没能逃脱命运的安排，后来他还是以汉奸罪被送上了南京的军事法庭。

张洪庭期待着完工的那座塔，终于未能如愿。他的等待只是张武通空荡荡的房间，他大骂着这个不孝儿子，急火攻心，昏倒地椅子上，身体跌在地上，头破血流。在床上一躺就是几天，张洪庭感觉像是躺了有好多年，透过窗户，那座塔那么清晰地映入眼帘，他喊了许多遍，没有人回应，张府像是一座空府，丫鬟不在，管家也不在。他只有强撑着从床上爬起来，他那么想要爬到塔上去，他仿佛看到自己站在塔端，俯视芸芸众生，A 城，在他的眼里不过是一个小小的点。他颤巍巍地下了床，走出了房间，他的眼睛始终没有离开过那座塔，他的眼睛指挥着自己虚弱的身体向塔一步步地挪过去。他满身大汗，终于挪到了塔边。真静啊！自己的呼吸声是那么响。他走了进去。里面黑乎乎的，他依稀看到了塔端，有一个自己在向他招手，他看到的自己是一个精神矍铄的老人，站在塔端耀眼的光明之处，他说："我来了。我上来了。"他一步步地向上攀登，向上。

A 城，是一座毫无防备之城，一座虚弱之城，一座溃败之城，是一座没有意志的城市。八路军并没有太费周折，便顺利地进来了。张武厉的军队溃不成军，纷纷举枪投降。只是日军做了顽强的抵抗，他们与八路军在西城一带展开了激烈的巷战。战斗持续了有半天左右的时间，他们的指挥官在坚持到最后一刻时剖腹自杀。

那是 A 城的节日，迟到了太长的时间。那一天，全城张灯结彩，大红灯笼高高挂起。人们不约而同地向塔上张望，塔上黑漆漆的，没有人悬挂在那里。

第三天，在八路军的临时指挥部，老杨接待了我母亲的来访。我母亲满脸愁容，她说她是来找她的父亲，我的姥爷的。他已经消失三天了，我母亲问："你们是不是把他抓起来了？"

老杨说："没有，审判汉奸的工作还没有开始。你父亲，他到底是不是汉奸，会不会得到人民的审判，A 城的老百姓最清楚。我相信，你也比我清楚。"

我母亲说："那他会去哪里？"

母亲从八路挥指挥部回到家，家里已经是破败不堪，到处都是衰败的景象，花园里的花都枯萎死了，小径旁的冬青树被人踩得扑倒在地上，每个屋子的门都是大敞的，以前那里面都隐藏着一个个的秘密，而如今，秘密早已随雨打风吹去。偌大的院子里只剩下她和姥姥两个人，我的姥姥，她曾经长久地消失在人们的视线之外。她走出了自己制造噪音的屋子，看着满院子凋敝的景象，她疑惑地问我的母亲："现在是什么世界？"

我母亲没法回答姥姥的疑问。因为她也不知道，因为随后而来的关于塔的留与毁的争论，使她更加地感觉到，长久以来，留在她内心深处的耻辱的印迹在一点点地退去。

一个晴朗的上午，我母亲打开院门，看到了一个英俊的年轻男人，年轻男人手牵着一匹战马，他笑着说："我来还你的马。"那人笑的模样酷似黄永年。他解释说，正是那年她的这匹马救了他，不然，他会在去寻找一座山峰的路上死去，"这匹马真好啊，它奔跑起来像是风。"马没有把他带到一座可以雕刻的山峰，而是把他带到了八路军的驻地。年轻人说："我现在是八路军骑兵连的副连长。"

母亲疑惑地问他："你叫什么名字？"

年轻人坚定地回答："我叫刘前进。"

那个年轻人就是我的父亲。我母亲就是从那时候起开始了一段并不算浪漫的爱情，她跟随年轻人，成了八路军的一名卫生员。

张武厉的失踪一直是一个谜。自从进入 A 城后，八路军就开始了抓捕汉奸的行动，其中最重要的一个人就是张武厉。绥靖军的军营只剩下了一个空荡荡的平房，偶尔会有几只兔子从营房里探头探脑。八路军在进城的第四天搜查了张府。老杨站在张府里，他抬头看了看那座塔，问身边的卫兵："你见过这么高的塔吗？"卫兵仰头看看，摇摇头，"从来没有。"老杨又问："从我们山上能不能看到这座塔？"卫兵思索了一下，"我们山上树太多，看不到。"老杨再问："塔高呢，还是我们的山高？"卫兵回答不上来，他抓耳挠腮，脸憋得通红。老杨笑了笑，"别费劲了。告诉你，这座塔再高，它的海拔高度也比不上我们的山高。但是从这里看上去。它似乎比我们的山高。这只是一个假象。"老杨转向跟随而来的抓捕小分队，"爬上我们山的最高处大概需要一个半小时。我们来看看，登上这座塔需要多长时间吧。"

在我母亲的注视下，老杨带领着十个士兵进入了玲珑塔。她从来没有登上过那座塔，以前没有，以后更不可能。开始还能听到从塔上传来的脚步声，渐渐地声音小了，没了。声音也会随着高度地不断攀登而消失的。过了大约有半个小时，从最高处传来了声音，母亲抬头仰望，他们在最高处向下面挥着手。母亲看不清，他们在说什么。又过了半个小时，他们才下来，其中四个人抬着一个人。母亲惊呼了一声："爹。"这就是已经失踪了几日的姥爷。老杨安慰母亲说："不是刚刚发生的事。应该有个一两天了，身体都僵硬了。安排一下后事吧。"

在张府的搜索，没有抓到张武厉，也让老杨有些失望。走时他叮嘱我母亲："如果张武厉回来，一定要告诉我们。他就是跑到天边，也逃脱不了人民的汪洋大海。"

在我母亲最困难和悲伤的那些日子里，那个自称刘前进的年轻人，一直陪伴在她左右，在那个衰败的家庭里，他的出现让我母亲得到了稍许的安慰。她看着忙碌着父亲葬礼的那个年轻人，她依稀觉得回到了以前，她把黄永年留下的日记，拿出来，当她重温那些旧日时光时，她感觉多年寻求的一个答案已经尘埃落定了。然后，她把那些日记付之一炬。看着在火苗中消失的过去，母亲流下了热泪。

刚刚获得解放的 A 城，像是走在钢丝上，时刻隐藏着杀机和危险。在日伪军聚集的西城，不时传来爆炸和零星的枪声，更令人担忧的是，有一个传言开始在市民中流传，说是一到夜晚，便会有鬼魂出没，策马驶过城区，风驰电掣，逢人便杀。因此，节日般的庆祝一到了夜晚就显得小心翼翼，家家关门闭户，这使得喜庆的气氛大打折扣。传言闹得人心惶惶，八路军在每条街道埋伏着，静候着鬼魂的到来。

午夜时分，马蹄敲击路面，由远至近。躲在暗处的老杨，看着一个模糊的影子渐行渐近，马的速度真的很快，转眼间就来到了跟前，在十字路口，他们早就放着一个稻草扎成的假人，马没有减速。马上的人披着一个大大的披风，他的胳膊举了起来。老杨听到了一声枪响，十字路口的稻草人，晃了几晃，没有跌倒。马上的人意识到了哪里出了什么差错，他勒住了马的缰绳，马儿在十字路口停了下来。那是一个难得的月光融融的夜晚，马和骑马人的影子，映在空旷的十字路口。一丝寒风，披风随风飘动，他们的影子，便有一些颤动。老杨挥了挥手，埋伏在四周的八路军一拥而上，团团包围住了骑马的鬼魂。老杨高声喊喝："放下武器，不要负隅顽抗。"马儿因为突然出现的人群受了惊，前蹄高高腾起，踢了几下然后才重重地落下。月光中，马上的人叹了口气，然后说道："带我去见一个人。"那是张武厉绝望的声音。

张武厉要见的人是张如烟。第二天的早晨，在八路军战士的押解下，他们来到了净心庵。净心庵的主持净慧拒绝让张武厉进去，她看着低着头的张武厉，寒心地说："没有人想见到你。这是我们最大的耻辱。"主持让小道姑把张如烟送了出来。她说："我们再也不用尽义务了，谁的人谁领去吧。她本来就不属于我们这里。"张如烟挺着一个大大的肚子，一见到张武厉，就踢了他一脚，锐声说："你去了哪里？再不来我就去死了。"围观的一些群众，纷纷脱下鞋扔到他们的身上。

张武厉没有等到对他的审判。八路军给出的理由是，他在押期间企图逃跑，被看守他的八路军战士当场击毙。时间是在夜晚。而真实的情况与他的梦游有关，时间与八路军所说的一致。当天晚上，一座早就废弃的院落里，看守的八路军战士因为连日的征战疲惫不已，他抱着步枪，靠在门框上香甜地睡着了。初春的季节，夜很静，城市很安宁。张武厉也睡着了。躺在黑暗中的张武厉，从来没有睡得那么死，那么沉，仿佛他一生的紧张都卸了下来。已经是后半夜了，屋内屋外的两个人，各自的梦境进入了下半场。后来张武厉激灵一下站了起来，他很快地挣脱了捆绑在身上的绳索，像是无数次在张家大院那样，他的行动丝毫没有羁绊，他甚至脱掉了上衣，赤裸着来到窗前，木制的窗棂已经快要腐朽了，他没费多大的劲就解除了脆弱的防护。他从窗户里钻出来。月光轻柔地洒在院落里，八路军战士靠在门边的墙上，轻轻的鼾声起起伏伏。张武厉的脚步落在地上，轻得像是只猫，他路过八路军战士身边，没有停留，他继续向前走，然后右拐。他完全是按照张府的行进路线在走，穿过一个小门，是一个更大的院子，仿佛是他们家的花园，月光像是一床轻薄的被子，盖在横七竖八躺在地上的战士们身上。张武厉的脚步轻盈而有节奏，他小心地绕过每一个战士的双腿，他在每一个战士的身边站立了有几秒钟，他举起右手，用手比画着枪的姿势，对准战士的头部开了一枪，"啪"。那个令张武厉心醉的夜晚，他的梦游内容丰富而富有挑战性，他一共用手击毙了五十六个八路军战士。然后，他顺着原来的路线，返回到后院，显然，超负荷的梦游带给他的是兴奋，因此，在他返回的路线上，他显然忘记了窗户，忘记了他从那里爬出来的窘相。他直接走向大门，他推了一下，没有推开，加了把力，门仍然没有开，却发出了极大的响声。值守的战士从梦境中惊醒，看到了近在咫尺的一个赤裸上身的男人，他本能地拉动了枪栓，冲着赤裸上身的男人开了一枪。枪声把前院所有的八路军战士都震醒了。他们持枪闯到后院，发现，在那间关押犯人的屋门上，趴着一个赤裸上身的男人。开枪的八路军战士还不知道这个已经被他打死的男人是谁，他说："他从前院过来，一定是来救张武厉的。"

　　我的二舅张武厉，就这样莫名地死在一个陌生的院落，一个陌生的夜晚。后来他的尸体被放置在了马市大街最显眼的地方示众，因为八路军觉得还是给老百姓一个交代。他的尸首由八路军战士看护着，那是个年轻而羞涩的小战士，他从来没有见识过人们对一个无法呼吸无法言语的尸首的恨，他们想把他从那个树上抢下来，被小战士制止了，他们只能用口水吐，用鞋去砸，还有几个人，彻夜守在那里，他们在诉说他的残暴。他们是正月期间受刑者的家属们，他们来自四面八方，其中两个还来自遥远的南方，一个叫作江西的省份。那是一对母女，是死者的母亲和妹妹。她们的亲人是被一匹烈马拖死在 A 城的大街上的。她们说她们走了有两个多月的时间才找到这里，她们想要把亲人领回家，可是现在，都找不到他一具完整的尸体。她们说几句就向张武厉的尸首吐几口唾沫，一直到她们口干舌燥，再也吐不出任何的口水。小战士，他的脸在月夜里微微地有些发烫，他感觉，她们痛恨的那个人仿佛就是自己。

　　还有一个挺着肚子的年轻姑娘，她每天都站在稍远的地方，静静地看着张武厉的尸首。她没有什么过激的反应，她只是那么看着，有时候流泪，有时候微笑，有时候低头沉思。有个下雨的夜晚，她拿到了一件大大的黄色的军衣，请求小战士给张武厉披上。小战士没有答应，他说，这你得请示首长。

张武厉的尸首，并没有在那里示众多久，某一天的中午，他的尸首，还是被愤怒的群众抢夺了下来，他们像饥民争夺一块面包一样，把他撕得粉碎。据我母亲说，张如烟也一直跟在那群疯狂的人群后面，她默默地跟着，她会捡拾从人群中丢下来的一片衣衫，一截断臂，一只脚，几缕头发，一个不完整的鼻子。情绪激愤的人群还是注意到了那个特殊的女子，他们没有对她的行为作过分的反应，他们甚至主动地为她让道，让她能够顺利地捡拾到张武厉衣服上的一个纽扣，他们全都停下了失控的举动，站在那里，表情麻木地看着她，捂着大大的肚子，一步步地挪动着脚步，缓缓地来到目标物前，艰难地弯下腰，或者蹲下，用有些浮肿的手，抓住了那枚纽扣。那一刻，愤怒的人群安静了下来，仇恨从他们的眼里暂时地消失了。

如何对待张如烟，着实让入城后的八路军犯了难。根据群众的举报，他们曾经把张如烟抓起来，他们问她："你叫什么名字？"

"杨小雪。"她这样回答。

"你不是叫张如烟吗？"审讯的八路军十分纳闷。

"不是。我不喜欢那个名字。我喜欢我从前的名字，杨小雪。"她抚摸着自己的肚子，她也许是感觉到了肚子里的孩子给她带来的负担。

"别管叫什么了，这不重要，重要的是你助纣为虐。据群众举报，你曾经在张家的塔上，向无辜的群众开枪，致使多名群众受伤。"

张如烟没有说话。审讯他的八路军看到，小姑娘的眼里有不屈的泪水。

净心庵的老尼净慧的证词，使张如烟脱离了关押。净慧匆匆地赶到八路军驻地，要求见八路军的指挥官。老杨亲自接见了她，老杨问，是不是我们的士兵滋扰了你们？

净慧摇摇头，"没有。我是为明月而来。"

她是来替张如烟说情的。她没有列举张如烟怀孕应该慈悲对待的理由，而是说到了另外一件事，"姜小红你们知道吧？那个女游击队员。她被打死后悬挂在了马市大街示众，其惨状不忍卒睹。但是仅仅一天之后，她的尸体就消失了。除了我，没有人知道她的尸体是被谁抢走的。因为每天晚上，我都能被墙外的马蹄声惊扰，我几乎每天都在等待着墙外的马蹄声，只有马蹄声渐渐远去，我才能安静地进入梦乡。但是那一天的声音并不同。我听到了马蹄声去而复返。

这使我的睡眠再次被打断。我看到她背着一个人进来，我想制止她，可是当她告诉我她背进来的那个人是谁时，我推翻了我起初的想法。那天晚上，是我们两个人一起把姜小红埋在了净心庵的后院的。"

净慧说不清张如烟是如何独自一人把姜小红从马市大街弄到净心庵的。他们也说不清，张武厉是否参与其中。因为不管八路军如何地问张如烟，这个自称叫杨小雪的姑娘也是闭口不答。八路军在净心庵的后院果然挖到了姜小红的尸体，因为无人认领，也无法给她一个确切的说法，暂时又把埋了进去。这一个临时的决定，就让她的孤魂在那个清静的寺庙待了几十年，后来，当张武备及东清湾的英雄们被请回东清湾时，人们也没有想起那个成就了张武备的女人。就算她已经成了鬼，也没能和张武备在一起。重新埋葬姜小红的那天，丁昭珂赶到了净心庵，她把那件珍藏的旗袍盖在了姜小红的身上。因为尸体萎缩，旗袍看上去并不合身，显得有些宽大，把她完全地盖住了。

而张如烟，或者她自己坚持的那个名字，杨小雪，被八路军释放后便从人们的视线中消失了。她没有再回到净心庵，有人说她出了城，有人说她还待在城里。

后来我母亲再也没有见过张如烟，据说她死于难产，在 A 城郊外的一家农户，她死的时候，嘴里还念念不忘地说着"张武厉"三个字。

那座塔，终于也到了受审判的一天。

农历的四月廿一，是全城的节日，也是玲珑塔的末日。据我母亲说，在张府附近的街道上，聚集了大量的群众，"几乎全城的人都出来观看玲珑塔的末日，男女老幼，应有尽有。那是一个无比快乐的节日。"

玲珑塔的毁灭一波三折。

八路军疏散了我母亲和姥姥，他们在塔的底层放置了三个炸药包，企图一次就让它灰飞烟灭。第一次，三个炸药包都没有爆炸，负责引爆的八路军战士哭丧着脸说："从来没有出现过这种情况。"第二次，更换了三个新的炸药包，但是爆炸的威力不足，围观的群众除了听到塔内的三声闷响之外，只是感觉到了脚下的大地在颤动，而那座坚固的塔，却纹丝不动。老杨吹了吹胡子："他奶奶的。跟一个顽固的反革命一样。再放炸药。"这一次，一共放了二十个炸药包，十个手榴弹，随着一声巨响，那座在 A 城投下过两年多阴影的塔终于摇晃了几下，狠狠地倒了下去，溅起的尘土飘洒了近半个城市。而随着玲珑塔的倒塌，曾经辉煌一时的张家，也被无尽的砖头重重地压在了下面。

25. 漂洋过海的两个人

张武备、张武厉，两个堂兄弟，终于以各自不同的方式走到了人生的终点，结束了他们年轻的生命。美国女记者没有亲眼看到两个人的结局，她只是在张武备被挂在塔上的第二天便无法忍受地匆匆逃离了。回到美国的碧昂斯，经过了长达半年的恢复才渐渐地忘掉那个中国的节日给她留下的创伤。当她重新鼓足勇气要写作《平原勇士》时，她总是小心翼翼地绕开那个令人惊悸的正月，绕开那长达一周的残酷的狂欢。后来她还试图与丁昭珂取得联系，想询问一下张武厉的下落，但是她的努力无功而返，遥远国度的那个令人担忧的女人，从此石沉大海，再也没有音讯了。所以，她书中的张武厉仍然处在暴戾的中心。下面的内容摘自《平原勇士》的前言：

> 所处的环境，所受的教育，以及对于社会、道德、政治的认知程度，对于他们的人生之路产生了无比巨大的影响。他们就像是河流的两个分岔，他们的发源地是一致的，而当他们在某一时、某一处，或者是某一个外力的影响下，开始决裂，开始向不同的方向流淌时，便开始产生了猜疑、矛盾、仇恨、敌视、杀戮。这就是当时中国社会的景象。

> 张武备，张武厉，他们各自鲜明的生活轨迹，其实并不能掩盖他们内心的挣扎。他们是两条河流中的两个孤独而忧郁的持桨者。他们都很努力，奋力地向前划，却不明方向。作为一名记者，我不能妄加推断他们的前途，但是我可以由此去捕捉到他们心灵和人性中的某些弱点，某些令人难以忘怀的瞬间。

> ……

> 在写作这本书的过程中，我曾经把两个人的故事单独复印成两个小册子，分发给我的亲人、朋友、老师和同事，地点是我的家乡，位于得克萨斯州的布朗伍德。我希望听到从他们那里反馈回来的声音，因为我不知道，成为我的书中的两个主人公，他们的故事，会有多大的吸引力，或者说是反响。于是，我听到了不同的声音。在很长一段时间里，两个陌生国度的

两个年轻男人的故事吸引着我家乡的人们，他们很感兴趣。如果综合一下他们的意见，大致有以下几种：

对书中反映的这两个人物的质疑。一是他们并非当时中国国内的主流，他们只代表了极少数人，是一小部分的力量，他们无法撼动当时中国的局势，他们能不能代表当时混乱的中国大多数人的行为和思想？二是他们彼此的仇恨源自哪里？这也是他们最关注的一点。当他们向我追问这个问题时，我陷入了无法名状的焦虑之中。这让我想起我们的南北战争，想起更加遥远的一些因为仇恨引发的战争。我想要告诉他们的是，我无法窥视到他们的内心深处，仇恨这个词，它不是与生俱来的，它更像是一个奇怪的附着物，更多的时候它隐藏在暗处，当它身上的物理本性发生变化，黏液不可避免地增多时，它会自觉地来到明处。

他们的性格缺陷。无论如何，我家乡的部分人都不能认同他们的举止和行为。他们觉得那是危险的，对其他人构成了威胁。他们自然有他们的理由，他们说，如果你的生活圈子里有他们当中的任何一个人，你会觉得心安理得吗？

但更多的人表示了对二者的喜欢。他们觉得张武备与张武厉的争斗，更像是我家乡的那些西部牛仔们，一方代表着正义，而另一个代表着邪恶。只不过，他们更接近生活本身，正义有时候不一定能战胜邪恶。

关于他们的争论，一直在我的耳边缭绕。它们没有影响到我的写作，因为，在这部书里，我描绘的只是真实，不是虚构。他们生活在那里，生活在那个年代。短暂的年代，以及短暂的生活。

第六章

26. 东清湾的早晨

一个普通的早晨，阳光从遥远的地平线上奔跑过来，把沉睡的东清湾唤醒。遍野的青草舒展着身姿迎接着光明，鸟儿开始歌唱，老人牵着黄牛慢悠悠地向田间走去，炊烟袅袅升起，孩子的哭声，狗吠声，女人呼唤睡懒觉的男人的声音，流水的声音，劈柴的声音，此起彼伏。张洪儒从屋子里走出来，他问正在忙碌着做早饭的张彩妮："今天是个什么日子？"

"六月十二，爹。"张彩妮回答。

张洪儒接着问："他们呢，他们怎么不来吃早饭呢？"

张彩妮略微犹豫了一下说："彩虹去地里打猪草去了。彩芸正坐在桌子那儿呢。你看不到她吗？武备，在房顶上晾晒粮食呢。武备，快下来吃饭吧。"

在院子的中间，摆着一张方桌，桌子上整整齐齐摆着五副碗筷。张洪儒坐了下来，对刚刚坐下的张彩妮说："下次赶集的时候买点豆腐，彩虹爱吃。"

张彩妮说："爹，我知道呢。"

"武备多大了？"张洪儒又问。

张彩妮随口便答："爹，二十五了。怎么了？"

张洪儒说："到了说亲家的年龄了。"

张彩妮说："爹，我知道。大王庄的刘婶家的闺女，叫小芹的那个，你觉得怎么样啊？"

张洪儒想了想："啊，还不错。彩芸呢？她是不是老想着去城里呀。"

张彩妮说："她想去城里念书，爹，就随她吧。"

"我听到了锣声了。"张洪儒竖起了耳朵。

"爹，快点吃饭吧。刚才武强来说，他已经看到了中国军队的影子。他们马上就到了。"张彩妮欣喜地说。

早饭后，全村的人涌到了村西的监狱。监狱第一次敞着大铁门。日本兵在一个军官的带领下，鱼贯而出，他们的表情像是在出丧。今天是日军投降的日子。一队国民党兵早早地来到了监狱门口，他们的长官骑着高头大马，威风凛凛地看着日本兵来到了他面前，把枪放到空地上。

有人问："他们要去干什么？"

有人答："他们要回到自己的国家。"

"那他们为什么不高兴呢？"

"因为他们失败了。"

"龙队长呢？他算不算失败呢？我们死去的那些亲人，算不算失败呢？"

这是个令人压抑的问题。围观的群众陷入了沉默之中。

让东清湾人震惊的并不是他们知道了这座神秘监狱里究竟有多少日本兵，而是跟在日本兵后边，缓慢地走出来的另一队人马。他们衣衫褴褛，面容枯槁，身体有明显的伤病。他们互相搀扶着，有的拄着棍子，有的吊着胳膊，有的是被担架抬出来的。他们当中，竟然还有几个黄头发的外国人。他们是监狱里被关押的人。他们刚一走出监狱，便跪在地上，亲吻着那自由的土地。有人偷偷问："他们在干什么？"没有人回答。这个问题在所有人的心里飘扬，这使他们想起了他们失去语言的那些日子，他们纷纷走上前去，搀扶着他们，帮他们爬上汽车。

受降的仪式很简短。国民党部队押解着日本兵上了几辆敞篷汽车。张洪儒走到了那辆载着国民党军官的吉普车前，问车上的军官："这个监狱怎么办？"

军官挠了挠头："随便。这以前是什么？"

张洪儒答："以前是我们张家的祠堂。"

军官说："那很简单，重新建一座祠堂吧。你们姓张？"

张洪儒自豪地说："是。我们全村都姓张。天下张姓是一家，张姓好多都是从这里走出去的。"

军官从吉普车上下来，他对着全村的百姓敬了个礼，然后说："我也姓张。我队伍里有十三个姓张的，他们来自全国各地，有湖北的，有四川的，有山东的，还有东北的。你们都过来。这里的乡亲都姓张，你们也来敬个礼。"

姓张的士兵全都跑过来，齐刷刷地对着全村的人敬了个礼。他们走时，姓张的军官说："你们建起祠堂的时候我们还来呀。"

张洪儒说："欢迎呀！你们一定要来。"

目送车队离去后，人群陷入了沉默之中。没有一个人迈出走进监狱的第一步。那个令他们失去语言的监狱，那个耻辱的地方，他们不想再多看一眼。张洪儒轻声说："烧了吧。"他们在监狱四周堆满了柴火，让它在熊熊的烈火中死去。那场大火一直燃烧了三天三夜。而张家的新祠堂就是在厚厚的灰烬之上重新崛起的。

在张洪儒老人发出邀请后的第三年，那个姓张的军官才来到了已经修缮好了的张家祠堂，不过，他不是特地来祠堂祭拜祖先的。而是逃难，他被解放军围追堵截，退守到了东清湾。他带着五个士兵慌不择路，逃进张家祠堂，他根本没有意识到那里曾经是他许诺过要来回访的地方。当他们把祠堂的大门用木杠子顶住时，发现了祠堂中还有几个人，他们正用诧异的目光盯着他们，他们中的一个人就是张洪儒。张洪儒老人一眼就认出了那个军官，他热情地说："张军官，你来了？"惊慌失措的张姓军官略微愣了一下，定睛看了看张洪儒，"你认识我吗？"张洪儒老人说："我当然认识你。你姓张，天下张姓是一家。你说过要来我们建好的祠堂看看。我们一直在等你。你今天终于来了。"张姓国民党军官突然想起了那次受降的仪式，他拍了拍脑门："对了对了，想起来了。这就是咱们张家的祠堂？"他匆匆地用余光扫了一遍祠堂大厅。张洪儒热情地搂着他的胳膊，"来，我领你见过张家的列祖列宗。"正在这时，外面响起了高亢的喊话声："里面的蒋匪军听着，你们已经被包围了，负隅顽抗只能是死路一条。我军的政策是缴枪不杀。"

张洪儒问张姓军官："外面的人是谁？"

"解放军。"

张姓军官突然抓住了张洪儒的脖领子，张洪儒瘦弱的身体一下子脱离了地面，他惊呼道："你要干什么？"同样，其他几个国民党士兵也抓住了祠堂里另外的几个东清湾人。

张姓国民党军官没有理睬张洪儒，他冲着外面喊道："你们听清楚了，我们手里有人质，他们可是普通的百姓，他们都是这个村的老百姓。他们都姓张，和你一样呢张连长。如果你想让他们死你就开枪吧。"

他的喊话果然起到了效果，外面安静下来，他们显然是在商量对策。解放军的营长正是东清湾村九个参加八路军的一个，他的名字叫张武军。

祠堂内外的僵持一直从午后持续到黄昏。张洪儒也没有停止劝说张姓军官，他希望能放他出去，与外面的张武军好好谈谈，"有什么不好谈的。天下张姓是一家嘛。"张姓军官嘿嘿笑了笑，"等这场战争打完了，你再讲天下张姓吧。"

张姓军官没有再抓着张洪儒的脖领子。张洪儒坐在他们的后面，他一刻也没有停止对张姓军官的劝说，他感觉那个张姓的军官面相并不可恶，他说："你作过孽吗？"

张姓军官拎着枪，他仔细地想了想："当兵打仗，要说没作过孽，那是假的。生命在战争面前本来就是脆弱的，无足轻重的。自从我亲自看着我二哥死在我面前时，对于生命，自己的，或者其他人的，我都看得淡了。"

"他是怎么死的？"

"战场上。在台儿庄。一颗子弹穿过了他的左眼，我亲眼看见了血是怎么从他的眼睛里向外冒出来的，血一下子喷了我一脸一身。"血仿佛一直从台儿庄射到了此处，张姓军官的眼睛里血红血红的。

"你总共杀死过多少人？"张洪儒苍老的声音在祠堂里回荡。

"怎么样？"张姓军官疑惑地问。

"我来算算你有多少的罪孽。"张洪儒循循善诱。

"不知道。"张姓军官笑了，"你知道了吧。我连自己杀了多少人都不知道，你就知道我的罪孽有多大了。"

"你没想过忏悔吗？"

"没有。我做过噩梦。"

"噩梦也是一种忏悔的方式。你现在想忏悔吗？当着张氏祖先的面。"

张洪儒混浊的眼睛盯得张姓军官有些发冷，他躲闪着，说："老大爷，等我逃出去，逃过这个坎，我一定回来祭拜张氏祖先。"

祠堂外的解放军尝试了各种破解的方法，但都无功而返，最后只能采取了强攻这唯一方式。攻打祠堂前，张武军跪下来，对着祠堂磕了三个响头，嘴里说道："列祖列宗们，恕晚辈无理了。"他站起来，对着里面喊道："张伯伯，对不起祖先了。里面的这个人罪大恶极，他打死了我们团长。我必须把他抓回去。"

那场在黄昏进行的战斗持续了有半个小时，最后张姓军官和他的几个部下弹尽粮绝，被乱枪打死，张姓军官临死前想要告诉张洪儒他的真实姓名，他转过头，看到张洪儒捂着胸口躺在他身边，指缝里正在渗出滴滴的鲜血，他就问老人："你作过孽吗？"张洪儒，我的二姥爷张了张嘴却没有说出话来。

张氏祠堂也在这场战斗中损坏严重，一直到两年以后，已经当了该县县长的张武军下令对其进行修复，张氏祠堂才重新恢复了原貌。张氏祠堂历经风雨，在"文革"时期又遭到了灭顶之灾。直到 2001 年，在村委会的努力下，几个发了财的张家子弟出了近 50 万元，才在原址上重修了张家祠堂。2009 年，张家祠堂又经过了扩建，占地达到 10 亩。那年的春天，来自全世界各地的张氏子孙在那里召开了声势浩大的张氏宗亲大会。就是在那次宗亲大会时，我去了位于村东头的张武备及其兄弟们的坟冢，他们的坟茔，被旁边一个造纸厂挤压成一小片，坟上芳草萋萋，造纸厂流淌出来的污浊的废水，从坟地中间流过，形成了一条窄窄的河流。我站在那里，嗅着那刺鼻的气味，仿佛听到了遥远年代的喧嚣与沉寂，听到了张武备和他的兄弟们在平原上纵马驰骋的呐喊声；听到了我的二舅在夜半时分嘴里发出的嘭嘭的枪声；听到了我的姥爷攀登玲珑塔的脚步声；听到了在浓密的黑暗之中，张洪儒凭空想象出来的张氏祠堂在节节拔高的声音；听到了我的母亲，哀婉的叹息声。我不禁泪流满面。

2011 年 9 月 5 日第一稿

2011 年 9 月 14 日第二稿

2011 年 11 月 7 日第三稿

2012 年 4 月 3 日第四稿